KB114139

천 번의 환생 끝에 11

요람 장편 소설

초판 1쇄 찍은 날 § 2018년 5월 8일
초판 1쇄 펴낸 날 § 2018년 5월 15일

지은이 § 요람
펴낸이 § 서경석

총괄팀장 § 최하나
편집책임 § 김슬기

펴낸곳 § 도서출판 청어람
등록번호 § 제387-1999-000006호
등록일자 § 1999. 5. 31
어람번호 § 제1-2896호

주소 § 경기도 부천시 원미구 부일로 483번길 40 서경B/D 3F (우) 14640
전화 § 032-656-4452 팩스 § 032-656-4453
http://www.chungeoram.com
E-mail § chungeorambook@daum.net

ISBN 979-11-04-91724-0 04810
ISBN 979-11-04-91433-1 (세트)

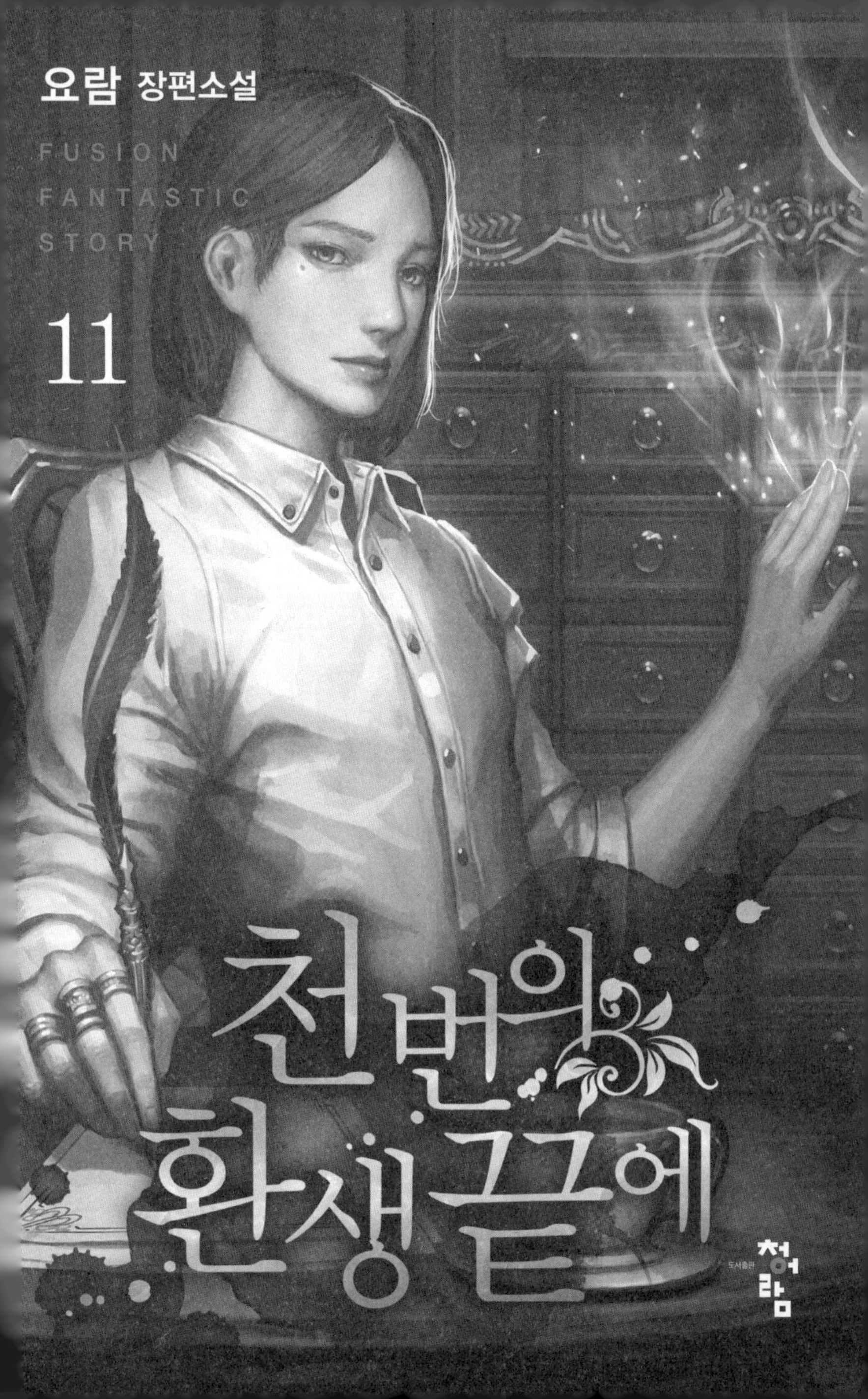
요람 장편소설
FUSION
FANTASTIC
STORY
11
천 번의
환생 끝에
도서출판
청어람

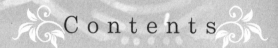

Contents

Chapter77
폭군(暴君)II

"막아! 야, 막으라고!"

이성준의 외침에 경호원들이 한두 명씩 긴장한 표정으로 나서기 시작할 때쯤, 지영의 옆으로도 누군가가 날듯이 다가왔다.

"지영 씨. 그만, 여기까지 합시다."

거칠고 황량한 '사막'으로 휴가를 갔다가 기가 막히게 이제 막 복귀해 현장으로 온 정순철이었다.

그는 다급히 지영의 앞을 막아섰다. 하지만 아직 이건의 기세가 전부 가시지 않은 지영의 눈빛을 보고는 흠칫할 수밖에 없었다. 온갖 욕망과 온갖 마이너스 감정이 깃든 너무나 기괴한 눈빛이었다.

"아, 정 팀장님."

하지만 지영은 금세 정신을 차렸다.

그러곤 고개를 몇 번 털어내고 다시 시선을 들었다. 그때 정순철은 지영의 눈에서 좀 전에 자신이 봤던 감정과 기세가 전부 사라졌음을 느꼈다. 그래서 잘못 본 게 아닌가 하는 생각이 들었지만 곧 고개를 저었다. 이미 이런 경험은 한두 번이 아니었다. 그가 아는 지영, 자신이 어쩌면 앞으로 10년은 더 경호해야 할 강지영은 확실히 범인(凡人)의 영역을 넘어선 사람이 틀림없다는 생각이 들었다.

"큼큼, 혹시……."

정순철은 자신의 이런 속내를 숨기려 쓰러진 이성준의 경호 팀장을 힐끔 봤고, 지영은 이번에도 피식 웃음을 흘렸다.

"제가 설마 죽였겠어요?"

"하하, 그렇게 생각했겠습니까, 설마."

"아마 겨드랑이 쪽 근육이 조금 놀란 정도가 끝일 거예요."

"네, 잘하셨습니다."

저도 모르게 존칭을 사용하고 있지만 그는 이제는 그게 그리 어색하지 않았다. 지영은 솔직히 경호 대상이라기보다 이제는 어째 상관 같았기 때문이다.

"저 사람은… 오성의 이성준이군요."

"네."

"저 사람이 왜… 아아, 은채 양에게 아직도 찝쩍거리는가 보군요."

"하하."

수작도 아니고, 추파도 아니고, 찝쩍거린다는 그의 표현이 웃겼는지 지영은 웃음을 터뜨렸다. 그렇게 지영은 잠시 웃고는 그를 보며 조용히 물었다.

"이것도 해결이 가능해요?"

"물론입니다. 지영 씨는 물론 지영 씨의 주변인까지 저희 회사원의 업무에 들어갑니다."

"그런가요?"

"하하, 네. 물론 일반인 사찰은 아닙니다."

"에이."

하기야 대기업 일가의 스케줄을 회사에서 꿰고 있는 것도 지영이 보기엔 그리 이상한 것도 아니었다. 그룹의 오너가 만약 사고를 당하면? 단숨에 주가가 요동을 친다. 하지만 단순하게 그거 하나로 끝나는 게 아니었다.

그것보다 훨씬 더 많은 것들이 얽히고설켜 있었다. 지영도 그런 삶을 살아본 적이 있으니 당연히 알고 있었다. 하지만 굳이 그걸 더 이상 캐묻지 않기로 했다. 정순철의 등장에 정신을 차렸는지 지영을 찢어 죽일 듯이 노려보는 이성준을 어디다 치워 버리는 게 먼저였기 때문이다.

"그럼 부탁 좀 드릴게요."

"네, 맡겨두십시오."

등을 돌린 그가 곧바로 이성준에게 다가갔다. 그러곤 짧게 묵례 후 명함을 내밀었다.

"안녕하십니까. 저는 이런 사람입니다."

"너, 뭐야. 뭔데 너… 남명(南明)? 남명 실업?"

"바뀐 회사 이름을 아시다니, 얘기가 빠르겠네요."

"왜 남명에서 저 새끼를?"

"알고 계시면서 그러십니다."

"호… 모르는데?"

국가 사람이 나와서 그런가?

이성준의 얼굴에 비릿함이 다시 서렸다. 어째 자신감을 회복한 얼굴이라 다시 짓뭉개고 싶은 욕구가 살짝 생기긴 했지만 지영은 그냥 무시하기로 했다.

지이잉.

그리고 때마침 등 뒤에서 문이 열리는 소리가 들렸다.

"어, 뭐야. 이 시꺼먼스들은?"

나오자마자 들리는 김은채의 신랄한 말에 다들 움찔했지만 고개를 돌리진 않았다. 지금은 이미 지영이 한바탕 난리를 쳐놔서 언제 육탄전이 벌어질지 모르기 때문이다. 다만 지영만 고개를 돌렸다.

"아, 저 개새끼 진짜……."

"나?"

"아니? 너 말고 있어. 유부녀 킬러. 사십 대 여자 아니면 발기도 안 되는 새끼가 있는데, 그 새끼한테 한 말이야."

"피식."

"풉!"

김은채의 과감하다 못해 폭력적이기까지 한 그 말에 어떤 이
는 실소를, 어떤 이는 억눌린 웃음을 터뜨렸다. 은재는 입을 떡
벌렸고 지영은 그냥 고개를 절레절레 저었다. 원래 저런 캐릭터
였다.

　지영은 다시 시선을 돌렸다.

　이성준의 표정은 변함이 없었다.

　'하긴, 저기서 화내봐야 은채의 말이 지한테 한 말이라는 걸
시인하는 꼴이니…….'

　그리고 40대 이상의 여인에게만 발기한다는 말까지 시인하
는 꼴이 된다. 그러니 속이 부글부글 끓어도 지금은 그냥 싱긋
싱긋 억지로 웃기라도 해야 하는 상황이었다.

　김은채가 나오면서 상황은 바로 마무리를 향해 갔다.

　"여! 은채야! 오빠 왔다!"

　갑자기 얼굴을 확 바꾸면서 조증이라도 있는 게 아닌가 의
심이 가는 이성준의 행동에 김은채는 아예 무시해 버렸다.

　"야, 강지영! 안으로 들어와 봐!"

　그녀의 부름에 지영은 지나가면서 개인 경호 팀장에게 조용
히 부탁을 했다.

　"절대 안으로 못 들어오게 부탁드려요."

　"네."

　"먼저 달려들면 손 쓰셔도 됩니다. 책임은 제가 질 테니까."

　"걱정 마십시오."

　지영의 실력을 한 차례 봐서 그런지 그 대답에는 열정이 가

득 담겨 있었다. 지영이 다가가자 은재는 놀란 눈으로 그를 올려다봤다.

"괜찮아. 별일 아니야."

"누구야, 저 사람……?"

"오성가 망나니."

"오성… 아아."

"들어가자."

"응……."

지영은 은재의 휠체어를 밀어 다시 안으로 들어갔다. 김은채는 짜증 난다는 표정을 한가득 안은 채로 둘을 뒤따라 들어왔다. 적당한 곳에 자리를 잡은 김은채는 발을 꼬고는 주머니에서 담배를 꺼내 입에 물었다. 은재가 옆에 있는데도 이러는 걸 보니 진짜 제대로 짜증이 난 것 같았다.

"아, 개새끼……."

"아직도냐?"

"심해지면 심해졌지, 덜하지는 않아."

"너도 참……."

"하아… 아아! 아악……!"

갑자기 김은채는 고함을 버럭 질렀다. 그 고함에는 정말 말로 설명할 수 없는 짜증이 담겨 있었다. 그다음은 당연히 분에 못 이겨 씩씩거리는 단계였다. 선글라스를 벗은 그녀의 얼굴에는 미세하게 멍이 들어 있었다.

"너 저놈한테 맞았냐?"

"그랬으면 내가 저걸 가만히 놔뒀겠어? 아, 상황을 만드는 데 일조한 건 맞으니 놈한테 맞은 것도 되려나. 아, 짜증 나……."

"여자 문제구만."

"미친놈이 서울대성병원 이전 부지 시찰에 갔는데 찾아왔더라고. 근데 어떻게 알았는지 그 새끼가 가지고 놀던 년이 찾아와서 행패를 부리잖아. 시원하게 귀싸대기 올려붙였더니 미친 게 같이 때리네? 그래서 그래."

"너도 참……."

"하아……. 저걸 어쩌지? 그냥 죽일까? 개값 거하게 물어?"

"아서라, 아서. 은재 앞에서 못 하는 소리가 없어."

"말이 그렇다는 거지, 말이……. 하, 미치겠다. 저놈 얼굴만 보면 그 좋던 기분도 아주 개박살이 나. 그 쌍년이 눈앞에 있는 것보다 더 짜증 나!"

"아아! 아아앙!"

또 분에 못 이겨 고함을 지르는 김은채를 보며 지영은 그냥 고개를 절레절레 저었다.

"후우……. 근데 하나 쓰러져 있던데, 니가 그랬어?"

"응."

"야, 그거 가지고 또 물고 늘어지면 어쩌려고?"

"심하게 다치지도 않았어. 그리고 나한테 모욕적인 말을 한 건 다 녹음해 놨으니까. 죽인다고 협박도 했고. 맞고소하지, 뭐."

"그래봐야 너만 손해… 아니다. 너도 손해날 건 없구나."

"…놀리냐?"

"놀리기는? 팩트잖아?"

"……."

지영의 말문이 잠깐 막힌 것처럼 그게 팩트가 맞았다. 고소?
지금 지영에게 고소가 들어오면 또 시끌시끌해지긴 하겠지만
그게 끝이다. 다른 사람도 아니고 온갖 사건 사고를 몰고 다니
는 게 지영이다.

이런 폭행 사고 고소 정도로는 지영이 가진 인지도에는 흠
집도 나지 않을 것이다. 그리고 그건 지영도, 김은채도, 조용히
대화를 듣고 있는 은재도 마찬가지였다.

치익.

"후우……."

두 개째를 입에 물고 불을 붙인 김은채가 연기를 내뿜고 나
서 다시 말문을 열었다.

"여긴 대충 다 둘러봤고, 밖에 조용해지면 나가서 소주나 한
잔하자. 여기 댐 쪽에 송어회 죽이는 데 있어."

"그런 것도 먹냐? 고상하게 칼질만 하는 줄 알았는데."

"없어 못 먹지."

얼씨구.

"은재는? 괜찮지?"

김은채가 고개를 돌리며 묻자 은재는 그냥 웃으며 고개만 끄
덕였다. 그러자 김은채는 뭐가 그리 좋은지 대번에 표정을 바
꿨다.

씩.

"송어회 먹어본 적 있어?"

"아니? 말로만 들었어. 그거 맛있어?"

"그럼. 야채랑 이것저것 넣고, 콩가루에 초장, 참기름 살짝 뿌려서 먹으면 진짜 죽여. 소주 안주로는 진짜 딱이지."

"그래? 흐흐, 맛있겠다."

"그치? 그러니까 야! 얼른 밖에 정리 좀 해봐!"

한 번에 두 사람에게 대답과 질문을 동시에 한 김은채의 변화를 지영은 그냥 그러려니 했다.

변화무쌍이란 단어가 진짜 잘 어울리는 모습을 요즘에 차다 못해 넘치게 보여줬기 때문이다.

은재가 손짓으로 김은채를 불러 이것저것 물으며 그녀의 기분을 풀어주기 시작할 때, 지영은 폰을 꺼내 임미정에게 전화를 걸었다.

"네, 저예요. 은채가 이 근처에 맛있는 송어횟집 있다고 해서 거기서 저녁 먹고 올라갈게요."

―그래? 그럼 엄마는 오랜만에 아빠랑 오붓하게 먹어야겠다.

"네, 데이트 즐기세요."

―얘는 무슨 데이트니? 안 그래도 아빠 바빠서 잠깐밖에 시간 안 나신대는데.

"그래요? 아쉬우시겠다."

―안 아쉽거든? 은재는 잘 있고?

"네, 헤벌쭉해요."

—후후, 그렇게 바랐으니까. 하지만 앞으로가 걱정이다, 애. 학교까지 딸린 재단 운영하는 게 진짜 힘든 일인데.

"잘할 거예요. 옆에서 은채가 도와주기도 할 거니까."

—그래, 그래야지. 엄마랑 아빠도 최선을 다해 도울게.

"감사합니다."

—감사는 가족끼리? 저녁 맛있게 먹고, 집에서 보자.

"네."

—그럼 끊을게, 우리 아들!

"네, 쉬세요."

뚝.

전화를 끊은 지영은 다시 두 사람에게 돌아갔다.

"누구?"

"어머니. 저녁 먹고 간다고 연락드렸어."

"그래? 잘했어, 호호."

사실 저녁이라고 하긴 살짝 애매한 시간이다. 밖을 정리하는 데 두세 시간 걸리지 않는 이상 아마도 저녁이 아니라 낮술이 될 가능성이 높았다. 하지만 은재는 두 사람과 함께 맛있는 음식과 술을 마신다는 생각에 이미 행복함이 가득했다.

"그렇게 좋아?"

"응! 좋아! 호호!"

애처럼 웃지만 그래도 지영은 은재의 얼굴에 저런 미소가 항상 머물고 있어서 요즘 참 다행이라고 생각했다. 그리고 가능하면 저 미소가 언제까지고 계속되기를 바랐다.

30분쯤 지났을 때였다.

정순철에게서 상황이 마무리됐다는 연락이 왔다.

그의 연락을 받고 밖으로 나가자 과연 밖은 조용했다. 은채가 알려준 주소로 내비를 찍고, 일행은 전부 이동했다. 횟집까지는 그리 오래 걸리지 않았다. 차에서 내리자 김은채는 예외적으로 은재가 아닌 정순철이 탄 차로 갔다.

똑똑.

창문을 노크하자 정순철이 문을 내리곤 물었다.

"네, 은채 양. 무슨 일이죠?"

"제가 다 예약했으니까 돌아가시면서 식사하세요. 저희는 삼층, 이 층 전부 자리 잡아놨어요."

"아… 네, 감사합니다."

정순철은 굳이 거절하지 않았다.

김은채는 이어 지영의 경호 팀에게도 다가갔다. 전혀 예상치 못한 행동이라 지영도, 은재도 그런 김은채를 눈을 동그랗게 뜨고 바라봤다.

"어쩐 일이야?"

고풍스러운 디자인이 돋보이고 댐의 입구가 보이는 방에 자리 잡고 앉자마자 지영은 김은채를 보며 그렇게 물었다.

"뭐가?"

"경호원들 챙기는 거. 너 원래 잘 안 그러잖아."

지영의 말에 김은채의 미간이 대번에 찌푸려졌다. 하지만 지영과 은재는 그런 김은채를 보며 실실 웃기만 했다. 정확하게는 지영은 미묘한 웃음이었고, 은재는 그저 마냥 행복하면서도 의미심장한, 그런 웃음이었다.

"그냥, 나 때문에 괜히 고생했으니까 사는 거야."

"이야……."

그 말에 저도 모르게 지영이 감탄을 흘리자 김은채의 미간에 아주 선명한 줄이 쫙쫙 갔다.

"뭐야, 시비야? 가뜩이나 나 지금 짜증 나 있는 거 뻔히 알면서 나한테 그러고 싶냐?"

"뭘 이 정도로. 니가 전에 나한테 한 건 생각 안 나고?"

"흥! 처형이 그럴 수도 있지!"

"그놈에 처형……. 난 죽어도 그렇게 부를 생각 없다."

"후후, 그래봐야 내가 니 처형이란 사실은 변하지 않지."

조금 놀렸다고 대번에 역공을 가했다.

그걸 보면서 지영은 김은채가 이성준한테 받은 짜증을 적당히 털어냈음을 알 수 있었다. 다행이었다.

"너도 많이 변했네."

"칭찬이지?"

"아마도?"

"솔직하지 못하긴, 흥."

드르륵.

미리 예약을 해놔서 자리에 앉은 지 10분도 안 됐는데 바로 상이 들어왔다. 상은 아주 푸짐했다. 선홍빛 송어회가 정갈하게 담겨 있는 접시를 중심으로 갖가지 나물과 튀김이 상으로 올라왔다.

그리고 맥주와 소주를 넣고 얼음을 부어놓은 양동이를 한쪽에 내려놓고는 종업원이 밖으로 나갔다.

지영은 능숙하게 야채를 그릇에 담기 시작했다.

"그릇 줘봐."

"여기."

은재의 그릇을 가져간 김은채는 능숙하게 송어 비빔 회 재료를 넣었다. 그리고 은재에게 확인을 해가면서 초장과 마늘장 등을 넣어 먹기 좋게 비볐다. 그때쯤 지영도 자신의 것을 다 비비고는 맥주잔에 소맥을 제조했다. 지영이 소맥을 다 만들고 잔을 돌릴 때쯤 김은채도 자기 걸 빠르게 만들어 비벼서 준비를 끝냈다.

"자, 잔!"

"짠!"

"……."

오늘은 김은채에게 맞춰주기로 한지라 지영은 말없이 잔을 들어 부딪쳤다. 땡. 맑은 소리가 방 안을 맴돌았다. 김은채는 잔을 단번에 들이켜고는 캬아아! 하고 맥주 광고처럼 탄성을 흘렸다.

"제법 마는데?"

"내가 영화 찍으면서 얼마나 말아봤을 것 같냐?"

"하긴. 어때, 은재야?"

김은채는 피식 웃고는 바로 기대가 감든 시선으로 은재를 바라봤다. 처음 먹어보는 음식이라 살짝 거부감이 있는지 젓가락으로 든 채 눈만 깜빡이고 있었다.

"괜찮아. 비린 맛은 하나도 안 나."

"진짜?"

등 푸른 생선도 곧잘 먹지만, 딱 그 정도였다. 은재는 지영처럼 회보다는 고기, 즉 육식파였다. 두 사람이 빤히 바라보자 은재는 어색한 웃음을 흘리고는 곧 빨갛게 비빈 송어회를 입에 넣고 씹기 시작했다.

"오!"

"맛있지?"

"으! 와… 이거 맛있다! 왜 서울에서는 못 먹어본 것 같지?"

"이상하게 이런 비빔 회는 지방이 맛있어. 나도 예전에 고모 따라왔다가 우연찮게 먹었는데 진짜 맛있게 먹었어. 서울에도 있긴 있는데, 이상하게 이쪽이 맛있더라. 경치 때문에 그런가 싶어. 왜 있잖아. 같은 음식도 집에서 먹는 거랑 공원 가서 먹는 거랑 다르잖아."

"아아. 흐흐, 은재야. 우리 이거 포장해 가자. 그… 고모도 좀 드리고. 아버지랑 어머니도 좀 드리고."

"그래."

그 대화 이후 본격적인 식사가 시작됐다. 아니, 술자리가 시작됐다. 은재도 제법 술을 하지만, 김은채는 거의 술을 달고 사는지라 진짜 말술이었다. 양동이에 채워졌던 소주가 순식간에 줄어들었다.

열 병이었던 술이 한 병쯤 남자 술 마시는 속도가 줄어들었다.

"야야, 너 또 바로 영화 들어간다며."

창가에 앉은 김은채가 창턱에 팔을 비스듬히 걸치고 한 말에 지영은 입에 있던 소주를 마저 삼키고 대답했다.

"들어가지."

"안 쉬냐? 너 세 작품 연속이잖아."

"지금 이 계절에 찍어야 돼서 그래."

"지금?"

"응, 겨울의 차가움과 서늘한 정취가 담겨야 되거든."

"흥."

"왜 그러냐, 술 잘 먹어놓고?"

"너 맨날 일만 하고. 은재랑 잘 놀아주지도 않으니까 그렇지."

"……."

동생의 서운함을 대신 얘기해 준 건가? 그런 생각이 들어 은재를 저도 모르게 돌아봤지만 그녀는 그냥 웃는 낯으로 고개를 저었다.

"너너, 내가 지켜보고 있다!"

"그래, 계속 지켜봐라."

살짝 취기가 올라온 것 같은 얼굴이긴 했다. 하지만 그렇다고 주사를 부릴 정도도 아니었다.

"하아, 좋다. 창밖으로 저런 경치 보는 것도."

김은채의 말에 지영은 무심코 창밖을 바라봤다. 이곳의 경치는 확실히 좋았다. 댐에서 흐르는 물줄기를 바라보는 것만 해도 이상하게 마음의 안정을 찾을 수 있었다. 벚꽃 길이 있지만 아직 시기가 맞지 않아 보지 못하는 건 좀 아쉬웠다.

"공기도 좋고. 흐흐, 나 여기서 살고 싶다, 이상하게."

"여기서?"

"응!"

그렇게 이곳이 좋았나?

"뭔가 마음의 안정을 얻는 기분이야!"

"그래? 나중에, 나중에 여기서 사는 것도 한번 생각해 보자."

"진짜?"

"응. 나도 꽉 찬 도심보단 이렇게 한적한 곳이 더 좋거든."

"오… 흐흐, 역시 내 남자. 나랑 잘 통한다니까."

은재의 그 말에 '내 남자 같은 소리 하네…' 이리 툴툴거린 김은채가 일어나 방에서 연결된 문을 통해 3층의 발코니로 나갔다.

치익.

"후우……"

선글라스를 낀 그녀.

입에 담배.

올 블랙 패션.

도도, 시크함이 뚝뚝 떨어지는 자세까지.

한 폭의 화보 같은 모습이긴 했다.

'딱, 저 모습까지지만.'

입을 열고 대화를 하는 순간 뭐 이런 미친 삐삐리가 다 있나 하는 욕이 절로 나오고도 남을 것이다.

"왜, 너도 피우고 싶어?"

지영이 그런 김은채를 바라보며 그런 생각을 할 때쯤 은재가 물어서 지영은 그냥 고개를 저었다.

"왜? 괜찮아. 피우고 와. 난 내 남자가 담배 피운다고 해서 전혀 싫어하지 않는걸?"

"그래?"

"응! 그러니까 피우고 와."

"응."

조금은 어색한 웃음으로 대답을 하곤 지영도 밖으로 나갔다. 휙. 나가자마자 어떻게 알았는지 담배케이스가 날아왔다.

치익.

"후우……."

"좋지 않냐?"

"뭐가?"

"이렇게 아무것도 없는 조용한 경치를 보는 거."

"…너 이런 취향이었냐?"

"그냥. 요즘 그런 생각이 들어. 막 일을 해도 성취감 같은 것도 없고. 뭔가를 열정적으로 하고 싶은 생각도 들지 않고."

"야야, 대한민국 수많은 청년 실업자를 생각해. 그들은 일하고 싶어도 못 해. 너나 나나 그런 점에서는 축복받은 거야."

"그거야 알지. 하지만 그건 그들 사정이고. 나는 나잖아?"

"왜 이렇게 감상적이야?"

"쯔······. 이런 말을 할 사람이 슬프게도 너밖에 없어서 그런다. 내 주변에 나 같은 일을 겪은 사람, 너밖에 없어."

"······."

아아······.

하긴.

김은채는 다이아몬드 수저다.

대성이라는 거대한 그룹 회장가의 직계에서 태어난 대통령도 함부로 못 하는 아주 아름답고, 단단한 다이아몬드 수저. 하지만 그래서 그녀는 어려서부터 이런저런 일을 많이 겪었다. 지영이 아주 어릴 적 이정숙 사건으로 몇 번 곤욕을 치렀고, 고작 중학교 때 하이재킹으로 납치까지 경험하면서 일반적인 학생들의 삶에서 완전히 벗어났을 때, 그와 비슷한 일을 김은채도 겪었다.

그녀도 납치를 겪으며 같이 나이의 배다른 동생이 있다는 진실에 도달했고, 거기서 끝나지 않고 독극물 암살 테러까지 당했다. 이런 그녀의 어린 시절은 지영과 비교해 그리 뒤지지 않을 정도로 처절했다.

'그런데 그 와중에도 은재를 챙겼지.'

그것도 아주 필사적으로 말이다.

솔직히 대단한 일이었다.

지영이라면? 그건 지영이니 충분히 가능했을 것이다.

하지만 다른 아이들이었다면? 그 상황에서 충분히 무너지고도 남았을 것이다. 하지만 그런데도 김은채는 성격만 까칠한 마녀가 됐을 뿐, 무너지지 않았다. 이는 충분히 높이 사줄 만한 일이었다.

"후우, 요즘이야 좀 조용하지만 옛날엔 진짜 온통 주변이 적이었어. 너도 알지? 나한테 있었던 일."

"알지."

"나나 되니까 그 상황에서도 버틴 거야. 너나 되니까 그 상황에서도 살아 나온 거고. 그러다 보니까 성격이 이따위로 괴팍해졌고, 주변에 친구는 없고."

"얼씨구, 너 취했냐?"

"흥!"

지영은 취했냐는 한마디로 김은채의 자존심을 자극해 감성적 그녀를 강제로 넣어버렸다.

"그 어려운 시절 다 이겨내고 여기까지 왔으면 이제 네 세상인데 뭐가 그리 불만이야? 그냥 지금처럼 니 꼴리는 대로 하면서 살아. 누구도 뭐라 안 하니까."

"고모한테 죽을걸?"

"그럼 안 죽을 정도까지만 꼴리는 대로?"

"풉……."

지영의 말이 웃겼던지 처음으로 지영의 말에 솔직한 반응을 보였다.

치익.

"후우… 아, 존심 상해."

"뭐가?"

"니 말에 웃었잖아. 아 씨……."

"이건 꼭 잘 나가다가……."

"후후, 어쨌든 은재 일도 그렇고, 아직도 난 니가 그리 마음에 들지는 않지만 그래도 고맙기는 해."

"얼씨구. 그러시냐? 고마우시냐? 그럼 나한테 좀 잘하지?"

"야, 내 성깔 몰라? 같이 밥 먹고 술 먹는 것만 해도 엄청 잘 해주는 거야. 뭘 알고 말해."

"됐다. 담배나 피워. 은재 기다린다."

"흥!"

지영의 대답에 김은채는 담배를 휙 던져 쓰레기통에 넣고는 품에서 탈취제를 꺼내 칙칙 뿌렸다. 그러곤 지영한테도 몇 번 뿌리고는 마치 모델처럼 걸어 다시 은재가 빤히 바라보고 있는 창가로 걸어갔다.

그런 김은채를 보고 있는데 갑자기 은재가 배를 잡고 웃기 시작했다. 아마 김은채가 표정으로 장난을 친 것 같았다. 지영도 담배를 끄고는 다시 안으로 들어갔다.

"자! 이 차전 스타트! 딱 한 병씩만 더 마시고 가자!"

"더 마시게?"

은재가 너무 웃어서 찔끔 흘린 눈물을 닦으며 묻자, 김은채는 씨익 웃었다.

"후후, 아직 매운탕이 안 들어왔거든? 그게 또 장난 아니거든!"

"은채, 아저씨 같아, 흐흐."

"아저씨라니? 혼난다, 내 동생?"

"아니, 혼나기 싫어. 흐흐."

이미 흥이 오를 대로 올라 버린 두 사람이라 지영은 그냥 말리지 않기로 했다. 벨을 누르고 능숙하게 매운탕을 시키자 잠시 뒤에 종업원이 버너에 매운탕이 담긴 냄비, 그리고 공깃밥을 내려놓고 조용히 밖으로 나갔다.

"은재야 그릇 줘봐. 내가 비빔 덮밥 해줄게."

"덮밥? 나 배부른데?"

"나랑 같이 먹으면 되지. 이거랑 매운탕이랑 같이 먹어도 맛있어."

"으으… 알았어."

김은채는 다시 은재의 그릇에다가 공깃밥을 하나 다 넣고 또 각종 야채와 양념들을 넣고 비볐다. 지영은 그녀가 밥을 비비는 동안 매운탕의 간을 조금 다시 손봤다. 두 사람 다 간이 센 걸 좋아하기 때문이었다.

그렇게 다시 시작된 2차전은 각 1병이라더니, 결국 각 2병이 되어서야 끝을 고했다. 취기가 올라왔지만 어떻게든 제정신을 차리려는 그녀를 데리고 차에 먼저 데려다 주고, 은재도 데리고 차로 왔다.

"은재야, 같이 가자……."

"흐흐, 그럴까?"

"응, 흐흐."

똑같이 웃는 둘을 보고 지영은 그냥 고개를 절레절레 저었다. 일단은 김은채의 차에 은재를 태워주고, 휠체어는 자신의 차에 실었다.

"서울 집으로 와."

"오케이! 나 먼저 간다! 김 비서, 출발!"

"네."

은재와 김은채가 탄 차가 먼저 출발을 했고, 지영은 한숨을 내쉬고는 입구의 벤치로 가서 앉았다.

"하아……."

지영도 취기가 꽤 올라왔다.

피식.

괜히 웃음이 나왔다.

지영은 대화 중 간간히 내비치는 김은채의 감정을 놓치지 않았다.

"외로웠냐?"

하긴……. 가장 의지했던 동생도 지영과 함께 사니 그럴 만도 했다. 그리고 그녀의 주변을 보면 그녀는 떠받들어지고 있다고 봐야 했다. 게다가 사람을 잘 믿지도 못하니 충분히 지금까지 외로웠을 수도 있었다. 그런 감정들이 술이 들어가고 나니 이성적 제어가 풀리면서 은연중에 흘러나왔다.

하지만 그렇게 마셨는데도 겨우 지영이나 알아볼 정도로 미세하게 흘러나왔다.

'넌 진짜…….'

엄청나게 단단하게 자신을 묶어놓고 통제했다는 뜻이 된다. 또 그 메시지가 나온 건 이제는 별로 나쁘지 않은 둘이지만, 좀 더 관계를 개선해 보자는 뜻도 된다.

피식.

"살다 살다 천하의 김은채한테……."

그게 웃겨서 그냥 실없는 웃음이 나왔다.

하지만 김은채와의 관계 개선은 어째 나쁘지 않을 것 같았다. 그러니 이제는 지영도 그녀를 친구로 생각하기로 했다. 연인 은재를 빼면 지영에겐 아주 오랜만에 생긴 동갑내기 친구였다.

술기운 때문일까?

괜히 웃음이 나온 지영은 그만 자리에서 일어나 차에 올라, 두 사람을 따라 서울로 출발했다.

충주에서 돌아온 이후의 지영의 삶은 추가 촬영을 한 번 했고, 그걸 빼면 매우 단조로웠다. 하루의 대부분을 운동, 휴식, 운동, 휴식으로 채워졌다.

그렇게 이 주가 순식간에 흘렀고, 박종찬 감독에게 서울 인근의 대규모 촬영 단지 조성이 거의 끝났다는 연락을 받았다. 그리고 그날 퀵 서비스로 숙 왕야의 최종 대본도 받았다. 대본을 받아 읽던 지영은 신은정 작가가 숙 캐릭터에 정말 공을 들였음을 알 수 있었다.

숙 캐릭터는 기본적으로 오행에 비교하자면 완벽한 수(水)다.

하지만 그와 정반대되는 화(火)의 기질도 가진 아주 이질적이고, 이중적인 캐릭터다. 모낭여와 모중산의 일 때 그 기질을 드러냈다가 왕야라는 신분임에도 불구하고 북방 대장군에 임명되어 이민족의 침략을 막아내야 했던 비운의 왕야이기도 했다.

그 전쟁은 쉽지 않았다.

이민족은 빠르고, 강했다.

병력은 많지 않지만 말을 거친 광야를 인마 일체로 내달리며 가해오는 화살 공격은 무시무시하게 위협적이었다.

숙(肅)은 죽을 고비를 수도 없이 넘겼다.

몇 날 며칠을 광야에서 숨어 다니며 전장의 처절함을 저절로 깨우쳐야 했다.

동시에 황제의 비정함과 무능함에 치를 떨었다. 아니, 치를 떠는 정도가 아니었다. 살아남는 횟수가 늘어감에 따라 황제 순에 대한 원망과 살의는 차곡차곡 쌓여갔다. 또한 그 횟수가 늘어감에 따라 북방군의 주축이라는 철예병단(鐵銳兵端)의 신임 또한 얻었다.

숙은 북방으로 떠난 지 오년 만에, 북방의 왕(王)이 되었다.

거친 광야는 그의 영토가 되었으며, 병사들과 병사들의 식솔을 포함한, 모든 이들이 그의 백성이 되었다. 산맥 하나를 넘어 있기 때문에 철저하게 고립된 그 영토 속에서 숙은 자신의 백성과 영토를 지키려 치열하게 싸웠다.

지학(志學)의 나이에 북방으로 떠난 숙은 정확히 7년 만에 대전쟁에서 승리하며 북방을 안정시켰다.

숙은 이후, 칼을 갈았다.

숙과 모든 전쟁을 함께한 철예병단은 악명의 대명사로 불리며, 온 나라에 그 위명을 쩌렁쩌렁하게 울렸다.

하지만 대장군 숙의 위명을 넘지는 못했다.

대장군 숙.

숙 왕야.

숙이라는 이름을 가진 황제의 동생, 숙이라는 이름을 가진 북방대장군. 백성들의 뇌리에 숙은 이민족의 칼날로부터 자신들을 지킨 영웅(英雄)이었다. 숙 왕야를 칭송하는 노래가 생겨났고, 그를 찬양하는 호사가들이 늘어났다.

황제의 동생인 지고한 위치에 있으면서도 칼바람이 부는 그곳에서 백성을 위해, 민초를 위해 처절한 전쟁을 직접 지휘한 제국의 영웅이 되었다.

그리고 당연히 그러한 소문은 황궁으로 들어간다.

숙이 두려워 북방으로 보낸 순은 당연히 그런 숙 이가 갈릴 만큼 싫었다. 순은 숙이 그곳에서 죽길 원했다. 이민족의 칼날? 북방의 위협은 제국의 남은 병력으로 충분히 막을 수 있다고 생각했기 때문이다. 그러니 죽었어야 했다. 살아 있지 말고, 죽었어야 했다. 하지만 숙은 살아남았고, 숙은 영웅이 되었다.

순의 광기가 폭발했고, 그 들불 같은 광기는 결국 그가 서 있는 장소를 중심으로 퍼지기 시작했다.

황궁이 그의 광기로 몸살을 앓기 시작할 때, 제도(帝都)로 숙이 돌아왔다. 죽은 귀례 대신 실권을 잡은 악치원과 숙이 만나게 되고, 이야기는 이때부터 제대로 시작이 된다.

＊　　　　＊　　　　＊

"흠……."

지영은 이 초반부가 매우 마음에 들었다.

'제국인가, 사랑인가'에서 이정군이라는 배우가 숙의 성인 역할을 맡았었다. 천만을 넘은 영화였기 때문에 지금도 케이블 방송에서 일 년에 몇 번이나 틀어주는 영화이기도 하고, 한국인이 가장 재탕을 많이 하는 영화에도 10위 안에 들어갔다. 우스갯소리로 박종찬 감독과 신은정 작가는 이후 모든 영화가 망해도 제국인가, 사랑인가의 저작권으로 충분히 먹고살 만하다는 말까지 나왔을 정도였다.

물론 그 말은 사실이었다.

제국인가, 사랑인가는 지영이 데뷔작이기 때문에 수많은 지영의 국내외 팬들이 사랑하는 영화였다.

지영의 연기를 자막이 아닌 언어 그대로 이해하고 싶어 한국어를 배운 팬의 수가 십만 자리수를 넘어간다는 통계까지 있었을 정도였다. 그리고 문제는 여기에 있었다. 아직도 사랑을 받고 있는 작품이기 때문에 배역에 대한 배우 이미지가 아직도 선명하게 남아 있었다.

숙=이정군.

이렇게 말이다.

하지만 '숙 왕야'에서 숙의 역할은 지영이 맡는다. 지영의 이미지가 워낙에 강렬하기 때문에 이정군의 존재감 정도는 충분히 지우고도 남지만 신은정 작가는 아예 생각조차 나지 않기를 원했다.

그래서 강렬한 도입부를 선택했다.

2016년인가 17년쯤에 선풍적인 인기를 끌었던 '도깨비'란 작품이 모티브였기 때문에 첫 도입부는 비슷하면서도 더욱 강렬한 인상을 남겨 이정군을 지우고, 자신이 보기에 숙, 그 자체인 강지영의 이미지를 확실히 심어주기를 원했다.

"확실히 실력은 신은정 작가님이 위야."

임수연은 뛰어난 작가다.

'테러리스트'와 이번 작품으로 그 능력을 이미 입증했다. 임수연 작가는 딱 봐도 천재 부류이고, 글을 감각적으로 쓰는 사람이었다. 재능에 실력, 그리고 감각까지 좋으니 그녀의 손끝에서 나오는 작품은 확실히 좋았다.

지영이 찍고 싶을 정도로 말이다.

하지만 신은정 작가는 태생이 노력파였다. 노력으로 인한 실력, 경험, 그리고 연륜이 합쳐져 어떻게 해야 캐릭터를 잘 살릴 수 있는지 아주 잘 알고 있었다. 지영이 보기에 도입부와 초반부가 이렇게 흘러가면, 미안하지만 배우 이정군의 이미지는 완전히 날아갈 것이다. 지영은 그게 마음에 들었다.

대본은 재밌었다.

그리고 당연히 찍고 싶었다.

숙의 배역, 신은정 작가가 자신을 위해 이렇게 신경 써준 이번 작품은 꼭 하고 싶었다.

지잉, 지잉.

안 그래도 자신이 생각하고 있는 걸 알았는지 신은정 작가에게 전화가 왔다.

"네, 강지영입니다."

—나 신은정 작가야.

"네, 작가님."

—지금 대본 보고 있어?

"네, 지금 보고 있어요."

—그래? 그럼 일주일 뒤에 대본 리딩 괜찮을까?

"딱 일주일 뒤요? 잠시만요."

지영은 폰을 내려놓고 스케줄을 적어놓은 달력을 확인했다. 스케줄이 있었다. 은정백화점의 분기 CF 촬영이었다.

"이번 주 주말은 시에프 촬영이 있어요."

—그래? 그럼 좀 미룰까?

"음… 좀 더 땡기는 건 어때요? 모레쯤으로. 대본 배본됐으니 이틀이면 어느 정도 캐릭터 연구도 끝날 테니까요."

—너나 끝나는 거거든? 일단 알았어. 이틀 뒤?

"네."

—일단 연락 돌려볼게.

"네, 박 감독님도 잘 지내시죠?"

—그이는 지금 세트장 돌아다니느라 정신없어. 너랑 같이 작

업하는 게 그리 좋은가 봐. 추운 거 별로 안 좋아하는 양반이 새벽부터 일어나서 나가, 호호.

"건강해지시겠네요. 술독도 좀 빠지고."

―얘, 거기 독촉하느라 관계자들 못살게 굴어서 매일 술 사주고 들어오느라 여전히 술독이야.

"하하."

이번 작품은 겨울이 가기 전 중요 신은 무조건 찍어야 했다. 그래서 세트장도 서울 인근에 지었지만 사실상 경기도에 가깝다. 그것도 햇볕이 진짜 안 드는 지역을 고르고 골라 눈이 담긴 풍경과 배경으로 전쟁 신을 포함해 여러 신을 찍어야 했다. 지금이 2월, 4월까지도 눈이 녹지 않는 지역이니 리딩하고, 크랭크인하면 딱 한 달 조금 넘게 여유가 남는다. 지영은 이번 촬영이 굉장히 타이트하게 진행될 거라는 예감을 이미 받고 있었다.

―그럼 이틀 뒤로 잡아보도록 일정 짤게.

"네, 결정되면 연락 주세요."

―그래, 몸조리 잘하고. 수고해.

"네, 고생하세요."

뚝.

전화를 끊은 지영은 일어나 밖으로 나갔다. 거실은 조용했다. 은재는 재단 서류 문제로 외출했고, 그녀가 외출하니 유선정도 당연히 같이 나갔다. 냉장고에서 음료 하나를 꺼낸 지영이 밖으로 나갔다.

쌩! 하고 차가운 바람이 불어왔다.

지영은 추운 것에 익숙했다.

불이 귀한 시대를 너무나 많이 살아왔기 때문이다. 그래서 추위는 익숙하지만, 좋아하지는 않았다. 찬 공기를 쐬며 10분쯤 정신을 가다듬은 지영은 다시 안으로 들어왔다. 덮어놨던 대본을 든 지영은 도입부가 지난 시점부터 천천히 대본을 읽었다.

꿈틀.

대본을 읽으면서 숙의 시린 광기가 나오는 장면에서는 어김없이 폭군이 반응했다. 이게 참 찝찝했다. 마치 언제 터질지 모르는 화약고를 머릿속에 심고 다니는 기분이었다. 하지만 이걸 제거할 마땅한 방법이 있는 것도 아니었다. 지금 당장은 마치 때를 기다리는 것처럼 잠잠했지만, 지영은 알고 있었다.

폭군 이건.

그 당시의 자신은 결코 잠잠한 놈이 아니었다는 걸.

이런 사실을 누구보다 잘 아는 게 지영이다.

재미와 찝찝함을 같이 느끼며 대본을 다 읽고나니 저녁 시간이 됐다. 의자에 오래 앉아 있어 굳은 몸을 스트레칭으로 풀어준 뒤에 저녁 준비를 하다 보니 은재가 유선정과 함께 들어왔다.

"나 왔어!"

"왔어?"

지영은 끓는 물에 나물을 넣고는 일이 잘 풀렸는지 활짝 웃고 있는 은재를 돌아봤다. 유선정이 방으로 들어가 옷을 갈아입고 나와 지영을 지나쳐 주방으로 들어가자, 지영은 거실로 나왔다.

"갔던 일은?"

"흐흐, 문제없이 잘 접수했지!"

"오… 그럼 통과하면 이제는 이사장님인가?"

"흐흐, 쑥스럽게 왜 그래?"

"맞는 말이잖아. 재단 솔의 이사장님."

"흐흐……."

은재는 지영의 말에 몸을 배배 꼬며 쑥스러워했다. 하지만 틀린 말은 아니었다. 직접 운영하는 재단이라 당연히 이사장은 은재가 맡기로 했다. 그리고 재단 이름은 작품 '솔' 덕분에 이런 기회가 왔으니, 솔이라고 지었다. 이제는 은재는 소설가 유은재이면서, 솔 재단 이사장 유은재가 될 날이 멀지 않았다.

"공사는?"

"자재는 다 구했고, 도면도 다 완성됐대. 그리고 어려운 고아원이 꽤 많아서 일단 숙소랑 식당부터 짓기로 했어."

"그래? 잘했어."

고아원은 거의 기본적으로 국가보조금으로 운영된다. 그래서 사정이 좋은 곳은 찾기 힘들었다. 그리고 그중 몇몇 곳은 지금 당장 문을 닫을 위기에 처해 있었다. 문제는 고아원이 문을 닫을 경우 그곳에 살던 아이들이었다. 제각각 흩어지는 거야 당연한 거고, 좋지 않은 곳으로 갈 수도 있었다.

한창 자라면서 친구들을 사귀는 단계인지라 강제로 찢어지면 아이들의 정서에도 그리 좋지 않았다.

"일단 시작은 백 명부터 하려고 해."

"백?"

당연히 적지 않은 숫자였다.

은재는 아이들에게 지원을 아끼지 않을 테니까 들어가는 비용도 아마 상당할 것이다. 옷, 식비, 교육 비용 등등 달에 몇 천은 우습게 깨질 것이다. 하지만 그럼에도 은재는 웃었다. 그저 즐거운 모양이었다.

"딱 적당하네. 일단 그 아이들부터 해보면서 익숙해지고, 여유 생기면 조금씩 늘려 가면 되겠다."

"그치? 그치, 그치? 흐흐!"

"어이구, 그렇게 좋아?"

"응!"

애처럼 활짝 웃는 은재를 보니 지영도 기분이 덩달아 좋아졌다.

"흐흐, 너무 좋아. 근데 걱정도 된다……. 나 많이 도와줄 거지?"

"나도 엄청 바쁠 것 같은데?"

"그래도! 그래도 도와줄 거지?"

"당연하지."

"고마워……. 너 아니었으면 이런 날도 없었을 거야."

그렇게 말하는 은재를 잠시 보던 지영은 팔을 뻗어 그녀를 안았다. 그녀의 마음이 충분히 이해 갔다. 뭐든지 처음 시작하는 일은 이렇게 불안한 법이었다. 그렇게 잠시 그녀를 안아서 진정시켜 주는데 현관문이 열리고 임미정과 강지연이 들어섰다.

"언니!"

들어오자마자 은재한테 도도도, 아니, 다다다 달려오는 지연이를 보며 지영은 소파에서 일어났다. 요즘도 지연이는 은재에게 찰싹 달라붙어 떨어지지 않았다. 체형은 강상만을 닮아 벌써 또래 아이치고는 상당히 큰 지연이는 힘도 좋았다. 특히 요즘 유도를 배우면서 진짜 장난이 아니었다. 그래서 요즘은 은재도 에너지 넘치는 지연이를 버거워했다.

지정석인 듯 은재 옆에 앉아 '언니! 언니, 있잖아, 내가 오늘 오 학년 오빠도 이겼다!'로 시작하는 지연이의 수다를 시작으로 집 안은 다시금 온기를 머금어 갔다. 하나같이 범상치 않은 사람들이지만, 분위기만큼은 여타 다른 집과 별다를 바가 없었다.

지영은 이런 것도 좋았다.

'특별하지 않은……. 평범한 이상.'

오히려 바랐다.

항상 이런 날이 계속되기를.

그런 지영의 바람이 이루어질지 말지는 오직 신만이 알 일이었다.

숙 왕야의 대본 리딩은 지영이 신은정 작가한테 얘기했던 것처럼 이틀 뒤로 결정이 났고, 장소는 당연히 대성호텔이었다. 대성 산하 투자 회사에서 영화 제작 비용의 절반 이상을 투자했기 때문에 대성호텔인 건 당연하지만, 지영은 이제 좀 질려가고 있었다.

"야, 다른 데로 좀 가면 안 되냐? 어떻게 매번 여기야?"

일찍 도착해 스카이라운지의 VIP룸에서 만난 김은채에게 지영이 그리 말하자, 누가 술꾼 아니랄까 봐 대낮부터 술을 홀짝거리던 김은채가 눈을 흘기며 대답했다.

"농담이지?"

"진담인데?"

"그럼 포기해. 그건 절대 양보 안 해줄걸?"

"하……."

"너 하나로 나오는 광고 비용이 대세 스타들 섭외해 시에프 몇 편 찍는 것보다 훨씬 더 남아. 그걸 우리가 포기할 것 같냐?"

"안 하겠지."

"잘 아네. 그러니까 포기해."

"……."

전 세계적으로 지영의 인지도가 진짜 엄청나서 입는 것, 신는 것, 쓰는 화장품까지 알려지기만 하면 무조건 완판이었다. 게다가 지영이 다니는 음식점, 숍 등은 항상 팬들로 넘쳐났다. 그런 지영이 대성호텔에서 대본 리딩을 가졌다는 사실을 은근 슬쩍 사진으로 찍어 SNS에 올리기만 해도 광고 효과는 엄청날 것이다.

그러니까 지영이 이 공간에 존재하는 것 자체가 이미 홍보라는 뜻이었다.

그걸 김은채나 대성이 바보도 아닌데 놓칠 리가 없었다.

"야, 그리고 여기 따지고 보면 처가댁이잖아?"

그리고 은재와 같은 피가 흐르는 사람들이 경영하는 처가 기업이기도 했다. 지영은 은재 얘기가 나오자 깔끔하게 포기했다.

"알았다."

"본전도 못 건질걸, 쯔쯔."

김은채는 혀를 차고는 잔을 내려놓고, 네모난 케이스에서 담배를 꺼내 물었다. 지영은 워낙에 자주 봐서 그녀가 담배를 피우는 모습이 이제 별로 거슬리지도 않았다. 이미 익숙해진 것이다.

퐁.

"후우……. 이번 영화는 어떤 영화야?"

"제국인가, 사랑인가의 후속편쯤?"

"아아, 니 데뷔작?"

"응."

"호오, 재미는 있겠네."

영화는 뭐든지 다 찍고 관객에게 선보여 봐야 재미가 있는 건지, 아니면 별로인 건지를 알 수 있다. 감독이나 배우, 작가야 당연히 재밌는 얘기로 영화를 만들지만 그걸 받아들이고 평가하는 건 관객이기 때문이다.

그래서 속단은 절대로 금물이었다.

지영의 대답이 없자 김은채는 고개를 갸웃하곤, 연기를 길게 내뿜은 뒤 다시 말했다.

"뭐야, 별로야?"

"아니. 찍어봐야 아는 거지. 아직 대본 리딩도 안 했는데 재밌다, 재미없다 판단하는 건 금물이라서."

"그래도 넌 확신이 있으니까 찍는 거 아냐?"

"그거야 그렇지. 근데 뭐든지 판은 까봐야 돼. 막상 우린 최선을 다해도 관객들에게는 재미없을 수도 있거든."

"흥, 겸손하기도 하셔라. 근데 이제 너도 한 번쯤은 실패를 겪어봐야 하는 거 아냐? 너무 성공만 했잖아?"

이건 또 웬 개소리?

지영은 어디서 왈왈! 개가 짖나 했다. 그래서 자연히 얼굴이 찌푸려졌다.

"실패? 야, 나만큼 실패한 사람이 많냐? 너 같으면 하이재킹 당하고, 암살 위협 받고. 퍽이나 성공한 인생이다?"

"아, 그러네. 쏘리, 실언. 넘어가."

"……."

하아…….

지영은 그냥 신경을 껐다.

이후 몇 마디 더 걸었지만 지영은 그냥 쌩 까고 폰만 들여다

봤다.

지잉.

'오늘 잘해! 파이팅!' 은재에게 온 메시지에 '너도 글 잘 써!' 하고 답장을 보내고 몇 분 뒤, 이번엔 한정연에게 전화가 왔다.

"네, 지금요? 네, 바로 갈게요. 몇 호실이에요? 네, 지금 가요."

뚝.

전화를 끊자 김은채가 술잔을 들어 입술을 가져다 댄 채로 입만 뻥긋했다.

왜?

"간단하게 메이크업받아야 돼서. 간다."

"응, 수고."

"......."

소파에서 일어난 지영은 잠깐 멈칫했다.

수고?

'미안하긴 했나 보네?'

아마 좀 전의 실언 때문에 수고하란 말을 해준 게 분명했다. 본래라면 가든지 말든지 신경도 안 쓰는 게 그녀의 성격이니 말이다.

피식.

지영이 실소를 흘리자 그걸 또 봤는지 작게 흥! 하고 고개를 돌렸다. 볼이 살짝 빨개져 있는 건 아마도 술기운 때문일 거다. 지영은 그렇게 생각하기로 하고 룸을 나섰다.

룸에서 그리 떨어지지 않은 대기실로 돌아온 지영은 준비해

놓은 옷으로 갈아입고 거울 앞에 앉았다.

"자자, 그럼 변신 들어갑니다?"

"세게 할 거예요?"

"아니? 말이 그렇다는 거지. 그냥 기본만 할 거야. 아예 안하는 게 내추럴하고 좋긴 한데, 카메라도 돌리는데 그럴 수는 없잖아?"

"하하, 네."

어느 순간부터 대본 리딩을 하는 배우들의 흑백사진은 영화에 대한 관객의 기대 심리를 증폭시키는 효과를 불러오기 시작했다. 그래서 패션에 신경을 안 쓰는 것 같지만, 오히려 그것조차 노리고 가능한 추하지 않은 내추럴을 표현해 사진을 찍는다. 그렇게 찍은 사진은 아주 정밀한 포토샵을 거쳐 영화 사이트에 걸린다.

대본 리딩은 배우들끼리 안면을 트고, 대사를 한번 맞춰보고, 그리고 저녁에 식사 자리를 가져 친목을 도모하는 목적 외에도 홍보가 더 있었다. 눈을 감고 한참을 있다가, 이성은이 됐다는 말에 눈을 뜬 지영은 변한 듯 만 듯한 자신의 얼굴과 마주했다.

"한 듯 안 한 듯, 그렇지?"

"네, 이야……."

지영이라고 어떻게 잡티가 없을까.

게다가 하이재킹 당시 고문을 받으면서 생긴 상처도 얼굴에 몇 개 있었다. 그런 흉터와 잡티가 씻은 듯이 사라졌지만 얼굴에 뭘 바른 티는 또 안 났다. 사실 이런 메이크업은 매번 받으면서도, 매번 신기했다.

"자자, 준비 끝! 사장님, 가서 잘하고 오시와요!"

이성은이 웃으며 그렇게 장난을 치자 한정연이 '징그러워, 이것아!' 하고 소리쳤다. 그러곤 둘이 깔깔거리면서 웃었다. 지영은 그런 두 사람의 장난을 들으며 소파에 누웠다. 아직 리딩 시작까지 1시간 정도 남아서 잠시 쉬어둘 생각이었다.

눈을 감기 무섭게 잠시 잠이 들었다가, 한정연이 깨우는 소리에 깼다.

"시간 됐어."

"네……."

짧게 잠들었지만 제법 깊게 잤는지 의식이 몽롱했다. 고개를 털고 이성은이 건네준 물을 마시고 나니 정신이 좀 들었다. 리딩까지 남은 시간 20분, 지영은 마지막 점검을 하고는 리딩장으로 갔다.

가는 길에 배우들이 속속 도착했는지 아는 얼굴들이 보였다.

"오빠!"

그리고 그중엔 이수진도 있었다.

"오랜만이다?"

"네! 오빠도 오랜만!"

"잘 지냈어?"

"네네! 그럼요! 히히."

저번 작품에서 합을 맞췄던 이수진은 요즘 자신감이 상당히 업됐는지, 전과는 다르게 확실히 여배우의 모습이 보였다. 모자를 눌러썼지만 모델 출신답게 늘씬하게 쭉 뻗은 기럭지 때문에 같이 걷는데 주변에서 힐끔힐끔 쳐다보는 시선이 느껴졌다.

보이는 직업.

배우나 모델이 딱 그랬다.

이수진은 둘 다 해봐서인지 시선은 거의 신경 쓰지 않는 모습이었다.

"뭐 하고 지냈어요? 오, 그러고 보니 오빠 몸 좋아졌네요?"

"보는 대로 지냈지. 운동하고, 먹고, 운동하고, 그랬다."

확실히 지영의 모습은 변해 있었다.

정수호 역일 때는 병약한 이미지를 풍겨야 해서 상당히 감량을 했었다. 그래서 황정만 때문에 잦은 술자리를 해야 해서 상당히 부담이 심했다. 하지만 숙은 아니었다. 숙은 대장군. 북방의 피 터지는 전장에서 군을 이끌고, 직접 전투에 참여하며 지금까지 버틴 철혈의 대장군이다.

그러면서도 왕야의 직위까지.

위풍이 당당하단 정도로 끝날 체형이 아니었다. 그래서 지영은 벌크 업을 감행, 덩치를 상당히 부풀린 상태였다. 물론 그렇다고 해서 전문 헬스 선수처럼 거대한 덩치는 아니었다. 이전의 체형이 워낙에 외소하게 잡았던 탓에 지금은 운동선수 정도 되는 체형이라고 보면 됐다.

"준비는?"

"열심히 했지요!"

이수진의 역은 숙의 시비 역이다.

가장 가까운 곳에서 전투, 전략 등을 제외한 가사 전반을 전체적으로 전담하는 시비였다. 물론 딱 그 정도로 끝날 역은 아니었다. 나름 중요한 반전 요소를 가진 배역이었다. 하지만 신은정 작가가 이수진의 배역에 변화를 줄 생각을 하고 있어 아직은 어떻게 될지 확실치는 않았다.

"그래도 시비 역에 네가 돼서 다행이다. 한번 호흡 맞춰봤으니 더 수월하겠어."

"후후, 오빠 저랑 좀 맞는듯?"

"그래, 그런 듯하다."

이런저런 얘기를 이수진과 나누며 걷기를 잠시, 리딩 장소에 도착했다. 등장 사진도 찍어야 해서 이수진은 잠시 기다리고, 지영이 들어서자 전문 사진작가가 지영을 찍기 시작했다. 지영은 고개 숙여 배우들에게 인사를 하고는 자신의 자리에 앉았다.

지영의 정면에 악치원 역의 최민석이 앉아 있었다.

"왔나."

"네, 선배님. 안녕하셨습니까."

"하셨습니까는 무슨. 편하게 해라, 편하게."

"하하, 네."

지영이 최민석과 인사를 나누고 나니 이수진이 들어와 지영처럼 인사를 하고는 옆자리에 앉았다. 시비 역이라 지영과 호흡을 맞추는 신이 많아서 짠 배치 같았다. 속속 배우들이 등장했다.

배우 김민재.

순 황제의 아역을 맡아 지영과 몇 차례 호흡을 맞췄던 배우였다. 주인공이 아닌 조연이지만 그는 흔쾌히 영화에 합류했다. 본래 성인 순의 역은 김순영이란 배우가 맡았지만 그는 몇 년 전 약물 사건으로 은퇴한 배우가 됐다.

그래서 이 역할은 자연스레 김민재에게 제일 처음 대본이 전해졌고, 지영이 찍는다는 걸 안 그는 두말 안 하고 영화에 합류했다.

쿵, 쿵쿵.

두근! 두근두근!

문을 열고 들어선 한 여인을 보자 심장박동수가 갑자기 빨라졌다. 그에 지영은 고개를 숙이고는 인상을 찌푸렸다. 익숙한 사람이다.

매순.

이민족 대장군 바트의 반려이자, 휘하 무장으로 등장하는 키릴 역에 캐스팅되었다는 얘기를 들었다.

―매순…….

잠자코 있던 서랍이 다시금 들썩이더니 조현이 그녀의 이름을 안타깝게 불렀다. 지영은 조현의 바람을 잠시나마 들어주고 싶어 그녀의 얼굴을 빤히 바라봤다. 시선을 느꼈는지 주변에 인사를 하고 최민석의 옆옆자리에 앉은 그녀가 지영을 바라봤다.

꾸벅.

"안녕하세요, 선배님."

그때 CF 촬영 이후 보는 거니 오랜만이 맞았다.

"네, 안녕하세요."

"잘 지내셨어요?"

지영이 선배이다 보니 말투도 매우 깍듯했다. 그런 그녀를 보던 최민석이 고개를 끄덕이는 게 보였다. 나이야 매순이 한참 많지만, 경력은 지영이 단연 위다. 작품 수는 매순이 많을지 몰라도 작품의 성공률은 지영이 압도적이었다.

"네, 매순 씨는요?"

"후후, 저도 잘 지냈어요. 그럼 이번 작품도 잘 부탁드립니다."

"네, 저도 잘 부탁합니다."

그렇게 대답한 지영은 대본으로 시선을 돌렸다. 대본을 꺼내 대사를 다시 한번 빠르게 외운 지영은 폰을 꺼내 시간을 확인했다. 시작 5분 전이었다. 은재에게 이제 시작한다고 메시지를 보내고 폰을 집어넣기 무섭게 박종찬 감독과 신은정 작가가 안으로 들어섰다. 이미 다들 안면이 있는지 웃으며 인사를 하고는 두 사람은 자리에 앉았다.

"자, 그럼 대본 리딩 시작하겠습니다!"

조연출의 사인을 시작으로 배우들의 표정이 진지해졌다. 그리고 당연히 지영도 마찬가지였다. 게다가 첫 번째 순서도 지영이었다. 고개를 드니 무섭게 집중하고 있는 최민석이 보였다. 호랑이의 목줄을 물어뜯으려고 호시탐탐 기회를 엿보는 이리. 간신(奸臣) 귀례가 간사한 여우였다면, 악치원은 그런 캐릭터였다.

두 사람이 집중을 끝내자, 그걸 귀신같이 알아본 박종찬 감독이 마이크를 들었다.

"레디, 액션."

Chapter78
폭군(暴君)Ⅲ

액션 사인은 떨어졌다.

하지만 지영과 최민석은 서로를 바라볼 뿐, 입은 열지 않았다. 마치 기 싸움을 하는 것처럼 각자 캐릭터가 갖추어야 할 눈빛으로 서로를 바라보고 있었다.

"……."

"……."

그래서 생긴 침묵은 리딩장에 숨 막히는 소름이 내려앉게 만들었다.

꿀꺽.

누군가가 옥죄어 오는 압박감 때문에 침을 삼켰다가 그 소리가 너무 크게 나자 자신의 입을 틀어박았다. 스태프도 하던 일을 멈추고 두 사람을 조용히 지켜봤다. 움직이면서 내는 소란이 두 배우의 집중을 깰 것 같았기 때문이다.

그리고 지금 저 두 배우의 기 싸움이 한창인 상황에서 그랬다간 진짜 농담이 아니라 대역 죄인으로 몰릴 분위기였다. 하지만 오해였다. 기 싸움이 아니다. 둘은 이미 한 차례 식사를 하면서 대사를 맞춰본 적이 있었다. 그때 기 싸움은 이미 충분히 했다. 그렇기 때문에 지금은 배역에 대해 깊게 몰입해 가고 있을 뿐이지, 절대 기 싸움이 아니었다. 하지만 둘은 이미 감정을 잡고 있는 상태라 그걸 굳이 해명하지 않았다.

오직, 바라볼 뿐이었다.

"후… 후우……."

깊게 한숨을 내쉰 최민석의 기세가 변하며 입술이 천천히 열렸다. 그리고 그의 열리자 이곳은 대성호텔이 아닌, 숙과 악치원이 살아가는 제도로 화(化)했다. 또한 지영은 숙이 되었고, 최민석은 악치원이 되었다.

"왕야(王爺), 오랜만에 뵙습니다. 신(臣), 태감(太監) 악치원(嶽治原)이라 하옵니다."

간신에 어울리지 않는 중후한 목소리였다.

스윽.

그 목소리를 들은 지영은 상체를 세웠다.

폭군은 아직 깨어나지 않았다. 그런데도 행동은 숙을 따라가고 있었다.

"오랜만?"

냉기가 진짜 뚝뚝 떨어지는 목소리였다.

"신, 악치원. 오래전에 왕야께서 북방 원정을 떠나실 때 먼발 치에서 한번 뵌 적이 있습니다."

"그러하냐."

"그렇사옵니다, 왕야."

고개를 살짝 숙인 악치원의 눈빛이 빛났다. 그는 가늠하고 있었다. 어려서 북방으로 쫓겨나듯 떠난 숙이란 인간을 말이 다. 그리고 그는 지금 온몸에 돋아나는 소름에 몸서리가 처질 지경이었다.

솔직히 말해 그는 숙이 운이 좋아 그곳에서 살아남았는지 알았었다. 하지만 지금 보니 전혀 아니었다. 전혀, 진짜 절대로 아니었다. 눈앞의 숙, 이자에게 가장 어울리는 단어는 철혈(鐵 血)이었다.

찔러도 피 한 방울 나오지 않을 것 같은 무정함을 온몸에 두 르고 있었다. 그리고 두터운 의복을 입고 있지만 그냥 느껴졌 다. 저 안에 요동치는 무시무시한 육체가. 숙은 정신적으로도, 육체적으로도 괴물이 되어 제도로 귀환했다.

"……."

고개를 숙인 악치원은 침을 꿀꺽 삼켰다.

'이래서는 아니 된다. 이래서는 아니 돼……. 제국의 주인은 폐하뿐이다…….'

악치원은 그런 생각에 그만 입을 열어 물을 뻔했다.

'어찌하여 살아 돌아오셨습니까?'

하지만 그는 그 말을 뱉지 않았다.

꺼냈다간 북풍의 칼바람에 사지가 찢겨 나갈 것 같았기 때문이다.

"……."

오늘 찾아온 이유는 숙이란 인간의 됨됨이를 보기 위한 것이었고, 그 목적은 달성했지만 섣부르게 일어날 수가 없었다. 북방의 끔찍한 악몽이라는 바트의 목을 직접 쳐버렸다는 건 이미 들어 알고 있었다.

악치원은 느끼고 있었다. 잘못하면 편히 앉아 있는 그의 옆에 있는 거대한 참마도가 자신의 목으로 날아오리라는 걸.

어떻게든 대화를 이어나간 뒤, 적당한 순간에 자리에서 일어날 생각에 악치원은 시선을 들며 입을 열었다. 아니, 열려고 했다.

"왕……."

"건방지구나……."

뚝.

칼같이 끊긴 말에 악치원은 다시 소름이 돋았고, 긴장했다. 송골송골 맺혔던 땀방울이 주르륵 흐르기 시작했다.

"제도로 귀환한 첫날, 본 왕야가 형님 폐하를 만나기도 전에 찾아오는 짓거리를 하더니… 이제는 본 왕야가 어떤 사람인지 살펴보고 있는 것이냐?"

"그, 그것이 아니라……."

"이제는 변명까지……. 후후, 후후후……."

나직한 웃음이 공간을 맴돌다가 부스스 흩어져 사라졌다.
고개를 든 악치원은 새파랗게 빛나는 숙의 눈동자에 다시금
흠칫 놀랄 수밖에 없었다.

"악치원아."

"예, 왕야."

"북방이란 곳은 말이다……. 변명이 통하지 않는 곳이다."

"……."

"후후, 아니구나. 그곳에서는 변명을 할 기회조차 주어지지
않는단다. 왜인지 아느냐?"

"잘… 모르겠사옵니다, 왕야."

"들어주지 않기 때문이다. 실패는 병가지상사라는 말조차도
통하지 않는다. 그곳은 딱 두 가지뿐이었다. 죽이느냐, 죽느냐.
삶과 죽음이 그 모든 것을 관장하는 곳이다."

"……."

거짓말이 아니었다.

북방은 그런 곳이다. 사시사철 혹한의 추위가 몰아치고, 매
서운 광풍에 돌덩이가 섞여 날아다닌다.

그런 곳에서 변명?

작전의 실패는 죽음이다.

실패 자체가 돌아올 여지를 만들어주지 않는데 무슨 변명을
할까.

"그래서 나는, 여태껏 감히 내 앞에서 변명을 한 이를 본 적
이 없다."

"……."

"그런데 너는 하는구나. 제도라 그런 것이냐? 하긴… 그렇긴 하겠구나. 따뜻하고 죽음에 대한 걱정이 없는 이곳이라면, 감히 그럴 만도 하구나."

악치원은 그 말에 깃들어 있는 짙은 분노를 느낄 수 있었다. 칠 년 전, 간신 귀례에 간언에 넘어가 내침당했을 때, 유배당하듯 북방으로 보내졌을 때부터 숙은 속으로 분노를 키워왔다. 그 분노는 지난 기간 동안 차곡차곡 덩치를 불렸고, 지금은 주체 못 할 정도로 몸집을 불린 상태였다.

악치원은 그런 숙의 분노를 저 말에서 조금이지만 느낄 수 있었다.

'위험하다…….'

지금 제국은 자신의 손에 있다.

귀례가 사라지고 빈 황제의 옆자리. 그 자리는 이 년간 치열한 권력 투쟁의 승자가 차지하게 됐다.

'그게 나… 악치원이니라…….'

그 이후는 모든 것을 주물렀다.

자신의 손에 쥘 수 없는 것은 없었으며, 나는 새도 떨어뜨릴 수 있는 권력을 손에 쥐었다.

그랬는데, 그랬는데… 강력한 적이 눈앞에 나타났다. 북방 정벌을 끝내고 귀환한 대장군이자, 왕야인 숙.

악치원은 눈앞에 사내가 대적(大敵)임을 깨달았다.

절대로 자신의 세치 혀에 휘둘릴 위인도 아님을 깨달았다.

그렇다면 남은 건?

'제거뿐……'

죽고 죽이는, 그가 북방에서 벌였다는 전투만 남았을 뿐이다. 하지만 악치원은 자신 있었다. 이곳은 제도(帝都), 제국의 심장부였다. 그리고 심장부의 모든 것은 자신의 손안에 있었다.

"머리 굴리는 소리가 예까지 들리는구나. 그만 돌아가거라. 내 더 지켜보았다간 너의 목을 치고 싶어질 것이다."

"예… 왕야."

그의 축객령에 악치원은 한숨을 속으로 내쉬고는 천천히 자리에서 일어났다.

흠칫.

한쪽 입꼬리만 말아 올린 채 웃고 있는 숙을 보며 다시금 확신했다. 반드시 죽여야 할 자라는 것과 숙 또한 자신을 적으로 인식하고 있음을 말이다. 일어나 뒷걸음질로 물러나 문지방에 도착했을 때였다.

쪼르르.

자기 병을 들어 안에 든 술을 잔에 따른 숙이 잔을 입으로 가져다 대다 말고 말했다.

"참… 귀례가 왜, 어떻게 죽었는지 아느냐?"

"신, 그것까지는 잘……"

"알아두어라. 너도 같은 길을 밟을 것 같으니."

"……."

시린 안광이 마치 빛처럼 폭사되는 착각이 악치원은 느꼈다. 하지만 잠시 뒤 그 착각에서 금세 제정신을 차렸다.

"가거라."

"예, 왕야. 강녕하시옵소서……."

드르륵.

드르륵, 딱.

밖으로 나온 악치원은 한숨을 크게 몰아쉬었다. 그러곤 상체를 펴고 바로 신형을 돌렸다. 한참을 걸어 대문을 나오기 무섭게 기다리고 있던 이들이 달려들었다.

"태감, 만나보셨습니까? 그는 어떻습니까?"

"태감! 그리 문제될 자는 아니어 보였지요?"

"……."

그는 그 질문에 침묵으로 일관했다.

말할 수 있을까?

대장군 숙.

숙, 왕야.

그가 제왕의 기질을 가졌음을?

황제 순보다 지극히 황제에 어울린다는 사실을?

아니, 말하지 못할 것이다.

말해서도 안 될 일이었다.

시끄럽게 떠드는 이들을 내치고는 마차에 올라, 다시 한번 크게 한숨을 내쉬었다. 익숙한 공간에 들어서자 마음이 조금은 평온해진 덕분이었다. 곧 그는 다시 눈을 부릅떴다.

"그리로 가자."

"예, 태감."

휘장 밖에서 대답이 들려온 직후 마차가 달그락 소리를 내며 움직이기 시작했다. 악치원은 좀 더 빨리 가자고 재촉할 뻔했지만, 겨우 참아냈다. 그러곤 눈을 감았다.

"으음······."

눈을 감았더니 그의 웃음소리가 환청처럼 들려왔다.

숙(肅).

그는 괴물(怪物)이 되어 돌아왔다.

*   *   *

"후······."

대사가 끝나고 나서 두 배우가 비슷하지만 다른 감정의 한숨을 내쉬자 제국으로 화(化)했던 리딩장이 현실로 돌아오기 시작했다. 하지만 여전히 감돌고 있는 묵직한 침묵은 깨지지 않고 있었다.

"큼."

그러다 최민석이 헛기침을 하고 나니 침묵이 깨졌고, 리딩장에 활기가 들어서기 시작했다.

"어후, 좀 쉬엄쉬엄 가자. 애들 질리겠다, 질리겠어."

박종찬 감독이 웃으며 너스레를 떨며 최민석에게 농담을 건네자 그는 피식 웃었다.

"그러고 싶었는데 쟤 눈을 보니 그래서는 안 되겠더라고. 배우가 작정하고 연기할 준비를 하는데 대충할 수는 없는 노릇 아닌가. 그건 예의가 아니지."

"알지, 알아. 근데 자네가 그렇게 하면 다른 배우들이 기가 죽잖나."

박종찬 감독은 그 말 뒤에 씩 웃으면서 좌중을 둘러봤다. 최민석만큼 짬이 되는 배우는 현재 한 명도 없었다. 그러니 지금 이 행동은 열심히 해라, 지켜보겠다 정도의 시선이었다.

"오빠, 대박……."

"왜?"

이수진이 하얗게 질린 얼굴로 오들오들 떨며 혼잣말처럼 말했고, 지영은 잠깐 그녀를 보다가 등을 툭툭 두드렸다. 그러자 고개를 숙이고 떨던 이수진이 고개를 들어 지영을 올려다봤다.

"쫄았냐?"

"그, 그게… 오빠랑 민석 선배님 연기가 너무 대단해서……."

피식.

"누가 우리처럼 하래? 그냥 너는 네가 할 수 있을 만큼만 하면 돼."

"그래도……."

"걱정 마. 너 많이 배웠잖아? 지금처럼만 하면 충분하니까."

"진짜……?"

"응, 긴장하지 말고 준비해 온 대로만 해."

"응……."

물론 아직 긴장을 전부 떨쳐낸 얼굴은 아니었다. 하지만 심호흡을 작게 하면서 점차 안정을 찾아가는 걸 보고 지영은 고개를 끄덕였다. 역시 롱런할 연기자가 될 소질이 있는 아이였다. 하지만 그건 이수진 한정이었다.

몇몇 배우는 아직 지영과 최민석이 보여준 환상적인 연기에서 헤어 나오질 못하고 있었다.

"어휴, 내, 내가 이럴 줄 알았다. 이럴 줄 알았어. 자자, 삼십 분 휴식! 다들 정신 차리고들 오세요!"

짝짝

휴식!

휴식!

박종찬 감독의 말에 조연출이 휴식을 외쳤고, 배우들이 분분이 일어나 각자의 방식으로 휴식을 취하러 갔다. 지영도 자리에서 일어나려는데 또각또각 소리를 내며 매순이 다가왔다.

"저… 지영 선배님."

"네?"

"잠시 시간 좀 내주실 수 있을까요?"

시간?

"흠……."

이수진이 눈을 동그랗게 뜨고 두 사람을 돌아보기 시작하자 지영은 자리에서 일어났다.

"네, 가시죠."

무슨 얘기를 할까?

지영은 조현이 다시 그녀를 부르는 목소리를 들으며 리딩장을 벗어났다.

휴게실로 자리를 옮기자마자 우물쭈물하는 매순을 보고 지영은 속으로 한숨을 내쉬었다. 분명히 자신에게 할 말이 있긴 한 것 같았다.

'아니, 애초에 있으니까 조용히 얘기를 하자고 했겠지.'

그런데 이렇게 우물쭈물한다?

물론 자신에게 뜬금없이 사랑 고백을 할 일은 없었다. 그녀와의 접점은 아주 잠시 보라매에서 봤던 것과 김은채의 부탁으로 광고를 찍으면서 마주쳤던 게 전부였다. 그리고 자신이 은재와 연애 중이라는 사실은 전 세계가 안다. 전생에도 사려가 깊었던 그녀가 그걸 알면서도 고백을 할 리는 없었다. 그러니 연애에 대한 일은 절대로 아닐 거라고 생각했다.

'그럼 뭘까?'

뭐가 이 여자를 이렇게 초조하고, 불안하게 만드는 걸까? 대본 리딩이라는 중요한 상황에서 얻은 짧은 휴식 시간까지 뺏어가면서?

끼익.

지영이 의자를 꺼내면서 난 소리에 화들짝 놀라는 게 보였다.

"하아……."

한숨이 절로 나왔다.

이건 뭐, 누가 보면 지영이 매순을 혼내고 있다고 오해해도 뭐라 변명할 거리도 안 나오는 그림이었다.

"일단 거기 앉아봐요."

"네……."

매순이 자리에 앉자 지영은 다시 일어나 휴게실에 비치된 냉장고에서 생수 두 개를 꺼내고 와 하나를 그녀의 앞으로 밀었다.

"마셔요."

"네, 감사합니다……."

물을 한 모금 마시고 나자 좀 진정이 되는지 어깨의 떨림이 멈췄다. 하지만 이렇게는 대화가 진행이 안 될 것 같아 지영은 먼저 말문을 열었다.

"그렇게 안절부절못할 정도로 중요한 얘기인가요?"

"네? 네네, 저한테는 그런데……. 그게, 지영 선배님… 한테는 또 안 그럴 수도 있어서……."

"괜찮으니까 말해봐요. 휴식 시간 길지도 않은데 얼른 알 건 알아야 나중에 더 하던가 하죠. 아니면 아예 나중에 하던가요."

"그, 지, 지금 말할게요!"

쨍!

워낙에 성량이 좋아 귀가 아플 정도로 큰 대답이 나왔다. 하지만 지영은 고개만 끄덕이곤 그 상태로 그녀를 직시했다.

"그… 저, 지원 언니를 도와주셨으면 합니다!"

"음……?"

지원? 송지원?

뜬금없이 왠 송지원?

"지원 누나 말하는 건가요?"

"네……."

"지원 누나한테 무슨 일 있어요?"

"그, 그게……."

"아니요, 잠시만. 그건 나중에 따로 얘기해요. 어떤 주제인지 알았으니까 매순 씨는 여기서 감정 좀 추슬러요. 이따 리딩해야 하는데 그런 상태면 곤란하지 않겠어요?"

"아……."

한숨이 아닌 탄식이었다.

아마도 지영의 지금 말을 곧이곧대로 들은 게 아닌 것 같았다.

"걱정 말고요. 지원 누나 일인데 제가 그냥 넘어가는 일은 없을 겁니다."

"아……."

같은 한숨이었지만 이번엔 고개를 번쩍 들고 지영을 바라봤다. 눈빛과 탄성에도 이번엔 희망이 들어 있있다. 지영은 그런 매순에게 웃어줬지만, 속으로는 차갑게 식어가고 있었다.

'무슨 일이 있구나.'

매순이 이렇게까지 할 정도의 일이 벌어진 게 분명했다. 매순을 다시 한번 안정시키고 밖으로 나온 지영은 바로 폰을 꺼내 들어 김지혜에게 전화를 걸었다. 뚜루루, 뚜루루. 세 번째 연결음이 들리기 전에 그녀가 전화를 받았다.

—네, 지영 씨.

"지금 어디 있어요?"

—잠시 차에 내려와 있습니다. 왜 그러세요? 올라갈까요?

시간을 보니 얼굴 보고 얘기하기엔 좀 부족했다. 게다가 VIP층이라 올라오는 데 시간도 걸렸다.

"아니요. 일단 전화로 얘기할게요. 가능한 빠른 시간 내에 알아줬으면 하는 게 있는데."

—네, 말씀하세요.

"지원 누나 알죠?"

—배우 송지원 씨 말인가요?

"네, 지원 누나에게 현재 처한 상황, 그리고 회사 보라매에 연관된 전부를 알아내 주세요. 아주 사소한 거라도 그게 회사나 지원 누나에 대한 작업이면 전부 알아내 주세요. 최대한 빨리. 가능하면 리딩이 끝날 때 받아봤으면 좋겠네요."

솔직히 무리한 부탁이었다.

하지만 그녀에게서 대답은 즉각 흘러나왔다.

—알겠습니다.

"부탁할게요."

—지금부터 바로 움직이겠습니다.

"네, 리딩 끝나고 이동은 제가 알아서 할게요."

—네. 그럼.

뚝.

전화가 끊은 지영은 시간을 확인했다.

10분쯤 시간 여유가 있었다.

휴게실을 찾은 지영은 담배를 꺼내 입에 물었다.

치익.

"후우… 뭐지?"

연기를 내뿜은 지영은 인상을 살짝 찌푸렸다.

일단 적어도 다른 사람도 아니고 매순이 찾아와서 지영에게 부탁할 정도의 일이 벌어진 건 아주 확실시됐다. 매순과 더 대화를 이어갔으면 바로 알 수 있는 일이지만 지영은 일단 그러지 않았다.

대화를 나누기엔 매순의 상태가 그리 좋은 것 같진 않았기 때문이다. 그리고 그 대화가 매순의 감정에 영향을 끼쳐 이따 리딩을 해야 할 그녀를 방해할 수도 있었다.

조현의 연인인 매순이다.

지영은 그 부분은 신경을 써줘야만 했다.

안 그러면 조현이 일어나 또 애절한 목소리와 눈빛으로 그녀를 바라보며 애달프게 부를 게 뻔했다.

그래서 지영은 일단 김지혜에게 조사를 맡겼다. 보라매가 작은 회사는 아니라 부뚜막이면 하루 이틀이면 충분히 알아낼 수 있을 것 같았다. 말이야 리딩이 끝나고 내용을 알고 싶다고는 했지만, 사실 그럴 가능성은 거의 없었다. 일단 폰으로 인터넷을 켠 지영은 보라매에 대해 검색을 해봤다.

"흠……."

일단 겉으로 나온 기사는 없었다.

그렇다면 은밀하게 공작하고 있다는 소리가 됐다. 회사 내부 사람들은 알고 있지만 이 바닥이 원래 헛바닥 잘못 놀리면 밥숟가락이 그냥 날아가는 곳인지라 다들 쉬쉬하고 있을 가능성이 컸다.

치익.

담배를 끈 지영은 일단 리딩장으로 다시 돌아갔다. 지금부터 고민할 필요는 사실 없었다. 김지혜가 알아 내온 뒤부터 고민해도 될 일이었다. 가던 길에 지영은 다시 전화를 걸었다.

뚜르르.

뚜르르.

뚜르르…….

길게 연결음이 들리고 난 뒤 결국 '고객님이 전화를 받지 않아…' 멘트까지 듣고 난 뒤에 지영은 폰을 다시 주머니에 넣었다.

천하의 송지원이 지영이 건 전화를 이 시간에 받지 않는다? 물론 일이 있을 수는 있다. 하지만 그랬다면 일 중이라고 받아서 확실하게 얘기를 해줬을 것이다. 리딩장에 도착하니 어느새 매순도 돌아와 조용히 앉아 있었다.

고개를 살짝 숙여 인사를 한 뒤, 잠시 뒤에 다시 들어온 박종찬 감독과 신은정 감독이 마이크를 잡고, 진지한 표정을 짓자 분위기는 순식간에 가라앉았다. 잠시 뒤, 회의실은 배우들의 진지한 목소리만 들려올 정도로 엄숙해졌다.

*　　　　*　　　　*

리딩은 잘 끝났다.

지영과 최민석의 연기에 자극을 받은 배우들이 리딩인데도 마치 실전을 방불케 할 정도로 진지하게 임하는 바람에 시간이 좀 걸렸지만, 연기에는 진짜 까다로운 최민석이 아무 말도 없이 고개를 끄덕였을 정도로 깔끔하게 끝났다. 다른 배우들이 다들 회식 장소로 출발하고, 지영은 이성은과 한정연을 먼저 회식 장소에 보내고 차에서 대기했다.

리딩 중간에 이미 정보를 모으고 있었다는 김지혜의 연락에 곧바로 얘기를 듣기로 한 것이다. 차에서 30분 정도 혼자 기다리고 있는데 운전석 문이 열리고 김지혜가 올라탔다.

"왔어요?"

"후, 후우……. 늦었습니다. 여기."

"늦기는요. 신기할 정도로 빨리 알아봐 주셨는데."

그렇게 대답하며 하얀 서류 봉투를 받은 지영은 바로 꺼내서 안에 내용을 확인했다. 몇 장 안 되는 서류를 읽는 지영의 안색이 점차 굳어갔다.

"음……."

그리고 나중엔 침음을 흘렸다.

내용은 짧지만, 지영에게는 매우 중요한 사항이 적혀 있었다. 서류를 내린 지영은 눈을 감았다.

마음 같아서는 당장 보라매로 가고 싶지만 오늘은 숙 왕야의 시작과도 같은 날이다. 그런 날 주연배우가 빠지는 건 솔직히 그리 좋지 않은 일이다. 배우들과의 호흡은 이런 사적인 친분이 쌓일수록 점점 빛을 발하는 것 정도는 이미 충분히 알고 있는 지영이라 고민이 됐다.

하지만 고민은 길지 않았다.

영화?

중요하다.

하지만 그게 자신의 소중한 지인보다 중요할 순 없었다.

지영은 폰을 꺼내 바로 송지원에게 전화를 걸었다.

뚜르르, 뚜르르.

―응, 지영아.

아까와는 다르게 송지원은 금방 전화를 받았다.

"하아… 누나 어디예요?"

―왜 한숨을 쉬어? 무슨 일 있어?

피식.

그 말을 들은 지영은 그냥 실없는 웃음을 흘릴 수밖에 없었다. 이 상황에서조차 송지원은 지영을 걱정하고 있었다.

"아무 일 없어요. 누나 지금 어디예요?"

―나? 나 지금 회사지.

"그래요? 바로 갈게요."

─지금? 어어… 그래.

뚝.

부웅…….

지영이 전화를 끊자마자 차에 시동을 켠 김지혜가 바로 보라매로 출발했다. 퇴근 시간과 겹쳐 한 시간이나 걸려 도착한 지영은 송지원의 사무실로 바로 올라갔다.

똑똑.

"들어오세요."

지잉.

안으로 들어가자 초췌한 표정의 송지원이 보였다.

머리도 모아서 대충 묶고, 커다란 안경을 쓴 그녀를 보자마자 지영은 한숨을 흘릴 수밖에 없었다.

"기분 나쁘게 넌 오자마자 한숨이니?"

"됐고, 여기 와서 앉아봐요."

"이제는 명령까지? 이게 컸다고 아주 누나를 막 대하네?"

"얼른요."

"아, 무슨 일인데?"

끝가지 발뺌하는 송지원을 보며 다시 한숨이 나올 뻔한 걸 참은 지영은 그냥 조용히 기다렸다. 그러자 그런 분위기에 잠시 움찔한 그녀가 지영의 앞으로 와서 앉았다.

"와… 누나 꼴이 말이 아니네요?"

"오, 오늘은 서류 업무를 해야 해서 그런 거거든?"

"그러다가 저번에 수민 누나한테 혼나놓고 또 그래요?"

"이게 편한 걸 어쩌니?"

하아.

눈 밑도 수척해진 게 빤히 보였다.

지영은 조금씩 화가 끓어올랐다. 하지만 그걸 더 힘든 사람 앞에서 쏟아낼 정도로 멍청이는 아니었다.

지영은 손에 들고 있던 서류를 조용히 그녀에게 내밀었다.

"이게 뭐야?"

"일단 보세요. 보고 나서 얘기해요."

"오늘따라 얘가 왜 이렇게 무게를 잡아?"

"아, 좀……."

지영이 결국 짜증을 내자 그녀는 움찔하곤, 서류 봉투를 조심스럽게 들었다.

"알았어. 본다. 보면 되잖아."

"……."

몇 장 안 되는 양이라 그녀는 금세 내용을 파악하곤 다시 테이블에 서류를 내려놨다. 지영은 다 읽은 송지원을 빤히 바라봤다. 그답지 않게 다리까지 척 꼬고는 아예 뚫어져라 노려봤다.

송지원은?

한참 어린 지영이 그렇게 보는데도 안절부절못하는 게 그냥 딱 보였다.

"하아."

한숨이 진짜 절로 나왔다.

"거기 적힌 거 사실이죠?"

"응? 아… 그게, 그게 말이지……."

"굳이 확인 안 해도 알겠네요. 아, 진짜."

"이게 그러니까……."

"왜 말 안 했어요? 아니, 누나는 언제 알았어요? 아, 어쩐지 요즘 조용하다 했어요."

확실히 요즘 송지원이 조용하긴 했다.

평상시에는 지영이 집을 비워도 일주일에 두어 번은 집에 찾아와 은재와 시간을 보내고 돌아가곤 하는 그년데, 요 한 달은 거의 집에 찾아온 적이 없었다. 아마 그때부터 시작된 것 같았다.

힐끔.

지영은 송지원이 내려놓은 서류의 끄트머리를 바라봤다. 거기에는 이렇게 적혀 있었다.

〈중국계 투자 그룹 심홍(心紅), 보라매 엔터테인먼트 작업 중〉

지영이 송지원을 찾아온 이유였다.

"하아……."

말이 작업 중이지, 벌써 80% 이상은 진척이 된 상태였다.

"누나."

"응?"

"나한테 할 말 없어요?"

"그게… 후우, 어떻게 알았어?"

체념한 표정의 송지원이 지영처럼 다리를 척 꼬았다. 그러곤 품을 뒤지더니 은빛 케이스를 꺼냈다. 지영은 살짝 인상을 찌푸렸지만 뭐라고 하진 않았다.

치익.

"후우… 어떻게 알았어?"

"그게 중요한 건 아닐 텐데요?"

"너 내 뒷조사하니?"

"설마요. 우연찮게 내가 알게 됐기 때문에 따로 알아본 거예요."

"음……."

다 들키고 나니까 이제는 좀 더 당당해진 송지원이었다. 지영은 차라리 그게 좋았다. 시무룩하고 빌빌 기는 송지원? 보고 싶지도 않았다.

"매순이구나?"

"빙고."

"걔는… 어디 가서 내가 절대 얘기하지 말라고 했는데, 쯔쯔."

"이제 얘기해 주시죠?"

"어머, 어머. 얘, 누나 협박하는 것 좀 봐?"

"누나."

"알았어, 알았으니까 표정 좀 풀어라, 얘. 애 떨어지겠다."

"……."

그렇게 말하고 입술을 질끈 깨무는 걸 보니 어째 생각을 정리할 시간이 필요한 것 같았다. 그래서 지영은 이번엔 잠자코 기다렸다. 후우, 꽁초를 종이컵에 버린 송지원이 한숨과 함께 입을 열었다.

"이 년 전? 그쯤 보라매에 투자가 있었어. 한중일 합작 영화였고, 정말 스케일이 장난 아니었지. 엄청난 돈을 들였는데 한국은 물론 중국에서도 폭삭 망했어. 난다 긴다 하는 배우들이 삼국 합쳐 열이 넘었는데도 아주 시원하게 말아먹었지."

"……."

투자.

투자는 항상 위험을 동반한다.

하이 리스크, 하이 리턴이란 말이 괜히 있는 게 아니었다.

"그렇게 망하기만 했으면 아무런 문제도 없었지. 근데 그때 이사회에서 나 모르게 그 영화에 투자를 했던 모양이야."

"아……."

아마 꽤나 큰돈이 들어갔을 것이다.

"그리고 재차 큰 영화, 또 망했지. 그때 회사가 휘청휘청하기 시작했어. 그래서 융자를 알아보다가 홍콩 쪽 어느 헤드펀드 회사에서 투자 제안이 들어왔어. 되게 뜬금없었지. 우리가 무슨 제품 생산하는 회사거나, 발명하는 회사도 아닌데 투자가 들어온 거야. 문제는 그 제안이 너무나 먹음직했던 거야. 그렇게 그쪽에 신경이 몰려 있던 틈에 지분이 꽤 많이 넘어갔어. 지금은 지키는 것도 위태위태할 정도야."

"에휴… 삼합회죠?"

"…응."

삼합회.

이렇게 되면 진짜 말이 달라진다.

보라매가 한국의 연예 기획사에서 꽤 큰 축이긴 하지만 그렇다고 매출이 엄청난 그런 회사는 아니었다. 그런데도 삼합회가 끼어들었다? 이건 좀 이상했다. 잠시 곰곰이 생각하다 보니 답이 기다렸다는 것처럼 다가왔다.

보라매는 아까도 말했듯이 제품을 생산, 발명하는 회사가 아니었다. 보라매는 엔터테인먼트 회사다.

즉, 회사가 가진 건 배우밖에 없었다.

"음… 회사가 목적이 아니네요?"

"응, 맞아. 그들은 회사가 목적이 아니야."

"하……."

더럽게 꼬였다.

홍콩, 중국 쪽 모든 엔터테인먼트에는 삼합회가 반드시 관여하고 있다고 보는 게 맞았다. 그들은 아예 투자는 물론 제작에도 거의 전부 관여하고 있었다.

"이제 압박이 들어온 지 한 달 정도 됐어."

"어떻게 하던가요? 그놈들이면 절대 매너 있게 하진 않을 건데."

"아직까진 괜찮아. 그냥 찾아와서 독촉하는 정도……?"

"간 보는 거겠네요."

"응······."

보라매에 소속된 배우는 엄청나다.

남녀 합쳐서 거의 육십에 가깝다. 그런데 심지어 가장 나이 어린 배우조차 몸값이 웬만한 대기업 직원을 훌쩍 넘어간다. 그런 배우가 육십이면 거기서 나오는 수입은 솔직히 엄청나다고도 할 수 있었다. 물론 보라매는 배우들을 위한 기업이라 수입 배분이 배우에게 매우 유리한 상태지만 그 정도야 어떻게든 수를 쓸 수 있는 게 그들이다.

"돈은요?"

"어떻게든 지키고 있는데 지금 대주주들 중 하나라도 마음 돌려먹으면 회사는 넘어간다고 봐야 돼."

"흠··· 그냥 회사를 터뜨리는 건?"

"그건 마지막에 쓸 수지······. 그리고 너는 알잖아. 나 네가 회사 차렸는데도 거기로 안 가고 여기 남았어. 왜 남았는지 그 이유 모르니?"

"알아요. 아주 잘."

송지원은 의리가 엄청 강한 여자였다.

자신의 연기 생활의 시작과 함께했던 보라매다. 그런 보라매에 이사직까지 맡고 있을 정도로 그녀는 애착이 강했다. 게다가 좀 전에 말했던 것처럼 그렇게 아끼던 동생인 지영이 따로 회사를 차렸는데도, 그 회사로 가지 않았을 정도였다.

그리고 지금만 봐도 그랬다.

그녀는 혼자 남아 이렇게 고심하고 있었다.

지영은 그녀가 참 안타깝고, 그리고 참 미련하다는 생각이 동시에 들었다.

"그럼 나한테 왜 말 안 했어요?"

"이런 걸? 얘! 이런 걸 어떻게 얘기해? 너라면 하겠어?"

"……"

저 말이 맞긴 했다.

솔직히 지영도 지금까지 있었던 복잡한 일들을 송지원과 함께 상담한 적은 거의 없었다. 왜? 부담을 주기 싫은 게, 가장 이유가 컸다.

"그런데 지영아. 이번 일 좀 이상하다?"

"네? 뭐가요?"

"그 투자사랑 펀드 투자 같은 거, 그걸 소개해 준 게 오성 쪽 사람이거든."

"…네?"

오성 쪽 사람?

너무 뜬금없는 말이라 지영은 순간 정신이 멍해짐을 아주 짧게지만 확실하게 느꼈다.

"오성요? 확실해요?"

"응, 대표님이 분명히 오성 쪽 지인이 소개해 줬다고 했어."

"처음 투자는 아닐 거고, 펀드 그쪽요?"

"응, 그리고 더 있어. 그 오성 쪽 지인이랑 그 사람 주변 사람 중에도 여기 지분 가진 사람이 꽤 많다고 했어. 근데 그 사람들이 전부 저쪽에 지분 넘기고 잠수 탔다고 하더라고."

"……."

아…….

오성 하니까 단번에 한 사람이 생각났다.

이성준.

연상 취향인 천하의 개망나니.

지금 현재 김은채를 유일하게 짜증 나게 만드는 인물.

지영은 오성의 이름이 나오니 머리가 팽팽 돌아가기 시작했다. 그리고 이 일이 자신과 어째 연관이 없는 것 같지가 않았다.

"누나."

"응? 왜?"

"이거 어쩌면 저 때문인지도 모르겠는데요?"

"너, 왜? 왜 너… 아, 너 오성이랑 사이 엄청 안 좋지."

"네. 은재랑 은채가 대성가 사람이잖아요. 그리고 오프 더 레코드지만 이성준이라고, 오성가 직계 하나가 지금 은채한테 엄청 찝쩍거리고 있어요. 그 과정에서 저랑 마찰도 몇 번 있었고."

"아… 진짜?"

"네. 왜 저 매순이랑 시에프 한번 찍었잖아요? 그때 찾아와서 은채한테 집적거리는 걸 제가 한번 털었거든요."

"……."

"그리고 얼마 전에도 은재랑 은채랑 학교 부지에 갔다가도 한번 털었고, 근데 그놈, 소문이 진짜 안 좋아요."

"알아……. 나한테도 한번 만나자고 했었으니까. 개인 번호를 어떻게 알았는지 연락했더라고."

"…만났어요?"

"미쳤니? 나 정도 되면 오성가나 대성가, 중원가쯤은 그냥 무시해도 돼."

하긴…….

이제는 할리우드에서도 자주 러브 콜을 받는 그녀였다. 몸값? 지금 대한민국 여성 배우 중에는 송지원이 단연 탑이었다. 연기를 그만큼 하는 여배우는 많지만 강지영과의 관계 때문에 할리우드에서도 아주 제대로 먹혀들고 있었다.

그리고 실제로 그녀는 연기를 매우 잘했다.

연기 중독 송지원하면 충무로에선 고개를 절레절레 저었을 정도였다. 게다가 성깔은? 앙칼진 정도가 아니라 그냥 죽여준다. 그런 그녀가 대기업이 부른다고 쫄래쫄래 나갈 사람이 아니었다.

"일단 이 건은 제가 좀 더 알아볼게요."

"그래, 후… 피곤하다. 근데 너 오늘 리딩 날 아니야?"

"맞아요. 다들 회식 갔어요."

"넌 안 가도 돼?"

"이 기분에 가고 싶겠어요?"

"…미안."

"누나가 미안할 건 아니죠. 아… 오늘 뭐 할 거예요? 술이나 마시러 가요."

"그래? 그래줄래?"

술 마시자니까 얼굴에 화색이 확 도는 송지원을 보며 지영은 요즘 그녀가 정말로 힘들었다는 것을 알 수 있었다. 그래서 미안하기도 했다. 그렇게 자신을 챙겨줬었는데 정작 본인은 그녀가 이런 상황에 몰렸던 것도 아예 모르고 있어서.

"네, 오늘은 제가 쏩니다. 먹자고 할 때까지 먹어줄게요."

"오오… 그럼 누나 잠깐 준비 좀. 천하의 송지원이 이런 꼴로 나가긴 그렇잖아?"

"삼십 분."

"한 시간 쓰지? 샤워도 해야 되는데!"

"사십 분 그럼."

"쪼잔하긴……. 너 은재한테도 그러냐?"

"은재는 넉넉하게 주죠."

"칫, 얌생이."

그렇게 투덜거린 송지원이 샤워 가방을 챙겨 사무실을 나가자 지영은 바로 전화를 꺼내 김은채에게 걸었다.

—어, 왜.

참 김은채답다.

"난데."

—알아, 넌 거.

쯔…….

지영은 그냥 바로 현재 상황을 설명했다. 한 오 분에 걸쳐 설명이 끝나자 잠잠하게 듣고 있던 김은채에게서 반응이 나왔다.

─그 새끼 짓 맞아. 그렇게 주변 사람들부터 공략하는 거, 그거 그놈 특기야.

"…확실해?"

─응. 나한테도 그랬거든. 물론 사전에 걸려서 역으로 개 털렸지만.

"그랬냐."

─그랬지. 어쨌든 내가 알아볼게. 근데 내 생각엔 작년에 너 시에프 찍고, 그때 한번 맞았잖아? 의자 걷어차서. 그때부터 앙심 제대로 품은 것 같은데? 그러다 이번 일이 터지면서 불 제대로 붙었고. 아마 여기서 끝이 아닐 거야. 그 새끼 그런 쪽으로는 진짜 머리가 비상하게 도는 놈이거든. 그놈한테 걸려서 문 닫은 회사도 꽤 돼. 우리 라인에도 두어 개 있을 정도야.

"흠……."

─개새끼는 개새끼인데, 진짜 쉬운 개새끼는 아니니까 조심해.

"알았어, 알아봐 주기나 해줘. 얼마나 걸릴 것 같냐?"

─작업 제대로 친 것 같으니까 틈이 좀 있겠지? 오랜 시간 걸려 천천히 한 것도 아니니 일주일 안에 웬만한 그림은 다 보일 거야.

"그래, 부탁한다."

─근데 너도 정보 단체 가지고 있잖아?

부뚜막을 말하는 거다.

어차피 은재를 찾으며 오픈이 된 상태라 지영은 쿨하게 인정했다.

"있지. 거기도 따로 의뢰 넣을 거야. 두 군데서 나온 정보가 같으면 확실하다고 봐야겠지."

—그래. 나 지금 이제 회의 들어가야 하니까 다음에 통화해.

"수고."

뚝.

전화를 끊은 지영은 바로 다시 김지혜에게 전화를 해서 상황을 알리고, 좀 더 알아봐 달란 말을 하고 끊었다. 이후 몰려오는 피로감에 지끈거리는 머리를 꾹꾹 눌러야만 했다. 그러곤 다시 집과 은재에게 전화를 했다.

그때쯤 송지원이 젖은 머리를 수건으로 탈탈 털며 들어왔다.

"집에 연락했어?"

"네, 얼른 준비나 해요."

"아, 좀 보채지 좀 마!"

"…그냥 집에 가버릴까 보다."

"이십 분! 금방 한다, 해!"

도도도 달려간 송지원은 머리를 말리고, 기본 메이크업을 20분 만에 끝내는 기염을 토했다. 그 20분간 정말 사람이 확달라졌다. 그만큼 이전의 그녀는 피곤과 고심에 절어 있었기 때문이다.

"자, 준비 끝! 오늘은 동생이랑 오붓하게 데이트 좀 즐겨보
자!"

"데이트는 무슨. 술 마시러 가는 건데."

그렇게 밖으로 나온 지영은 지하로 가 송지원의 차를 타고
보라매를 빠져 나와 번쩍이는 서울의 도심으로 녹아들어 갔다.

Chapter 79
대장군, 숙(肅)

쩔그럭, 쩔그럭.

사슬끼리 내는 마찰 소리가 꽤나 귀에 거슬렸다.

"장군!"

"왜 그러느냐."

"제도로 귀환하게 되면, 왕야라 불러야 합니까?"

"……"

스윽.

말 위에 타고 있던 숙은 그 질문을 한 수하에게 시선을 돌렸다. 사십 대의 순둥순둥한 눈망울을 가진 사내였다. 그는 품에 커다란 참마대도를 안고 있었는데, 그 참마도는 숙의 애병이었다.

"그럴 필요 없다. 그저 지금처럼 장군이라 부르면 된다."

"흐흐, 네, 장군!"

바보처럼 웃는 그를 보며 숙도 조용히 웃었다.

그러곤 전방을 바라봤다가, 다시 한번 피식 웃었다.

'왕야라…….'

잊었던 호칭이었다.

북방으로 유배당하듯 떠날 당시 함께했던 그의 시비 '연화' 말고는 아무도 그를 왕야라 부르지 않았다. 모두 장군, 대장군 나리, 꼬마 장군 등등 조롱 섞인 호칭으로만 불렀다. 물론 지금은 존경을 담은 호칭인 대장군이나 장군 등으로 불리지만, 어쨌든 왕야라고 부른 수하는 단 한 명도 없었다.

그래서 이질감이 느껴지는 호칭이었다.

"연화야."

"네, 왕야."

옆에서 같이 말을 타고 가던 시비 아닌 시비, 연화가 숙의 부름에 공손히 답을 했다. 그녀의 눈빛은 단단했다. 솔직히 시비라고 보기엔 너무 눈빛부터 단단했다. 게다가 몸에 주렁주렁 매단 무기가 절대 평범한 시비가 아님을 보여주고 있었다.

"이제 잠시 후면 다들 나를 왕야라고 부르겠구나. 죽으라고 내쫓았는데 살아 돌아온 비운의 왕야 말이다, 하하."

"……."

그 말에 연화는 웃지 않고 그냥 고개만 살짝 숙였다. 그리고 숙의 말을 들었던 주변의 인물들의 기세가 일순간 변했다.

왕야, 숙.

대장군, 숙.

그가 처음 북방으로 쫓기듯이 왔을 때, 정말 아무도 반기지 않았다. 체형은 좋지만 고작 열다섯. 사람을 베어본 적은 전무했던 온실 속의 화초가 바로 숙이었다. 그래서 많은 이들은 숙이 육 개월을 생존하기 어려울 거라고 예상했다.

하지만 그 예상은 아주 좋게 빗나갔다.

숙은 독했다.

처절하게 자신을 수련했다.

그것만이 자신을 살릴 수 있음을 안 것이다. 그때 시비였던 연화도 수련을 시켰다. 최악의 상황에 믿고 등을 맡길 수하가 필요하다는 게 이유였다.

밤낮 가리지 않고 검을 휘둘렀다.

작전이 생기면 직접 움직였다.

몇 날 며칠을 사막한 광야에서 숨어 지내는 작전을 홀로 뛴 적도 있었다. 그렇게 내공이 쌓여가더니 어느 순간 군권을 쥐었다. 거절할 순 없었다. 그의 손엔 제국의 황제가 직접 하사한 정식 임명서가 있었다.

그 임명서에는 왕야 숙에게 대장군의 직위와 북방의 모든 군권을 맡기겠다는 말과 함께 황제 순의 직인이 찍혀 있었다.

난동이 일었지만 어쩔 수 없었다.

황제의 말은 들어야 했기 때문이다.

그가 임명서를 늦게 꺼낸 이유는 하나였다.

괜히 처음부터 꺼내봐야 안팎으로 표적으로 될 것 같아서였다.

숙, 그는 머리가 매우 비상했다.

군권을 잡은 뒤, 북방의 전투는 변화의 물결이 몰아쳤다. 작전도 더더욱 정밀해졌다. 그리고 굉장히 직관적인 작전으로 변했다.

당연히 처음에는 반발이 일었다.

하지만 모든 작전을 군을 끌고 나가 직접 치르기 시작하자 인식이 확 변하기 시작했다. 같이 추위를 견디고, 같이 풀뿌리를 캐어 목숨을 연명하고, 같이 악착같이 전투를 치러 살아남고, 같이 사력을 다해 도망치자.

조금씩, 조금씩.

제도의 황궁에 사는 지엄한 누군가와 같은 핏줄이지만, 전혀 다른 행동을 보여주는 숙을 진심으로 따르는 이들이 점차 늘어났다.

신임, 신뢰.

숙이 북방군의 전폭적인 지지를 받기까지 걸린 시간은 그가 군권을 쥐고 딱 1년이 걸렸다. 그리고 1년 뒤, 대족장 바트와의 대회전이 벌어졌다. 밀고, 밀리는, 죽고, 죽이는 치열함을 넘은 처절한 전투가 하루가 멀다 하고 벌어졌다.

최후의 승자는 숙이었다.

숙의 대검이 바트의 목을 쳐 날리는 걸로 전쟁은 끝을 고했고, 이민족은 되돌아갔다. 몇십 년에 걸쳐 처절한 전투가 벌어지던 북방에 평화가 찾아왔다. 그리고 반년이 지난 뒤, 공을 치하겠으니 제도로 돌아오라는 황제의 서신이 도착했다.

숙은 탐탁지 않았다.

북방에서의 삶이 익숙해진 탓도 있지만…….

'아직도 어리석은 짓을 하고 계시다면…….'

순 형님.

숙이 보기에 순은 매우 어리석은 황제다.

같은 핏줄이지만 대체 어떻게 자신과 그렇게 다른지 의문이 들 정도로 나약했다. 그 정도는 의지박약이란 단어로 설명할 수준이 아니었다. 지고지순한 제국의 황제이면서도 대소사 중 어느 하나도 자신의 의지대로 결정하는 게 없었다.

'귀례…….'

귀례는 숙이 죽였다.

떠밀리듯 북방으로 가야 했을 때, 순이 그러한 결정을 내리게 만든 게 귀례라는 걸 알았고, 숙은 참지 않았다.

북방으로 가는 대신 숙은 귀례의 목을 원했다. 물론 순은 들어주지 않았고, 숙은 강제로 그 목을 취한 다음 북방으로 떠났다.

그러니 귀례는 지금 순의 곁에 없었다.

하지만 숙은 알 수 있었다.

또 다른 귀례가, 또 다른 간신이 순의 옆을 차지했을 거라는 걸.

일 년에 두 번, 식량이 올 때마다 같이 오는 제도의 소식을 들어보면 그때와 지금은 크게 차이가 없었다.

백성들은 그저 배를 곯지 않는 정도의 선에서 삶을 영위하고 있었다.

좋아지지도 않고, 나빠지지도 않는다.

태평성대는 아니지만 그 자체로 나쁘다고 할 순 없었다. 하지만 제국의 넘치는 금력과 군력으로 고작 이 정도밖에 못 한다는 것 자체를 생각하면⋯⋯.

'무능하구나. 너무 무능해⋯⋯.'

숙은 고개를 절레절레 저었다.

한동안 잊고 있었던 형제를 떠올리자 기분이 뚝 떨어졌다.

형제이나 어찌 되었든 신하인지라 제도 귀환 명령은 거절할 길이 없었다. 거절하는 것 자체가 오히려 더 많은 빌미를 제공할 수 있기 때문이었다. 그래서 어쩔 수 없이 제도로 귀환하고 있지만 내키지가 않았다.

또 간신에게 휘둘리고 있는 순을 보면, 이번엔 진짜 대전(大殿)에서 칼을 뽑아 들 것 같았다.

"장군, 제도의 성문이 보입니다!"

자신의 대검을 들고 있는 수하, 순덕의 말에 숙은 상념에서 깨어나 전방으로 시선을 돌렸다.

저 멀리, 그가 나고 자란 제도로 들어가는 성문이 어렴풋이 보였다.

"그래, 보이는구나."

"으하하! 축하드립니다, 장군!"

"뭘 축하한단 말이냐?"

"기나긴 전쟁의 끝을 고하신 장군 아니십니까! 으하하, 폐하
께서 정말 좋아하시겠습니다!"

"후후, 그러겠구나."

그럴 리가.

그럴 리가 있겠나…….

맞장구는 쳐줬지만 숙은 절대 순이 자신을 반기지 않으리란
걸 알고 있었다. 순은 분명 숙이 죽기를 원했을 것이다.

하지만 살았다.

'속이 꽤 쓰리겠습니다, 순 형님? 후후.'

이번 귀환.

숙은 분명 뭔가 있다는 걸 알았다.

승전을 치하하기 위해 자신을 부른다?

어불성설이다.

따가닥, 따가닥.

성문이 보였고, 제도로 들어가기 위해 길게 줄을 늘어선 백
성들도 보였다.

"멈추어라!"

쩌렁!

성벽 위에서 들려온 커다란 고함에 기다리던 백성들은 움찔
했지만, 수백 번의 전투를 거쳐 정예 중에 정예가 된 북방군은
조금도 주눅 들지 않고 성문으로 일정한 속도로 전진했다. 그
들의 주군은 숙. 저 성문 위의 이름 모를 무장이 아니었다. 그

러니 멈추라고 백날 소리쳐 봐야 소용없는 일이었다.

"멈추라 하지 않았느냐! 조금만 더 다가오면 바로 공격하겠다! 병사들은 사격을 준비하라!"

"네!"

성벽 위에 있던 병사들이 일시에 활에 화살을 쟀다.

일사불란한 동작을 보니 제법 훈련을 받은 병사들 같았다.

스윽.

"전군 정지."

"네!"

숙의 칼을 들고 있던 철상이 커다란 목소리로 숙의 명령을 전달했다.

"전군 정지!"

그러자 선두의 명사들이 그 명령을 복창하며 이동을 멈췄다.

"어디에서 온 누구냐!"

멈춰 서기 무섭게 외쳐 오는 성문 수비대장의 고함에 숙은 피식 웃었다.

'내가 오는 줄 모르고 있었다……. 후후.'

후후후.

숙의 웃음이 나직하게 번져가기 시작하자 북방군의 한 축을 담당하는 북신단(北神團)의 기세가 예리하게 피어오르기 시작했다. 주군 숙의 정신에 감응한 기세였다. 수많은 전투를 숙과 함께한 북신단은 굳이 그의 명령이 없어도, 알아서 움직이는 수준에 도달해 있었다.

"북신단은 기세를 풀어라. 지금은 피를 볼 때가 아니니."

숙의 말이 재차 떨어지기 무섭게 예리한 칼날 같던 기세가 씻은 듯이 사라져 버렸다. 숙은 힐끔 연화를 바라봤다. 그러자 시선을 받은 연화가 고개를 끄덕이곤 고삐를 당겨 앞으로 나섰다.

선두로 나선 연화가 스윽 주변을 훑어본 뒤 큰 목소리로 외쳤다.

"황제 폐하의 귀환 명령을 받고 북방에서 돌아온 숙 대장군이시다!"

"누구? 숙?"

숙?

수욱?

연화의 눈꼬리가 파르르 떨렸다.

"네 이놈……! 감히 대장군이자 왕야이신 분의 이름을 함부로 부르는 것이냐!"

연화가 날카로운 고함에 성문 수비대장은 그제야 흠칫하는 기색을 보였다.

"이, 이런……! 바로 안에 기별을 넣겠소이다!"

"닥치거라! 고작 수비대장 따위가 장군을 기다리게 할 참이더냐! 지금 당장 성문을 열어라!"

"아, 알았소……!"

"성문을 열어라!"

굳게 닫혀 있던 성문이 잠시 뒤 구궁! 거리는 소리와 함께 열리기 시작했다.

피식.

열리는 문 사이로 보이는 제도의 모습에 숙은 결국 실소를 흘릴 수밖에 없었다. 이미 기별을 넣어놓았다.

당연한 일이다.

혼란을 막기 위해 기별을 넣는 정도는.

그런데… 아무도 없었다.

정말 거짓말이 아니라 귀환하라 해놓고 하급 관리는커녕, 성문에 기별조차 넣지 않았다.

"하하."

"장군……."

불안한 눈빛으로 철상이 숙을 올려다봤을 때, 숙의 눈빛에서는 이미 불길이 일고 있었다.

"하하하. 아하하……!"

숙의 웃음이 성문 앞을 커다랗게 울렸다.

줄을 서서 기다리던 백성들이 숙을 불안한 눈빛으로 바라볼 때쯤, 북신단의 기세가 다시금 피어올랐다.

그들은 단숨에 감지했다.

숙.

자신들의 주군이 지금 매우 화가 났음을.

숙의 분노는 매우 차갑다.

보통 분노라는 감정을 불에 비교하지만, 숙의 분노는 아니었다. 그의 분노는 차디찬 얼음이었다. 저 멀리 보이는 천년 산 정상의 녹지 않는 눈처럼, 분지 안 호수의 시린 물처럼, 그 주변 동굴을 가득 채운 얼음처럼,

숙의 분노는 그처럼 차디차다.

뚝.

숙의 웃음이 멎었다.

"가자."

예리하다 못해 스치기만 해도 베일 것 같은 기세를 온몸에 두른 숙이 앞으로 나아가기 시작했다.

환영 인사?

"그까짓 거……."

무에 그리 중요할까.

지난 몇 년을 거친 들판에서, 초원에서 보낸 그다. 환영 인사? 그럴 시간이 있으면 검 한 번 더 휘두르거나, 자신의 장비를 닦는 게 미덕이고, 아주 당연한 곳에서 시간을 보냈다. 그래, 환영 인사.

그건 중요한 게 아니었다.

하지만…….

그게 중요하지 않다고 해도, 기분이 더러워지는 건 어쩔 수 없었다.

왜?

순은 시작부터 숙에게 모욕을 줬기 때문이다.

연화가 기다렸다가 숙의 옆으로 붙었다.

"연화야."

"예, 왕야."

"이 돈으로 숙소를 잡거라."

"……."

"인사조차 나오지 않을 것들이다. 그런 것들이 숙소를 잡아 놨을 리가 있겠느냐."

"왕야… 차라리 돌아가심이."

"그만. 그래도 폐하의 명이다. 가더라도 얼굴은 한번 보고 가 야 하지 않겠느냐."

"……."

슥.

숙은 연화의 머리를 한 차례 부드럽게 쓰다듬었다.

그러곤 어깨를 툭툭 쳤다.

"예, 그럼… 이랴!"

연화가 바람처럼 내달리기 시작하자 숙은 짓고 있던 미소를 대번에 지웠다. 그러곤 잠시 멈춰 주변을 스윽 둘러봤다.

'하나, 둘… 적어도 서른 이상.'

주변에 숨어 염탐하는 자들의 수였다.

"후후, 후후후……"

재미있겠구나…….

그리 생각한 숙은 재차 앞으로 나아가기 시작했다.

제도로의 귀환.

숙은 이번 제도행이 심심하진 않을 것 같단 예감이 들었다.

그리고 그 예감은 첫날부터 빗나가지 않았다.

"컷!"

"워워."

박종찬 감독의 컷 사인이 울리자 지영은 고삐를 당겨 말을 멈추게 했다. 그러곤 땅으로 내려와 말을 쓰다듬었다.

히잉.

지영이 쓰다듬자 작게 우는 말을 보자 숙의 차가운 감정이 눈 녹듯 사라지는 걸 느꼈다. 그리고 오랜만에 말을 타자 기분도 좋았다. 시원하게 달리지는 못했지만 말을 탈 때의 익숙한 진동이 그저 기꺼웠다.

"앞으로도 잘 부탁한다."

히힝!

알아들은 것처럼 울음을 터뜨리는 말을 보며 지영은 다시 작게 웃었다. 이후 전문 조련사에게 말을 양도한 지영은 엉덩이를 문지르고 있는 이수진에게 다가갔다.

"아프지?"

"네? 네, 히잉."

본래는 일반 시녀였지만 북방까지 같이 따라갔다는 설정 때문에 무예를 익힌 시녀로 역할이 업그레이드된 이수진은 급하게 승마를 배웠다. 하지만 그래도 말을 타는 건 익숙하지 않은 사람에게는 엄청난 고역이었다.

엉덩이나 허벅지 안쪽이 특히나 힘들었다.

"시간 날 때마다 타. 예전에 정만 선배님이 말한 거 기억하지?"

"뭐든 배워놓으면 반드시 쓸데가 있다던 말씀 말이죠?"

"응. 지금 배워놓으면 분명히 쓸데 있을 거다. 그리고 이번에 너 말 타는 역할 꽤 많잖아. 지금 빨리 익숙해지는 게 좋을걸."

지영의 엄포에 이수진이 울상이 됐다.

그런 이수진의 어깨를 툭툭 쳐준 지영은 박종찬 감독에게 다가갔다. 와서 대기 중이던 순 역할의 김민재와 악치원 역의 최민석이 날카로운 눈빛으로 모니터링을 하고 있었다. 지영도 슬쩍 뒤로 가서 장면을 확인했다.

마침 말 위에서 시니컬한 웃음을 베어 무는 지영의 모습이 보였다. 바람에 흩날리는 머리카락 사이로 보이는 눈빛이 굉장히 인상적이었다.

"음… 역시. 카메라가 전부 담지는 못하는군."

진지하게 영상을 확인하던 최민석 감독의 말에 박종찬 감독이 씩 웃었다.

"그렇지? 근데 그거 아나? 저놈 처음에도 그랬다는 거?"

"숙 아역 역할 때 말인가?"

"그래. 위엄하며, 좌중을 깔아보는 눈빛하며, 차가움이 가득 담긴 감정하며, 지금 생각해 보면 어느 것 하나 제대로 담긴 게 없어."

"음……."

더 있기에는 민망한 얘기들이 너무 오가 지영은 슬쩍 자리에서 빠졌다. 그런 자신을 바라보는 김민재의 시선이 느껴졌지만 지영은 굳이 신경 쓰지 않았다. 첫 작에서 호흡을 같이 맞춰봤던 배우인 그는 요즘 물이 오른 대세 배우 중 한 명이었다.

발군의 연기력.

그를 칭할 때 항상 나오는 단어였다.

하지만 아무리 발군의 연기력을 지녔다 한들 지영에게는 여전히 부족했다. 그걸 그도 느끼고 있는 것 같았다. 그리고 불행인지 다행인지 모르겠지만 그는 지영에게 호승심을 느끼고 있었다.

'라이벌이라······.'

피식.

실소가 나왔다.

유구한 세월을 살아오면서 라이벌이라 부를 만한 인간은 당연히 있었다. 하지만 어느 순간부터 지영은 자신의 주변에 라이벌이라 부를 수 있는 존재는 없어졌다. 지영이 의도한 건 아니었다.

지식 습득 수준, 사고 수준, 판단 수준이 이미 범인을 넘어섰고, 그런 한창 때의 지영의 존재는 자신을 목표로 했던 수많은 이들에게 최악의 절망을 선사했다.

절대로 넘을 수 없는 벽.

애초에 그릇이 달랐다.

아니, 그들은 모르지만 종(種)이 달랐다.

한 생(生)을 사는 자들과는 너무나 다른 지영이기 때문에,

그리고 굳이 그렇게 얻은 것들을 포기하지 않고 사는 지영이기 때문에 선사했던 절망은 무수히 많았다. 그래서 지영을 목표로 했던 수많은 이들은 좌절했다. 그리고 끝끝내 지영을 넘지 못했다.

그게 팩트였다.

'당신은 부디 부서지지 말기를.'

자신을 라이벌이라고 생각하는 건 굳이 말리지 않겠지만, 자신을 괜히 라이벌로 삼아 절망하는 일은 없기를 바랐다.

물론, 그 모든 건 김민재의 마음가짐에 달려 있었다.

한쪽으로 나오자 전문가와 말 타는 연습이 한참인 이수진이 보였다. 은재와 비슷할 정도로 순수한 아이다.

동생 삼아도 괜찮을 만큼, 착한 심성을 지닌 아이기도 했다.

입술을 꾹 깨물고 연습하는 이수진을 잠시 보던 지영은 자신의 대기실로 돌아왔다.

지영이 들어오자 수다를 떨던 스태프들이 단체로 음소거라도 당했는지 입을 다물고 슬금슬금 빠져나갔다.

배우의 휴식을 방해해서는 안 되는 암묵적인 룰 때문이지만 마치 도망가는 것 같아 기분이 좀 그랬다.

폰을 꺼낸 지영은 은재에게 온 메시지에 답을 보내고, 김지혜가 보낸 메시지를 자세히 읽기 시작했다.

"흠······."

송지원이 처한 위기는 아직 해소되지 않았다. 애시 당초 홍콩 마피아가 개입한 일이기 때문에 조용히 끝나기에는 이미 한

참 전에 그른 상황이었다. 그들은 원하는 바를 이루든가, 아니면 그에 준하는 금액을 받기 전까진 절대 물러서지 않을 거라는 것도 지영은 잘 알고 있었다.

"후……."

김지혜의 메시지를 읽던 지영은 안도의 한숨을 흘렸다.

그래도 다행히 주력 마피아 조직은 아니었다.

만약 삼합회의 주력이라 할 수 있는 홍방, 홍문회가 나섰으면 상황은 진짜 최악으로 치달아갔을 거다. 그런데 다행히 이번에 보라매 엔터에 작업을 건 삼합회는 사실상 홍콩에 적을 둔 마피아 중에서도 굉장히 급이 낮은 놈들이었다.

'하긴, 홍방 정도 되면 겨우 엔터 하나 먹자고 이렇게 작업하진 않겠지.'

그들이었다면 최소 매출 천억 이상의 기업을 상대로 작업을 걸었을 것이다. 물론 그렇다고 안심해서도 안 되는 상황이었다.

수준이 아무리 낮아도 마피아는 마피아다.

언제 어디서, 어떤 짓을 저지를지 아무도 몰랐다.

지영은 김지혜에게 현재 놈들의 위치와 인원수 등을 조사해 달라고 답장을 보낸 뒤에 눈을 감았다.

"후… 후우……."

크게 심호흡을 한 번 하고 나자 마음이 진정세로 들어섰다. 잠시 뒤에 다시 연달아 신이 있으니 이제는 좀 휴식을 취해야 할 때였다. 그리고 특히 오늘은 밤샘 촬영이 예정되어 있어 육체적, 정신적 체력 안배는 필수였다. 잠시 뒤, 지영은 고른 숨소리를 내며 잠에 빠져들었다.

*　　　　*　　　　*

고즈넉한 새벽, 숙은 잠에서 깼다.

"음……."

잠자리가 변한 탓인지 일어난 숙의 표정은 그리 좋지 않았다. 이부자리는 폭신폭신했다. 북방의 거친 천으로 만든 이불도 아니고, 딱딱한 나무도 아니었다. 하지만 거친 황야에서 땅만 파고 잤던 경우가 허다했던 숙에게 이런 이부자리는 사치에 가까웠다.

게다가 어제 만났던 악치원이란 자와의 대화 때문에 숙의 기분은 지금 매우 별로였다.

쪼르르.

잔에 물을 따라 마신 숙은 일어나 간편한 복장으로 갈아입었다.

"기침하셨습니까, 왕야."

언제나 자신보다 먼저 깨 있는 연화의 목소리에 숙은 참 한결같은 아이라 생각하며 작게 웃었다.

"일어났다."

"세안을 준비하겠습니다."

"아니다. 오늘은 칼을 좀 휘두르고 싶구나."

"예, 왕야. 준비하겠습니다."

그 대답을 끝으로 기척이 멀어져 갔다.

숙은 의복을 갖추고, 마지막으로 긴 머리를 새까만 끈으로 질끈 묶은 다음에야 천천히 발걸음을 뗐다.

드르륵.

북방에서는 거의 보기 힘든 미닫이문이 열리는 소리에 숙은 잠시 자신이 제도로 귀환하긴 했구나란 감상에 빠졌다.

하지만 그것도 잠시, 추운 새벽 공기가 뺨을 때리기 시작하자 다시 걸음을 옮겼다. 아직은 어두운 새벽. 마당에 연화가 검을 들고 고고한 자태로 서 있었다. 하늘하늘 내려앉는 눈 사이에 연화는 한 송이 꽃과도 같았다.

"왕야."

연화가 건네주는 칼을 받아 든 숙은 천천히 뽑아 들었다.

그르릉…….

거친 마찰음과 함께 뽑혀 나온 칼은 기이하게도 붉은빛을 머금고 있었다. 본래는 이런 색이 아니었다. 보통의 칼과 같은 거무튀튀한 색이었다. 그런데 어느 순간부터 칼은 기이하게도 붉은빛을 머금어 가더니, 지금은 이렇게 진홍색으로 변해 버렸다.

그래서 칼의 이름도 진홍(眞紅)이었다.

"후, 후우……."

크게 심호흡을 한 숙은 칼을 천천히 들어 올렸다.

진홍의 무게는 상당했다.

마상참마도 계열이기 때문에 무거움에 중점을 둔 칼이기 때문이었다. 하지만 칼을 굉장히 느린 동작으로 들어 올리는 숙의 동작에는 무게를 크게 불편하게 느끼는 것 같지 않았다.

중단까지 들어 올렸던 검을 천천히 뒤집고, 천천히 찔렀다.

천천히, 천천히.

움직이지 않는 것처럼 검은 굉장히 천천히 앞으로 내밀어졌다. 하지만 그러면서도 조금의 미동도 없었다. 잔 진동도 없었다. 팔을 쭉 펼 때까지 걸린 시간은 꽤 길었다. 호흡으로 따지면 거의 육십 호흡 정도. 그리고 회수하는 시간도 마찬가지였다.

회수한 칼을 다시 갈무리해, 손목을 비틀어 궤적을 바꾸고 천천히 그어 올렸다. 그리고 궤적이 끝이 달했을 때, 다시 천천히 회수했다. 두 번의 동작을 끝냈을 때 숙의 얼굴에서 흐른 땀이 눈 내리는 마당에 뚝, 뚝 소리를 내며 떨어졌다. 그러곤 전신에서 천천히 하얀 증기가 피어올랐다.

동작은 계속 이어졌다.

목, 복부, 하체를 노리는 찌르기, 베기의 기본 동작들을 2번씩 반복할 때쯤엔 숙의 전신은 땀으로 흠뻑 젖었다.

헐렁했던 의복이 달라붙어 몸의 굴곡을 여과 없이 세상에 투영시켰다. 전장에서 키운 흉포한 근육이 자신을 세상에 내보내 달라고 아우성을 치는 것 같았다.

세 번의 반복 끝에 숙은 동작을 멈췄다.

"후우, 후우……."

심호흡으로 호흡을 갈무리한 숙에게 연화가 차가운 물을 사발에 담아 가져왔다. 숙은 그걸 받아 입안을 죽일 정도만 마시고 다시 건넸다.

"한번 추겠느냐."

"영광이옵니다, 왕야."

"준비하고 오거라."

"예."

사발을 마루에 가져다놓은 연화가 천천히 몸을 풀었다. 일각 후, 연화가 숙의 앞에 와서 섰다.

"오늘은 내 상태가 별로구나. 조심하거라."

"예, 왕야."

스르릉…….

진홍이 나올 때와는 다른 섬세하면서도, 날카로운 울음이 마당을 울렸다. 숙은 그 소리에 웃었다. 언제나 한결같은 소리였다. 검을 휘두르기 시작하고, 어느 정도 익었다 싶었을 때 직접 구해 건네준 검이었다.

연화는 그 검을 목숨처럼 아꼈다.

매일 손질함은 기본이고, 잘 때도 품에 안고 잘 정도로 연화는 검에 애착을 가졌다. 아니, 집착이라 해도 좋을 정도였다.

과하다.

검은 검일 뿐이다.

누누이 그리 일렀지만 왕야가 하사한 검을 소홀이 함은, 왕야를 소홀이 생각함과 다를 게 없다고 대답하는지라 이제는 숙도 포기했다.

"오거⋯⋯."

라.

이렇게 끝맺었어야 될 말을 숙은 끝내지 못했다.

자박자박.

소담히 쌓인 눈길을 지나 누군가가 다가왔다.

"장군."

다가온 자는 평소에는 순박하지만, 전투가 시작되면 최전선에서 숙의 옆을 보좌하는 북신단의 부대주, 철상이었다.

"철상이구나. 이른 아침부터 무슨 일이냐."

"궁에서 사람이 찾아왔습니다."

"사람이 찾아왔다⋯ 이 시간에?"

후후⋯⋯.

'어제도 그러하더니, 오늘도 순 형님은 나를 이리도 자극하시는구나.'

해도 겨우 고개를 내민 새벽이다.

이런 새벽에 사람을 보냈다는 것은 제아무리 제국의 황제이자, 형님인 순이라고 할지라도 이는 너무나 무례한 짓이었다.

하지만 어제도 그랬듯이 숙은 웃었다.

숙은 이번에 자신을 제도로 불러들인 이유를 점차 느끼기 시작했다. 떠날 때도 그랬지만, 부디 그러지 않기를 바랐던 일을 어째 형님은⋯ 할 것 같단 느낌을 강하게 받았다. 숙은 연화에게 시선을 돌렸다.

"다음에 어울려야겠구나."

"예, 왕야."

"씻을 준비를 해다오."

"예."

연화가 검을 갈무리하고 사라지자, 숙은 철상을 바라봤다.

"손님방에 모시고, 잠시 기다리라 일러라."

"예, 장군!"

철상이 떠나고, 숙은 천천히 궁이 있는 곳으로 시선을 돌렸다.

씨익.

"그날, 분명히 경고했었습니다. 부디… 이, 숙의 검이 형님을 겨누게 만들지 말아달라고. 하지만 형님 폐하는 어째 그 말을 잊은 것 같습니다."

그러하다면 이, 숙은 어찌해야 합니까?

저 먼 동녘의 붉은 하늘을 보며 숙은 너무나 시린 미소를 베어 물었다.

구궁!

새까만 흑칠을 한 대전의 문이 '숙! 왕야 납시오!' 하는 소리와 함께 귀에 거슬리는 소음을 동반하고 천천히 열렸다.

"왕야."

"괜찮다. 밖에서 기다리거라."

"예."

연화가 고개를 숙인 채 옆으로 물러나자 숙은 천천히 걸음

을 뗐다. 숙은 가슴을 천천히 폈다. 아주 오랜만에 돌아온 장
소였다. 그리고 친형님인 순과 마지막 설전을 벌였던 곳이기도
했다.

'혼자 볼 줄 알았는데……. 형님, 겁이 나셨나 봅니다? 후후.'

대전의 양옆으로 제국의 대신들이 쭉 도열해 있었다. 당당하
게 걸음으로 걷기 시작하는 숙에게 모든 시선이 몰리기 시작
했다. 눈빛은 당연히 곱지 않았다. 신기함보단 적대적인 감정이
짙게들 베여 있었다. 숙은 그 시선을 받으면서도 여유로움을
조금도 잃지 않고 있었다.

이런 압박?

가소롭다.

도발?

이 정도는 도발 축에도 못 낀다.

북방의 이민족들은 잡은 포로들을 눈앞에서 겁간하고 사지
를 잘라 죽인다. 그게 그놈들의 기본 도발 방식이었다. 그런데
고작 눈빛으로 적대적인 감정을 쏘아 보낸들, 숙이 눈 하나 깜
빡할 사람이 아니었다.

자박자박.

사락사락.

이제는 불편한 의복과 신이 내는 소리가 고요한 대전을 홀로
외롭게 울렸다. 그리고 대전의 반쯤 걸었을 때, 자신을 사지(死
地)로 내쫓은 핏줄인 순이 보였다.

제국의 황제.

지고지순함의 정점에 선 황제이자 형님인 순이었다.

숙은 순의 얼굴을 확인하고 하마터면 웃음을 터뜨릴 뻔했다. 표정에 아주, 왜 살아 돌아왔냐고 써 붙이고 있는 것 같았다.

'아직도 이 동생이, 이 숙이 그리 무서우십니까? 후후.'

대신들이 없었으면 숙은 인사를 올리기도 전에 그리 묻고 말았을 것이다.

자박자박.

사락사락.

스윽.

멈춰선 숙은 순을 올려다봤다.

가장 먼저 보이는 건 창백함이었다. 마치 병자처럼 창백한 인상이 들어왔고, 그래서 힘이 없는 안색이지만 신기하게도 숙을 싫어하는 감정만큼은 죽지 않고 잘 살아 있었다.

스르륵.

숙은 순에게서 시선을 떼고 천천히 한쪽 무릎을 꿇었다.

"신, 숙. 황제 폐하를 뵙습니다."

어떠한 미사여구도 없는 지극히 깔끔한 인사였다. 너무나 담백해서 오히려 숙을 주목하고 있던 대신들이 '허…' 하고 탄식을 흘렸을 정도로 군더더기 없는 인사. 그러니 당연히 순의 표정이 순간 꿈틀거리며 균열이 갔다.

하지만 인사를 안 받을 수는 없는 상황이라 이를 악물었던 순이 천천히 입을 열었다.

"오랜만이구나……."

"예, 오랜만입니다, 폐하."

"그래, 이민족을 모두 토벌했다고?"

"예, 부족장 바트의 수급을 거두었고, 협상을 맺어 앞으로 삼십 년 간은 제국의 영토를 밟는 일은 없을 것입니다."

"그 말을 믿을 수 있겠느냐. 미개한 작자들이 아닌가."

미개하다니…….

후후.

숙은 웃음을 나오는 걸 겨우 참았다.

미개?

그들은 엄청난 전투 민족이었다.

전략 전술?

숙은 그들과 몇 년에 걸쳐 전쟁을 치르며 왜 두 배에 달하는 병력으로 소수의 이민족을 토벌하지 못했는지 뼈저리게 깨달았다. 그들의 기마 궁술은 이미 신기에 달했고, 치고 빠지는 정확한 순간을 알고 있었다.

흐름을 제대로 타지 않는 이상 전장의 광기에 몸을 맡기는 일도 없었다. 병사 하나하나가 아주 정밀한 살인 기계들이었다. 그런 병사가 무려 십만……. 족장 바트의 지휘 아래 일사불란하게 움직이는 그들을 상대하느라 숙도 수없이 많은 죽음의 고비를 겪어야만 했다.

'그런데 그런 그들이 미개하다고……? 기가 차는군, 후후.'

생활 자체도 제국에 비해 조금 부족할 뿐, 야만인 수준은 절대로 아니었다. 그들은 그들만의 문화가 있었고, 그 문화가 유구한 세월 동안 이어져 오며 굉장히 실용적으로 변해 있었다. 절대로 그들은 미개한 부족이 아니었다.

바트가 만약 앞에 있었다면?

숙의 작전에 제대로 걸렸는데도 병사 오백을 끌고 함께 저승 길을 넘은 바트가 만약 저 말을 들었다면 순은 무조건 죽었다.

"그들은 신의를 아는 자들입니다. 약속은 지켜질 것입니다."

"…믿어보겠다."

"감사합니다, 폐하."

숙은 살짝 고개를 숙이며 인사를 했고, 그 과정에서 비릿한 미소를 뿜어냈다. 순은 결국 숙에게 고생했다는 말 한 마디를 해주지 않았다. 그건 곧 인정하지 않는다는 뜻이었다. 그게 아니라면, 숙의 북방을 정벌한 게 큰 공로가 아니라는 뜻일 수도 있었다.

어느 것이나 짜증 나긴 매한가지였다.

대전은 다시 고요해졌다.

숙은 꿇고 있는 무릎이 조금씩 저려오기 시작했다. 이런 자세, 하도 오랜만이라 기분도 그리 좋진 않았다.

'후후, 내가 잘 보이자고 이곳에 온 곳도 아닌데…… 나는 뭘 고민하고 있었던가. 어차피 자신을 부른 의도야 뻔하다.'

북방에서 황제로 군림하는 왕야이자, 대장군 숙.

만백성이 우러러보는 숙.

영웅가(英雄歌)마저 생겨나고 있는 숙.

그런 자신에게서 다시 한번 힘을 뺏고자 함이다.

스윽.

숙은 천천히 굽히고 있던 무릎을 폈다.

"저, 저저저……!"

"저런 무엄한!"

숙이 상체를 세우기 무섭게 뒤에서 대신들이 노발대발하기 시작했다. 하지만 숙은 고개도 돌리지 않고 숙였던 고개를 들어, 순을 올려다봤다. 순의 얼굴이 일그러지는 게 보였다.

"이, 무엄하다! 어디 폐하께서 일어나라는 말도 하지 않았는데……!"

"……."

지근거리에서 터진 호통에 숙은 순에게서 시선을 떼고, 천천히 자신에게 소리친 자에게 고개를 돌렸다.

"이, 이……!"

대놓고 화를 내고 싶지만 숙은 황제의 동생이자 북방대장군이며, 왕야다.

누구인지 모르겠지만 이놈은 지금 큰 실수를 하고 말았다.

"그대의 이름은 어떻게 되는가?"

"나, 나는……."

얌생이처럼 생긴 놈은 곧 자신의 실수를 깨달았는지 쉽게 대답을 못 하고 있었다.

"그대는 감히 왕야이자, 대장군인 나에게 소리칠 정도의 직위에 있는가?"

"그, 그게……."

"후후……."

숙의 웃음이 변했다.

나른하고, 느긋하던 미소가 저 북방의 만년설산의 얼음을 머금은 것처럼 차가워졌다.

"죽고 싶으냐."

"……."

쏴아아…….

대전(大殿)에 서리가 끼는 것처럼 숙을 중심으로 한기(寒氣)가 쏴아… 퍼져 나갔다. 그 속도는 매우 빨랐다. 너무나 빨라 가장 뒤에 있어 숙의 얼굴을 못 보고 있는 자마저도 갑자기 느껴지는 오한에 몸을 떨게 만들었다.

그리고 당연히 순은 얼굴을 일그러뜨리고 부르르 떨기 시작했다. 하지만 순이 그러거나 말거나, 숙은 완전히 몸을 돌렸다.

"감히 내게 이름조차 대지 못하는 놈이 내게 호통을 친 것이냐."

말끝이 올라가지도 않는다.

고저가 없는, 착 가라앉은 그 목소리는 그 자체로 공포였다.

서릿발 같은 기세?

그런 것도 없었다.

숙의 목소리는 그냥 무서웠다.

새까만 눈동자가 대전의 불빛을 받아 기이하게도 붉어졌다, 파래졌다 반복했다. 숙에게 소리친 자는 그런 압도적인 기세에 완전히 짓눌렸다.

기실 그의 직위는 낮지 않았다.

악치원 정도는 아니어도 이곳에 모인 대소신들 중에서는 열 손가락에 들어가는 자였다. 게다가 명문가 집안에, 그 스스로 의 학식도 꽤나 괜찮은 자였다. 하지만 거기까지였다. 수많은 수라전장(修羅戰場)을 헤쳤던 숙에 비하면 그저 애송이고, 잔챙 이일 뿐이었다.

파스스!

어디선가 불어온 바람이 숙을 스치고 지나가며 그의 의복이 며, 머리카락을 하늘거리게 만들었다.

그 모습은 흡사…….

귀신(鬼神) 같았다.

야차(夜叉) 같았다.

펄럭이는 의복 사이로 언뜻 보이는 상처 입은 야수의 몸에 모두 기가 질려가기 시작했다. 하지만 그럼에도 숙은 기세를 풀 지 않았다. 어차피 상을 받자고 온 것도 아니다. 논공행상?

'그딴 걸 해줄 리가 있겠나… 후후.'

숙은 명확하게 선을 그었다.

이곳은 전장이라고.

하지만 북방의 전장과는 다르게 세 치 혀와 간사한 대가리를 조심해야 하는 애매한 전장이라고, 그렇게 딱 선을 그었다. 그 리고 어쩌면 이 자리에 있는 거의 모든 자들의 목을 쳐야 하는 순간이 올지도 몰랐다.

'돌아온 첫날에, 그것도 대전에서 피를 볼 수는 없겠지. 운이

좋구나.'

만약 밖에서 마주쳤다면 분명 숙의 참마대도가 놈의 정수리로 떨어졌을 것이다. 딱, 이 대전만 아니었다면 말이다.

숙은 여기까지 하기로 했다.

다시 신형을 돌리자 쿨럭! 하고 기침 소리가 터지는 걸 들을 수 있었다. 아마 제대로 심신에 타격이 왔을 것이다.

전장에서 닦은 숙의 기세는 충분히 늙은이 하나를 기세만으로 보내 버릴 힘이 있었다.

"오늘은 자리가 그리 좋지 않은 것 같습니다, 폐하."

"…이놈."

숙은 그 그르렁거리는 소리에 웃었다.

'몸은 괜찮냐는 안부 정도는 물어줄 수 있지 않았습니까?'

후후.

하지만 순은 그조차도 하지 않았다.

죽을 곳에 보내놓고. 왜 살아 돌아왔냐는 마뜩찮은 감정을 여과 없이 보여주고만 있다. 이러니 숙이 좋게 생각하려야, 좋게 생각할 수가 없었다.

"이만 돌아가겠습니다."

"…다시 부르마."

"예, 폐하."

꾸벅.

숙은 상체를 천천히 숙여 예를 취하곤 그대로 뒤로 물러나 대전을 나섰다. 따가운 눈총이 등판으로 쏟아졌지만 당연히 숙은 깔끔하게 무시했다. 숙이 대전을 나오고 나자, 웅성거림이 점차 생겨나기 시작했다.

하지만 구그긍!

위사들이 문을 닫자 그 소리도 곧 사라졌다.

"후……."

밖으로 나온 숙은 긴 한숨을 내쉬었다.

따사로운 햇살이 얼굴로 쏟아졌다.

북방의 칼바람 섞인 햇살이 아니라 숙은 이 햇살이 굉장히 이질적으로 느껴졌다.

피식.

하지만 곧 입가에 미소를 그렸다.

"이번 제도행은… 재미있겠구나."

어느새 귀신처럼 옆으로 다가온 연화가 뭔 소린지 몰라 눈을 껌뻑이자, 숙은 여전히 웃는 낯으로 그녀의 머리를 쓰다듬어 주고는 천천히 걸음을 옮겼다.

＊　　　　＊　　　　＊

"컷! 굿! 좋아!"

박종찬 감독의 사인에 지영은 계단을 내려가던 걸음을 멈췄다.

"후……."

그러곤 길게 한숨을 내쉬었다.

그 한숨 속에 남아 있던 감정의 찌꺼기가 쓸려 나갔다.

두둑, 두둑.

그다음 목을 푼 지영은 천천히 몸을 다시 돌렸다. 수많은 카메라. 그리고 스태프와 배우들이 지영을 멍하니 바라보고 있었다.

"와……."

"네가 놀라면 어떡하냐?"

"아니, 그게……."

이수진은 지영을 보며 입만 끔뻑였다.

짧게 호흡을 맞춘 신이라 그녀는 지영이 대전에서 연기를 하는 모습을 전부 볼 수 있었다. 그래서 전율했다. 그녀는 지영이 보여준 좌중을 압도하는 연기에 거의 넋을 놓고 있었다.

압도적인.

전율적인.

이수진은 그 의미를 이번 지영의 연기에서 아주 제대로 느낄 수 있었다.

"오빠 그냥… 급이 다르네요."

피식.

지영은 그냥 웃고 말았다.

이수진, 그녀의 말은 딱 정답이었다.

정말 군더더기 없는 완벽한 정답이라, 지영도 그냥 웃을 수밖에 없던 것이다.

툭툭.

힘은 안 나겠지만 그래도 어깨를 두드려 준 지영은 박종찬 감독에게 다가갔다. 그의 곁으로 호흡을 맞췄던 배우들이 속속 모여들고 있었다. 그중에는 순, 김민재도 있었다. 그는 아랫 입술을 잘끈 깨물고 있었는데 그걸 보면서 지영은 속으로 혀를 차야 했다. 이수진이 말했듯이 어차피 지영의 연기는 급이 달랐다.

'뱁새가 황새 쫓아가면 가랑이 찢어진다는 말을 해줄 수도 없고…….'

그의 이번 연기는 나쁘지 않았다.

하지만 딱 그뿐이었다.

이번에도 그는 강지영이라는 괴물에게 잡아먹혔다. 아마 이 장소에서 그 누구도 김민재에게 그런 말을 해주진 않겠지만 모두가 그렇게 느끼고 있을 것이다. 다만, 배우의 사기를 생각해 속으로만 품을 거고, 그건 웬만해서는 세상에 나오지 않을 것이다. 지영은 조용히 자신의 신을 확인하고는 자리를 떴다.

대기실로 돌아오자 한정연과 이성은 박수로 지영을 맞이했다.

"수고했어!"

"사장님, 굿!"

농담 섞인 인사에 지영은 피식 웃고는 거울 앞에 앉았다.

"후아……."

"힘들었어?"

"네, 밤샘 촬영이라 그런지 확실히 몸이 좀 처지긴 하네요."

"오… 천하의 강지영도 피곤을 느끼긴 하는구나. 기다려 봐. 얼른 메이크업 지워줄게."

"네."

지영은 대답 후 눈을 감았다.

전문가의 손길로 말끔하게 메이크업을 지운 지영은 박종찬 감독에게 가서 자신의 신이 끝났음을 다시 한번 확인한 뒤, 밴에 올라탔다.

"집으로 갈게요."

"네."

김지혜의 말에 대답한 지영은 차가 부드럽게 움직여 영화 촬영장을 벗어날 때쯤, 잠에 푹 빠져들었다.

오늘은 이상하게 피곤했다.

쾅!

"태감! 그 방자한 왕야를 이대로 두실 생각이십니까!"

"맞습니다! 예의도 없고, 감히 폐하의 말에 반발까지 하는 자입니다!"

"그리고 제게는 또 어떻습니까! 이 호종선이! 아무리 왕야라지만 그런 대접을 받아야 합니까!"

자신을 따르는 이들의 말에 악치원은 말없이 술잔을 들어 올렸다.

시끄러웠다.

'이 나이 처먹도록 이리 보는 눈이 없다니…….'

쓴웃음이 나왔다.

그날 대전에서 숙의 모습은 입에 담기도 불경하지만, 제왕(帝王)이었다. 동시에 패왕(霸王)이기도 했다.

그게 끝이 아니었다.

효웅(梟雄)의 기질이 다분했다.

자신이 보기엔 숙은 기질(器質) 자체가 그러했다. 타고나기를 제(帝)로 태어났다. 그런데 이 무능한 자들은 그런 숙을 알아보질 못한다. 그날 대전에서 보여준 모습만 봐도 엄청났는데 말이다.

게다가 호종선…….

그는 숙의 말에 이미 영혼까지 질려 버렸다.

순의 옆에 서 있던 악치원은 숙의 눈빛에 아예 질려 버린 호종선을 확실히 봤다. 보는 눈이 부족한 것뿐이지, 호종선 자체가 몇 대를 걸쳐 제국을 모신 만큼, 담 하나만큼은 제대로인 자였다.

그래서 어려운 일은 보통 호종선을 시켰다.

'숙 왕야…….'

"후우."

왜 하필 지금인가…….

제국은 안정기다.

순은 자신의 말을 아주 잘 들었고, 백성들도 불평불만을 하진 않았다. 북방도 정벌되어 나라에 악재는 거의 없다고 봐도 무방한 시기였다. 그런데 하필 순은 숙을 불러들였다. 악치원이 일단은 말렸지만 순은 이번만큼은 고집을 꺾지 않았다. 그는 순의 생각을 알 것 같았다.

'확실히 죽이려는 게지.'

북방을 완전히 자신의 것으로 만든 지금, 그곳에서는 숙을 죽일 방법이 없었다. 죽으라 어명을 내린다면?

딱 봐도 그걸 들을 숙이 아니었다.

게다가 절대 그래서는 안 되는 게, 만약 죽으라는 어명을 때렸는데 숙이 그곳에서 독립을 해버리면 제국은 뒤통수에 칼을 두는 형태가 된다. 북방은 척박한 곳이지만 그가 알아본바 이제는 자급자족이 가능해졌을 정도까지 발전을 해버렸다.

이 모든 게 숙이 가고 나서 벌어진 일들이었다. 그래서 절대로 그것만은 말려야 했다.

'문제는 그를 어떻게 죽이냐는 거지.'

딱 봐도 숙 본인의 무력이 엄청나 보였다.

그 단단한 몸, 굳은살이 곳곳에 박여 있는 손, 처절한 전투를 경험하며 쌓은 실전 감각, 마지막으로 비상한 감각.

그게 제일 문제였다.

선, 후천적으로 발달한 감각은 아마 본인에게 다가오는 위험을 즉각 잡아챌 것이다.

'나 또한 그랬으니……'

그는 순의 옆에 서기까지 걸린 2년이란 시간 동안 무수히 많은 정적의 암살 기도를 받아야 했다. 하지만 그럼에도 그는 순의 옆에 섰다. 모든 암살 기도를 탁월한 위기 감지 본능이 모조리 잡아준 덕분이었다.

악치원은 순에게도 반드시 그런 감각이 있을 거라고 봤다.

'그게 없었다면, 그는 북방에 간지 며칠 안 되어 죽었어야 했으니까.'

그곳은 그만큼 척박하고, 위험한 곳이다.

순이 그가 죽기를 기도한 만큼 때때로 몰래 사람을 보내 그곳 상황을 알아봤다. 들려오는 건 죄다 어떤 위기를 넘기고 숙이 전공을 세웠네 마네 하는 것들이 전부였다.

'그러니 죽이기도 쉽지 않은 자……'

게다가 그의 곁에는 북신단의 정예가 있다.

북신단은 북방의 신(神)이 아니다.

북방의 귀신(鬼神)이 정확한 설명이 될 것이다. 다른 말로는 북방의 전귀(戰鬼)들이라고 불러도 될 것이다.

가장 사납고, 싸움에 미친 자들만 모아 굴복시켜 최강의 부대를 만들었다. 물론 북방에는 북신단 말고도 거칠고 용맹한 부대가 수없이 많다. 하지만 북신단은 그중에서도 최강이자 최악의 싸움 귀신들이었다.

그런 북신단 삼백이 숙의 주변에 있었다.

그걸 뚫고 숙을 죽이는 것은 불가능에 가깝다는 걸 악치원은 알았다.

'어떻게 한다……'

악치원은 느끼고 있었다.

숙이 죽든가. 아니면 숙이 제왕이 되든가.

이번 숙의 제도행은 둘 중 하나로 마무리가 될 것이다.

하지만 그 안에는 다른 뜻도 있었다.

전자는 자신이 살고, 후자는 자신이 죽는다.

악치원은 후자가 결정되는 미래만큼은 반드시 막아야 했다.

왜?

목숨이 걸렸으니까…….

태감…….

"태감!"

"태감! 뭘 그리 깊이 생각하십니까?"

뭘 그리 깊게 생각하냐고?

너, 너, 너, 그리고 나, 우리 전부가 살 수 있는 방향을 생각했다. 물론 이걸 말하지는 않았다. 수장(首長)된 자, 약한 모습을 보이면 아랫것은 불안해하게 마련이다. 사기의 하락, 최악은 진형 이탈까지 갈 수도 있다.

악치원은 그것만큼은 반드시 막아야 한다고 생각했다.

'가뜩이나 제국에서 가장 강력한 무력 단체를 보유한 놈인데 정치 세력까지 생기면? 거기다 금력까지 합쳐지면?'

고금 아래, 불변의 진리인 폭력, 권력, 금력을 다 갖추게 된다.

악치원이 생각하는 최악이었다.

"태감! 그놈을 그대로 두실 겁니까?"

"음… 말조심하게. 그래도 왕야시네."

"어디 그런……! 시정잡배 같은 자를 왕야라 부를 수 있겠습니까!"

숙에게 단단히 데인 호종선의 말에 악치원은 쓴웃음이 나오려는 걸 겨우 막았다. 이는 굉장히 좋지 않은 상황이었다. 그가 보기에 이미 호종선의 눈빛에는 두려움이 자리 잡고 있었다. 그도 느끼고 있는 것이다.

숙을 죽이지 않고서는 자신의 안전을 장담하기 어렵다는 걸. 부와 권력을 지녔지만 그도 알 거다.

죽으면 모조리 쓸모없는 것이라는 걸.

"후……."

암담했다.

황제의 총애를 업고 있고, 제도의 군을 움직일 수도 있고, 수많은 중소 상인, 군벌, 아래의 대신들을 움직일 수 있지만 이상하게 답답했다.

"오늘은 이만 파하세. 내 긴히 생각해 볼 게 있으니."

"태감!"

"어허!"

"…네, 알겠습니다."

호된 꾸짖음 한 번에 깨갱하는 호종선을 보며 악치원은 속으로 다시 한숨을 내쉬었다. 엉거주춤 일어나 다들 밖으로 나가자, 악치원은 사람을 불러 상을 바꾸라 했다. 잠시 뒤 다시 다리가 휘어지게 차린 상이 들어오고, 얇은 나삼만 입은 기녀가 옆에 앉았다.

"한 잔 따르겠사옵니다."

"······."

묵묵히 잔을 받은 악치원은 술을 입에 털어 넣었다.

명주(銘酒)다.

이 한 병이면 백성들 기준으로 한 달은 넉넉하게 먹고도 남을 만큼 비싼 술이었다. 그런데 오늘은 이상하게 소태처럼 썼다.

"나가보거라."

"예, 태감."

기녀는 군말 없이 밖으로 나갔다.

워낙에 옷이 얇아 엉덩이가 다 비쳐졌지만 오늘은 욕정이 일지를 않았다.

숙.

그자 때문이었다.

"흠······."

어떻게 해야 할까······.

가장 좋은 방법은 그를 아예 죽이는 게 제일이다. 그다음, 북방은 자신을 따르는 이들 중 한 사람에게 넘겨주면 북방도 안정되니 숙의 제거가 최선의 방법이다. 하지만 아무리 생각해봐도 숙을 죽일 수 있는 방법이 떠오르질 않았다.

궁으로 불러내어 그를 죽인다?

가능은 하다.

하지만 저번에도 그랬지만 숙은 궁의 중간까지 북신단을 이끌고 왔다. 만약 숙을 치는 데 북신단이 난입하면?

잘못하면 자신은 물론 순마저 잡힐 수도 있었다. 그럼 끝이다.

"어떻게든 북신단을 못 들어오게 한다면⋯⋯."

그는 곧 고개를 저었다.

궁의 입궐 규정상, 그걸 막을 방법이 없었다. 그는 왕야의 직위와 대장군의 직위를 동시에 갖추고 있기 때문에 일신(一身)을 지킬 병력이 주변에 항시 주둔하는 건 너무나 당연한 일이다. 그런 상황에 북신단을 못 들어오게 하는 건 왕야, 대장군으로 생각하지 않겠다는 뜻이 되고, 그걸 전하면 숙은 당연히 궁에 아예 오질 않을 것이다.

순의 어명으로 홀로 들어오라고 하면?

숙은 그 순간 북방으로 돌아갈 것이다.

"차라리 보낸 다음⋯ 야외에서 노리면?"

악치원은 북신단을 해결하는 데 얼마나 병력이 들까 생각해 봤다.

일천?

"턱도 없지."

최소한 그의 다섯 배에서 열 배는 있어야 한다고 봤다. 북신단은 그만큼 강력한 무력 조직이니까.

그럼 오천에서 일만의 병력⋯⋯.

그걸 움직일 수는 있다.

하지만 악치원은 장담할 수 있었다.

움직이는 순간, 숙이 눈치챌 것이라는 것을.

"이건… 답이 없구나."

숙을 죽이는 게 힘들다.

악치원은 다른 방향을 생각했다.

죽이는 게 힘들면, 정치적으로라도 말살시켜야 했다.

"어떻게 한다……."

생각은 끝이 없었다.

지금 이 자리에 서기까지 겪었던 모든 것을 처음부터 다시 면밀히 떠올렸다. 초심. 악치원은 자신이 이 자리에 서기로 마음먹었던 그때로 돌아가기로 했다.

악치원.

그는 능력 있는 자였고, 야망이 있는 자였다.

이번 위기만 넘기면 앞으로 자신을 막아설 자는 아무도 없다는 걸 알았다.

일생일대의 대적.

악치원은 숙을 이제는 그렇게 생각하기로 했다.

그래서인지 그 어느 때보다 새파랗게 빛나기 시작했다.

깊은 밤.

악치원의 장고는 해가 뜰 때까지 끝나지 않았다.

*　　　　*　　　　*

워…….

지영은 속으로 감탄했다.

최민석.

그는 진짜 대단했다.

황정만, 김윤식 등등 저 나이대의 배우들과 합을 맞춰본 지영이다.

사실 누가 더 잘한다! 이렇게 순위 매김을 할 수 없는 영역에 있는 배우들이다. 그리고 각자의 스타일이 아주 확고한 배우들이다. 그러니 연기의 색체 또한 매우 뚜렷했다. 이 배우는 신기했다.

비슷한데 뭔가 다른 느낌…….

'대가(大家)…….'

최민석은 딱 봐도 이미 연기로 일가(一家)를 이룩할 만한 경지에 있었다. 그냥 별다른 미사여구가 필요 없이 최고였다.

연기를 끝내고 자리에서 일어난 최민석에게 지영은 꾸벅 인사를 했다. 그러자 피식 웃은 그가 바로 다가왔다.

"봤냐."

"네."

"어떠냐? 느낌은 좀 살지?"

"저 욕먹게 하려고 그러세요?"

"하하, 설마. 이제 너와 합을 맞춰야 하니 물어보는 거다."

숙 캐릭터는 강렬하다.

그런 숙의 대적인 악치원 역시 강렬하다.

귀례의 간사함이 아닌, 악치원도 패왕의 자질을 가진 것처럼 설정을 잡았기 때문이다. 패왕대, 패왕. 극은 이걸 기본으로 홀

러간다.

"컨디션은 어떠냐?"

"좋습니다."

"다음 신이 바로 나랑이지?"

"바로는 아니고, 저 먼저 한 컷 찍고 다음이 선배님과 찍는 걸로 알아요."

"그러냐? 잘 부탁한다."

"저야말로 잘 부탁드립니다, 선배님."

"허헛."

기꺼운 웃음을 한 차례 흘린 최민석이 좀 전에 찍은 신을 확인하러 갔고, 지영은 공간을 둘러봤다. 촬영을 위해 지은 세트 장이지만, 정말 '제국'의 '맛'을 잘 살린 공간이었다. 이 공간을 연출하기 위해 신은정 작가가 미술 팀을 아예 쥐 잡듯 잡았을 거란 예상이 충분히 가능했다.

그리고 지영의 시선에 실시간으로 미술 팀을 갈구는 신은정 작가가 보였다. 하지만 실제로 갈구는 건 아니고, 소품 배치 때문에 아직까지 이어지고 있는 회의였다. 이쪽에 놨다, 저쪽에 놨다를 반복하다가 결국 처음에 놓았던 곳에 다시 배치를 하고 나자 세팅이 끝났다.

지영은 그사이 메이크업을 점검하고, 마지막으로 의복을 점검했다. 그리고 막 자리에서 일어나는데, 폰이 지잉! 지잉! 하고 울었다.

메시지를 보니 김지혜에게 온 메시지였다.

[긴급!]

[송지원 씨 주변에 삼합회에서 보낸 걸로 보이는 조직원 확인!]

그 메시지를 확인하는 순간, 지영의 얼굴은 아주 싸늘하게 식어갔다.

하필이면 지금 이 타이밍에 이런 연락이 오는 건 또 뭘까?

짜증이 확 튀어 올라왔다.

동시에 송지원에 대한 걱정까지.

지영은 바로 김지혜에게 전화를 걸었다.

뚜루루, 뚜루루.

─네.

"지금 어디예요?"

─인사동입니다.

인사동?

하필이면 밖이다.

"지금 누구랑 같이 있어요?"

─칸나 양과 소속사 여배우 둘과 함께 있습니다.

"지원 누나를 노리는 조직원 수는요?"

─승합차 두 대입니다. 선팅이 짙어 인원은 파악이 불가능합니다.

"음……."

승합차 두 대면 못해도 열 명 이상이라는 계산이 나온다. 최소 10인승 승합차인데 굳이 다섯씩 나눠 타고 왔을 리는 없으니 말이다.

'인사동이면……. 미친 듯이 밟아도 한 시간 이상. 지금 출발해야 하나?'

하지만 바로 뒤에 자신의 신이다.

지영은 잠시 생각에 잠겼지만 답은 바로 나왔다.

"지금 출발합니다. 그놈들 다른 짓 못 하게 최대한 감시해 주세요. 무슨 일 생기면 그때그때 바로 연락 주시고."

—네.

전화를 끊은 지영은 바로 자리에서 일어나 옷을 갈아입고 밖으로 나갔다. 그리고 현장에서 대기 중이던 최민석과 박종찬 감독에게 다가갔다.

"저, 드릴 말씀이 있습니다."

"응? 무슨 일인가?"

"지금… 제가 너무 급한 일이 생겼습니다."

"급한 일?"

"네, 음… 지인의 목숨과 연결된."

"……."

그 말에 박종찬 감독의 눈이 착 가라앉았다. 물론 최민석도 마찬가지였다. 솔직히 지영이 지금 당장 날아가서 그 조폭들을 때려잡을 게 아니면 사실 갈 필요는 없었다. 하지만 지영은 불안했다.

지근거리에서 대기 중이라는 사실 자체가 송지원의 근처에 커다란 위험이 이미 다가왔다는 뜻이었다. 그리고 만약 송지원의 납치되면 아마 최악의 상황이 벌어질 것이다. 그래서 지영은 남에게 안전을 맡길 수가 없었다.

"알겠네. 오늘은 내 신 위주로 찍기로 하지. 괜찮지?"

"그럼! 얼른 가봐. 그리고 제발 무리하지 말고."

꾸벅.

두 사람의 말에 지영은 바로 고개를 숙여 감사의 인사를 하고, 곧바로 몸을 돌려 달렸다. 한정연에게 간 지영은 바로 키를 받아 차로 달렸다.

덜컥.

차 문을 연 지영은 시동을 걸고 바로 차를 출발시켰다. 차가 세트장을 빠져나가자 지영은 송지원에게 전화를 걸었다. 하지만 폰을 안 보고 있는지 한참을 지나도 받지 않았다. 지영은 다시 걸었다. 두 번, 세 번, 네 번. 다섯 번째가 되고 나서야 그녀는 전화를 받았다.

─응, 지영아. 뭔 일이야?

─꺄아……!

그녀가 대답하기 무섭게 주변에서 자지러지는 소리가 들렸다. 아마도 같이 있다는 여배우들일 것이다.

"누나, 지금 어디예요?"

─나? 인사동.

"아뇨. 지금 있는 곳."

─지금? 카페에 있는데?

"노천 카페예요?"

―아니? 그냥 평범한 카페야. 아, 찻집이라고 하는 게 더 맞겠네.

"그럼 찻집 상호는요?"

―상호? 여기 윤슬이란 찻집이야.

"윤슬요?"

―응, 윤슬.

후, 일단 어디 있는지는 알아냈다.

심호흡을 한 차례 한 지영은 천천히 본론을 꺼냈다.

"누나."

―응?

"후우……."

지영은 다시 심호흡을 크게 하고 말을 이었다.

"절대, 절대 밖으로 나가지 마요."

―응……? 왜?

"제발… 절대 밖으로 나가면 안 돼요."

―…나 노려지고 있는 거니?

"네, 그러니까 제발. 거기 그대로 있어요. 저 지금 출발했으니까 한 시간이면 도착해요."

―일단… 알았어. 경찰은?

아, 경찰…….

지영은 너무 급한 나머지 민중의 지팡이를 잠시 잊었다. 경찰에 대한 믿음이 별로 없는 게 그 이유였다. 하지만 없는 것보단 나았다. 지영은 아마 뒤따라오고 있을 정순철을 떠올렸다.

상황이 급하니 주변에 도움을 청할 수 있는데도 몸이 먼저 움직였다.

"그건 제가 알아서 할게요. 가능하면 창가도 좀 피해서 자리를 바꿔요. 대신 창밖과 문을 지켜볼 수 있어야 해요."

—그냥… 도망가면?

"얼마나 깔렸는지 알 수가 없어요. 후문에서 대기 중이면 게임 끝나는 거예요."

—아…….

"그러니까 한 시간, 딱 한 시간만 견뎌요."

—알았어……. 빨, 빨리 와.

"네, 걱정 말아요. 아무 일도… 없을 테니까."

—응…….

"폰은 항상 쥐고 있어요. 제 단축 번호 눌러놓고, 무슨 일 생기면 바로 전화 걸어요. 못 받아도 좋으니까!"

—응…….

그 강한 송지원은 이미 그곳에 없었다.

지영은 그런 그녀를 어르고 달랜 다음, 전화를 끊고 바로 정순철에게 전화를 걸었다.

—네, 지영 씨.

"따라오고 계시죠?"

—네, 따라가고 있습니다. 근데 지금 어디 가는 길입니까?

"그게……."

지영은 정순철에게 상황을 간단하게 요약해서 설명했다.

2, 3분 남짓 걸린 설명 뒤에 정순철이 '음…' 하고 침음을 흘렸다.

─지금 송지원 씨가 있는 카페 상호가 어떻게 됩니까?

"인사동 윤슬이란 찻집이에요."

─지금 바로 병력을 보내겠습니다. 제압이 목적입니까, 아니면 그냥 보호만?

"제가 가는 이유가 있겠죠?"

─음… 알겠습니다. 일단 믿을 만한 애들도 같이 추려서 보내겠습니다.

"미안합니다. 이런 일을 부탁드려서."

지영의 사과에 낮게 웃는 소리가 들려왔다. 하지만 비웃는 소리는 아니었다.

─그런 소리 안 하셔도 됩니다. 어딜 감히 국보급 배우에게 헛짓거리를……. 이 기회에 보라매도 관리 대상에 넣는 걸로 상부에 보고하겠습니다.

"감사합니다."

─걱정 마십시오. 큰일은 없을 겁니다.

"네. 속도 올릴게요."

─네.

뚝.

전화를 끊은 지영은 머리를 마구 헝클었다. 그리고 붙여놨던 모조 머리카락을 떼어냈다. 단정하던 머리가 순식간에 여기저기 뻗친 머리가 됐다. 그리고 그건 지금 지영의 마음을 대변하고 있었다.

'손끝 하나라도 건들기만 해…….'

후후, 후후후…….

지영만 인지하는 한 공간에서 낮게 웃는 소리가 들려왔다. 그 웃음소리는 매우 차갑고, 넘실거리는 살기를 머금고 있었다. 지영의 상황, 현재 심정 상태에 반응해 폭군이 반응한 탓이었다.

지영은 그에 아랑곳하지 않고 차갑게 굳은 얼굴로 액셀을 밟았다. 액셀을 밟으면서 지영은 제발, 도착하기 전까지 송지원이 무사하길 빌었다.

*　　　　*　　　　*

"……."

인사동에 도착한 지영은 이를 악물었다.

[움직입니다!]

[인원 열여섯!]

[찻집으로 들어갑니다!]

[송지원 씨 포함 사인 납치!]

[기절한 걸로 보입니다.]

오는 길에 김지혜에게 실시간으로 날아온 메시지를 다시 한 번 확인한 지영은 끓어오르는 짜증에 이를 꽉 깨물었다. 정순철이 보냈을 경찰 병력은 인사동에 딱 20분 만에 도착했다. 하지만 정말 짜증스럽게도 놈들은 경찰이 도착하기 전에 움직였고, 찻집에 들어가기 무섭게 송지원을 포함한 여배우들을 기절시켜 납치한 뒤에 승합차에 태워 사라졌다. 이 모든 게 3분 만에 벌어졌다.

'굉장한 전문가라는 뜻……'

이미 퇴로까지 전부 잡고 일을 벌인 게 분명했다.

'그냥 도망치라고 할 걸 그랬나?'

아니, 그건 아니었다.

김지혜가 뒤늦게 보내온 메시지 중에는 후문 쪽에도 대여섯이 대기하고 있다고 했다. 밖으로 나가도 어차피 송지원은 도망치지 못했을 것이다. 안에 있으나, 도망가나 별 차이가 없다는 소리였다.

지영은 본능적으로 주머니를 뒤졌다.

하지만 패딩을 놓고 와서 원하는 걸 찾을 수가 없었다. 그래서 짜증이 더 확 솟구쳤다. 그런 지영에게 김지혜가 다가와, 원하는 걸 내밀었다.

"……."

지영은 김지혜를 보다가, 고개를 절레절레 저었다. 김지혜는 정말 지영이 부탁한 걸 아주 잘해줬다. 애초에 부뚜막은 정보 조직이다. 무력을 챙기는 순간 사방에서 칼날이 날아올 걸 감지한 탓에 이 단체는 지금까지도 힘을 갖추진 않았다. 그러니 김지혜는 지금 상황에 감시 빼고는 할 수 있는 게 없었다.

삐뽀, 삐뽀.

경광등 소리가 새삼 짜증 나게 느껴졌다.

'조금만… 조금만 빨리 오지!'

왈칵 솟구친 분노.

하지만 지영은 안다.

그들도 잘못은 없다는 걸.

치익.

"후우……."

길게 연기를 내뿜은 지영은 눈을 감고 지금부터 해야 할 일을 생각했다.

첫 번째.

"꼬리는요?"

"붙였습니다. 제가 직접."

"직접?"

"네. 지피에스 추적기를 차량 아래쪽에 붙여놨습니다."

"……."

가슴이 벅찼다.

지영은 저도 모르게 김지혜를 껴안을 뻔했다. 그만큼 지금 김지혜가 한 말은 지영에게 어마어마한 감동을 주었다. 지영의 눈빛이 확 빛났다.

"제 폰으로 추적이 가능합니다."

"…좋네요. 그 사실, 다른 사람들한테는 알리지 마세요."

"네."

김지혜는 왜 그래야 하는지 묻지 않았다. 아마도 지영이 할 일을 예상도 했을 것이다. 하지만 그녀는 그 이상의 선을 넘지 않았다. 마치 자신의 역할은 딱 여기까지라는 것처럼 말이다. 지영은 그래서 더 마음에 들었다.

그녀는 유능한 여자였다.

그리고 선을 확실히 지킬 줄도 아는, 딱 지영이 원하는 인재였다. 꼬리를 붙여놨으니 이제 찾아가기만 하면 된다. 하지만 그게 지금은 아니었다. 지금은 이 상황을 마무리하는 게 먼저였다.

지금 당장 지영이 사라지면 정순철의 의심을 살 수 있기 때문이었다. 그는 절대로 지영이 혼자 가는 걸 막을 것이다. 하지만 지영은 절대로 누군가와 같이 가고 싶은 생각이 없었다. 이미 폭군은 눈을 떴고, 사나운 광기를 사방에 뿌릴 준비가 끝난 상태였다. 이걸 안 풀면 아마도 폭군도 그렇고, 지영도 그렇고 정신적인 스트레스가 엄청 쌓일 게 분명했다.

뭐?

그 정도는 충분히 해결할 능력이 있는 지영이었다.

지영은 김지혜에게 메시지를 하나 보냈다.

그걸 본 김지혜가 지영을 바로 올려다봤지만, 어떠한 말도 하지 않았다.

"최대한 빨리… 가능하면 오늘."

"노력… 해볼게요."

"가능한 거 알아요. 이미 리스트는 다 가지고 있잖아요? 최악의 상황을 위해 거래를 튼 곳도 있을 거고."

"…네."

"바로 움직여 주세요."

"네."

김지혜가 골목을 나서기 무섭게 정순철이 다가왔다.

"지영 씨."

"알아보셨나요?"

"지금 근처 씨씨티비 다 회수했습니다. 곧 차번, 차종, 이동 경로를 파악할 수 있을 겁니다. 지금 회사에도 보고했으니 최우선으로 처리되어 각 분야별 탑 사원들이 다 달라붙을 겁니다."

"그런가요. 다행이네요."

다행은 개뿔…….

조금도 위로가 되지 않는 소리였다.

물론 이번에도 정순철과 회사가 잘못한 건 하나도 없었다. 그 새끼들이 그저 빨리 움직였을 뿐이었다. 정순철에게 연락을 함과 동시에 바로 현장으로 순찰차가 출발했지만 하필이면 근처에서 행사와, 공연, 그리고 그걸 넘어서는 이상한 시민 단체가 집회를 해서 시간이 늦어졌다고 했다.

그렇다면 송지원이 경찰에 연락했어도 결과는 같았을 터.

변하는 건 없었을 거라는 소리였다.

"지영 씨."

"네. 아, 담배 있으세요?"

"네, 여기."

치익.

치익.

두 사람이 동시에 담배를 물고, 길게 연기를 내뿜었다. 반쯤 태웠을 때, 정순철이 조심스러운 기색으로 입을 열었다.

"이번 일, 저희에게 맡겨주십시오."

"……."

지영은 그 말에 정순철을 바라봤다. 그리곤 잠시 뒤에 어쩔 수 없다는 기색으로 고개를 끄덕였다. 그 행동에 정순철은 한시름 놨다는 것처럼 한숨을 내쉬었지만, 지영은 속으로 전혀 다른 생각을 하고 있었다.

완벽한 동상이몽.

두 사람은 지금, 전혀 다른 생각을 하고 있었다.

그날 저녁.

인터넷은 오랜만에 폭탄을 맞은 것처럼 난리가 났다. 말벌집을 쑤셔도 이렇게까지 난리가 나진 않을 것 같았다.

대한민국에서 벌어진, 그것도 서울에서, 그렇게 사람이 많다는 인사동 한복판에서 여배우 넷이 납치를 당했다.

그것도 한 명은 자타가 공인하는 국보급 여배우 송지원, 또 다른 한 명은 한국 국적을 취득한 배우 강한나. 다른 둘도 이제 브라운관을 통해 얼굴을 알리기 시작한 전도유망한 여배우들이었다.

이런 배우 넷이 불과 5분도 안 되는 아주 짧은 시간에 납치를 당했다. 그리고 하필이면 그 장면이 너무나 분위기 좋은 찻집이라 인테리어를 동영상으로 찍고 있던 한 손님의 폰에 그대로 담겼다.

그 영상 속에는 선글라스도 안 쓴 수수한 인상의 송지원과 칸나, 신인 여배우 둘에게 복면을 쓴 괴한이 난입해 그대로 달려들어 손수건으로 입을 틀어막고, 순식간에 축 늘어진 넷을 바로 들쳐 메고 사라졌다.

그 과정까지 솔직히 1분도 안 걸렸다. 정말 순식간(瞬息間)에 상황을 종료하고 떠났다. 카메라로 찍고 있는 걸 봤을 텐데도 최대한 시간을 아끼려는 건지 아예 무시하고 바로 사라졌다.

영상은 그것 하나가 아니었다.

관광객이 많이 보이는 인사동 거리다. 그래서 여행을 온 국내외 사람들이 이런저런 사진을 찍다가 그 장면을 목격하고 찍은 영상이나 사진도 꽤나 많았다. 그 사진과 영상은 미처 손쓸 새도 없이 사방으로 퍼져 나갔다.

이후 미쳐 날뛰기 시작했다.

지영이 본 인터넷은 딱 그렇게 감상평을 남길 수 있었다. 물론 그걸 확인하는 지영은 이가 갈렸다.

상황은 지영에게 유리하게 돌아가질 않았다.

김지혜가 부착했다던 차량은 어느 순간 멈췄고, 서울에서 인천으로 향하는 길 중간쯤에 방치되어 있었다.

그걸 확인한 지영은 바로 알 수 있었다. 중간에 차를 갈아탔다는 사실을 말이다. 계획이 확 꼬여 버렸다. 지영은 부뚜막에 정식 의뢰를 다시 넣고, 지금은 임수민에게 연락을 한 상태였다. 송지원의 납치를 확인한 그녀는 스케줄을 싹 취소하고, 지영의 사무실로 달려오고 있었다. 물론 당장 그것만 문제인 건 아니었다.

은재가 크게 놀랐다.

그녀는 아예 말도 잇지 못할 정도로 큰 충격을 받았고, 그 자리서 쓰러져 유선정이 바로 병원으로 데리고 갔다는 연락을 받았다. 지영은 병원으로 갈까 하다가, 일단은 참았다. 은재에게는 너무 미안하지만 만약 큰 문제가 없다면 지금은 송지원이 먼저였다. 송지원이 지영을 가족처럼 생각하듯이, 당연히 지영도 그녀를 가족처럼 생각했다.

철없는 누나.

의젓한 동생.

딱, 둘 사이를 정의할 수 있는 설명이었다.

그런 송지원이 납치를 당했다. 그러니 지영의 입장에서는 절대 가만히 있을 수가 없었다.

벌컥!

혼자 있는 사무실 문이 벌컥 열렸다.

들어온 사람은 임수민이 아닌, 김은채였다.

딱딱하다 못해 차갑게 느껴지는 얼굴로 들어온 김은채가 주변을 휙휙 돌아본 뒤, 지영의 앞에 앉았다. 그녀의 비서가 아이스박스 하나를 가지고 와서 옆에 조심스럽게 놓고는 문 앞에 가서 대기했다.

콸콸콸.

능숙하게 잔에 얼음을 담고 위스키를 따른 그녀는 그걸 반이나 마신 뒤에 말문을 열었다.

"어떻게 된 거야?"

"후-우……."

지영은 그간 상황을 간략하게 설명했다. 김은채는 그걸 들으면서 눈매를 몇 번이나 꿈틀거렸다. 그녀에게 납치란 트라우마와 같다. 그것도 아주 깊게, 가슴과 영혼에 새겨진 각인 같은 트라우마였다.

송지원과 김은채.

둘 사이는 그리 나쁘지 않았다.

아니, 오히려 좋다고 해도 될 사이였다.

중간에 은재가 있기 때문에 당연하다면 당연한 일이었다. 지영이 알기로도 술을 좋아하는 둘은 일주일에 한두 번씩 만나 술잔을 기울이는 걸로 알고 있었다.

"왜… 나한테 말 안 했지?"

"뭘?"

"삼합회인가 홍어삼합인가 뭔가 하는 새끼들한테 협박당하고 있다는 거."

"너 같으면 얘기하겠냐?"

"아… 그러네. 하아, 그 언니 진짜 혼나야겠네."

김은채는 인상을 잔뜩 쓰고는 다시 술잔을 들어 그대로 들이켰다. 독한 위스키를 급하게 마셔 그런지 벌써 볼이 빨개진 것 같았지만, 눈빛에는 아무런 문제도 없었다. 워낙에 말술이고, 주종 또한 가리지 않는 김은채였다. 그러니 이 정도로 취할리는 없었다.

"담배 피워도 되지?"

"언제는 허락 맡고 폈어?"

"아니지."

까닥까닥.

담배를 손에 들고 몇 번 까닥이자 비서가 얼른 재떨이를 내려놓고 다시 제자리로 돌아갔다. 그런 비서의 모습은 마치 종 같았다.

"종이냐?"

"요즘 종은 연봉이 칠천이나 되냐?"

피식.

자신이 막 하긴 하지만, 그만한 대우는 해준다는 소리였다.

하긴, 연봉 칠천이면 진짜 어디 가서 꿀리지 않는다. 비서의 나이도 스물 중반밖에 안 되어 보였다.

"그리고 선은 안 넘거든? 걱정 마시지. 그런데 지금 그게 중요해?"

"여유를 찾고 싶을 뿐이다."

"흥, 쫓고는 있어?"

"응."

지금쯤 김지혜가 국내에 있는 모든 망을 동원해 뒤를 쫓고 있을 거고, 임수민도 이미 명령을 내려놓았을 거다. 지영은 지금 당장은 기다리는 것밖에 할 수 있는 게 없다는 사실이 참으로 짜증 났다.

하지만 지영은 이런 상황에서 흥분하면 절대로 안 된다는 사실을 알았다. 그리고 지영은 충분히 이런 상황에서도 냉정을 유지할 수 있는 인간이었다. 하지만 불쑥 그날이 떠올랐다. 오 년, 아니, 육 년이 넘은 어느 날, 한국이 아닌 미국의 하늘 위에서 있었던 일이 떠올랐다. 그날은 지영이 이번 생에서 절대로 잊지 못할 일이 있었다.

납치.

그리고 지인의 죽음.

지영은 가까스로 풀려난 뒤, 피의 복수를 감행했었다. 아주 처절하게 복수의 마지막이 아닌, 시작은 악마가 되어 원수를 고문하고, 처단했다. 그 과정은 결코 아름답지 못했다. 스스로에게는 정당성이 있지만, 남들은 이해 못 할 것이다.

어쨌든 그런 일이 있었던 지영인지라, 지금은 기분이 매우 별로였다.

"나도 좀 알아볼까?"

김은채의 말에 지영은 말없이 시선을 던졌다.

국내 3대 그룹 오너의 조카이자, 이제 막 정계에 데뷔한 핫한 신인인 김은채의 능력은 사실 엄청났다. 이 나라에서 그녀가 못 하는 건 거의 없을 정도라고 봐도 무방했다.

"부탁하자."

"알았어."

김은채는 이번엔 다른 딜을 걸지 않았다.

전화기를 꺼낸 김은채가 어딘가에 전화를 걸었다.

"삼촌? 네, 저예요. 잘 지내셨죠? 네, 저도 잘 지내고 있어요. 네네. 아, 부탁드릴 게 있어서요. 오늘 티브이 보셨죠? 송지원 납치 사건. 네, 그거요. 그분… 저랑도 인연 있거든요. 네, 그래서 삼촌이 좀 찾아봐 주셨으면 해요. 네? 잠시만요."

귀에서 전화기를 잠시 내린 김은채가 지영을 보며 물었다.

"혹시 행적 어디서 끊겼는지 알아?"

"인천 가는 길 중간쯤."

그렇게 말하고 폰을 확인해 정확한 주소를 얘기하자, 김은채가 고개를 끄덕였다.

"오케이."

김은채는 지영의 대답을 듣고 다시 전화기를 들었다.

"네, 삼촌. 서울에서 인천 가는 길 쪽이었대요. 그쪽에 끈 있어요? 아아, 다행이다. 그럼 부탁 좀 드릴게요. 최대한 빨리! 아, 맞다. 삼합회 쪽에서 작업 들어왔었대요. 들어보니까 정통 삼합회는 아니고 좀 급 떨어지는? 네네. 부탁드릴게요, 삼촌. 네."

뚝.

전화를 끊은 그녀는 다시 술을 따라 반을 들이켠 후, 상황을 설명했다.

"우리 일 도와주시는 분이야."

"음… 어떤 일인지 알겠다."

대기업이 깨끗할 거라는 생각은 순진한 생각은 버리는 게 좋았다. 오히려 저 자리를 지키기 위해서는 암중에서 벌어지는 모략을 견뎌내야만 수성이 가능하다. 하지만 그런 일은 당연히 전면에 드러난 이들이 직접 움직이지 않고, 따로 믿을 만한 사람에게 맡기게 마련이다. 삼촌이라는 사람은 그런 일을 처리해 주는 사람이 분명했다.

벌컥.

문이 열리고 임수민이 들어섰다.

거침없이 다가온 그녀는 김은채의 맞은편에 앉았다. 앉아서 서로 고개만 까닥여 인사를 한 뒤, 지영을 돌아본 그녀가 말문을 열었다.

"처음부터 아주 자세히 설명해 봐."

김은채에게 했던 상황의 재연이지만, 지영은 군말 없이 상황을 설명했다. 설명을 다 들은 그녀는 바로 전화를 걸었다.

"나야. 응. 오늘 있었던 지원이 납치 사건 좀 캐봐. 밀입국하는 놈들, 지원 세력, 지금 숨은 장소까지 싹 파. 최대한 빨리. 애들 다 그쪽으로 투자해서. 시간 없으니까 바로 움직여."

뚝.

전화를 끊은 후 그녀는 후우, 한숨을 쉬었다.

"이게 대체 뭔 일이래니."

"……."

지영은 그녀의 말에 쓴 미소를 입에 걸었을 뿐, 가타부타 답을 하진 않았다. 슬슬 지영은 속이 타들어가고 있음을 알았다.

"아마 목숨을 뺏거나 그러진 않을 거야."

임수민의 말에 지영은 고개를 끄덕였다. 그 부분은 지영도 동의하기 때문이다.

"음… 죽이는 게 목적이었다면 그냥 거기서 끝냈을 테니까요."

"맞아. 총 들고 들어가서 그냥 갈겨 버리면 끝나. 그다음 정해진 루트를 타서 빠져나가면 끝이지. 그런데 굳이 스스로 노출되면서까지 납치를 했지. 그것도 지원이만 데리고 가는 게 아니라, 전부 다 데려갔어. 이 귀찮은 짓을 왜 했을까?"

"협상."

"정답. 그러니 아직은 목숨이 위협받는 단계는 아니야. 다른 건 모르겠지만."

"……"

지영도, 김은채도 그 다른 게 뭔지 아주 잘 알았다. 꽃보다 아름다운 여배우들이다. 범죄자 새끼들이 과연 그녀들을 가만히 내버려 둘까? 물론 개중에는 딱 원하는 것만 얻고, 깔끔하게 빠지는 놈들이 있긴 하다. 매우 희박한 확률로 말이다. 하지만 지영은 이놈들이 그리 깔끔한 놈들은 절대 아닐 것 같았다.

애초에 그 바닥에서도 또 밑바닥에 있는 놈들이다.

분명, 아니, 아마 지금쯤 험한 꼴을 당하고 있을 것 같았다.

그걸 생각하자 피가 거꾸로 솟는 기분이었다.

하지만 그럼에도 지영은 냉정함을 유지하고 있었다. 몸은 들끓지만 이성은 차갑게, 아주 차갑게 유지하고 있었다.

"놈들이 노리는 건 뭘까?"

"아마도… 주식이겠죠."

"그치? 이미 상당수 주식을 보유했으니 총회 열어서 그냥 뒤집어 버릴 생각 같은데?"

"그럴 거예요. 그런데… 거기에 이성준 그 새끼가 끼어 있어요."

"이성준……."

이성준이란 말이 나오기 무섭게 김은채의 얼굴이 와락 일그러졌다. 콸콸콸. 술을 잔에 가득 따르고 그 독한 걸 한 방에 쭉 마신 뒤, 여전히 짜증 가득한 얼굴로 입을 열었다.

"어쩌면 연락 올지도 모르겠는데?"

"지인 걸 밝히겠어요?"

"그놈은 그러고도 남아. 어차피 빠져나갈 구멍은 만들어뒀을 테니까."

"하긴……."

지영이 본 이성준은 뱀 같은 놈이다.

그것도 독을 잔뜩 품은 독사. 놈은 그때 당한 일을 갚기 위해서라면 무슨 짓이든 할 놈이었다. 하지만 그렇다고 만만하게 볼 놈도 아니었다. 능력도 상당해서 꼬리가 잡힐 짓은 조금도 안 남겼을 게 분명했다.

하지만 상관없었다.

놈이 만약 지 입으로 떠들면?

지영은 아주 확실하게 응징해 줄 것이다.

'넌 선을 넘었으니까……. 살 생각은 버려라.'

지영은 주먹을 쥐었다, 폈다 하며 감각을 유지했다.

평온하게 심장은 여전히 제 속도로 뛰고 있었다. 지영은 그 상태로 시간을 확인했다. 저녁 8시. 그녀가 납치되고 벌써 여섯 시간이 지나고 있었다.

"후……"

이 시간이면 솔직히 지금쯤 중국으로 가는 공해상에 있을 수도 있었다. 지영은 제발 그런 상황만은 아니기를 바랐다.

"후우, 후우."

앉아 있지만 지영의 몸은 벌써 열기를 품고 있었다. 옷을 두껍게 입었고, 사무실의 온도도 올려놨기 때문이다. 보온성이 올라가면서 근육이 적당히 풀어진 상태. 지영은 그 상태에서 수분만 보충했다. 그래서 육체는 언제든 움직일 준비가 끝나 있었다. 9시가 넘었다.

"저……"

김은채의 비서가 다가와 조심스럽게 폰을 내밀었다.

이미 얼굴이 불쾌해진 김은채가 '뭐야?' 하는 눈빛으로 바라봤다.

"자기가 이성준인데… 이사장님 바꾸라고……"

어떻게 비서의 번호를 알았는지는 중요하지 않았다. 다만, 이성준이라는 대목에서 다들 꿈틀 안면 근육을 꿈틀거렸다.

"……"

"……"

"……"

그 말에 세 사람의 표정이 싸하게 굳어갔다.

힐끔, 지영을 본 김은채. 지영은 고개를 끄덕였다.

"후……"

스피커폰으로 돌린 그녀가 심호흡 후, 천천히 말문을 열었다.

"후… 뭐냐, 개새끼야?"

─후후, 아직 상황 판단이 안 되나봐?

지영은 그 말을 듣는 순간, 이성준의 운명을 결정지었다.

Chapter80
역린(逆鱗)

지영의 눈빛에 새파란 살기가 순식간에 차올랐다. 하지만 바로 그걸 가라앉혔다. 지금 당장 살기를 터뜨리기엔 자리가 너무 좋지 않았다. 그리고 지금은 최대한 진정해야 할 때였다.

　"너… 너냐?"

　─후후, 무슨 소리실까?

　"야… 내가 지금 너랑 통화할 여유가 없거든. 짜증 나게 하지 말고 좀 꺼지자, 응?"

　─우리 은채, 말버릇을 한번 고쳐주긴 해야 할 것 같아. 오빠한테 너가 뭐니, 너가?

　능글능글하게 넘어오는 그 목소리를 듣고 있자니 지영은 더욱더 확실하게 결정을 내릴 수 있었다.

이성준.

이 새긴 살려두면 언제고 대형 사고를 터뜨릴 것이다.

'아니, 이미 터뜨렸지.'

이 타이밍에, 전화해서 자극을 한다?

저 따위로?

저건 진짜 지영을 너무 모르고 있었다.

지영은 성인군자가 아니었다.

지금 당장은 영화배우라는 직업을 가지고 있지만 이 직업에 목을 맬 인간도 아니었다. 지영이 이 직업을 굳이 하고 있는 건 족쇄를 끊을 단서와 기억 서랍의 붕괴를 막기 위함과 서소정의 꿈 때문이었다.

그게 아니라면 강지영이란 인간은 그저 자신의 사람들과 그리고 자신이 별 탈 없이 그저 잘사는 걸 최고로 여기는 인간이었다.

그래서 강지영이란 인간에게 본인, 그리고 가족과 지인은 역린(逆鱗)이었다. 그것도 아주 치명적인!

하지만 반대로 그렇기 때문에 건드리면 반드시 응징을 가한다.

그 응징의 기준은?

눈에는 눈, 이에는 이, 그의 두 배.

그러나 때에 따라 아주 처절한 응징을 가할 때도 있다. 살려두면 반드시 후환을 일으킬 놈.

딱.

'너 같은 새끼지.'

지영의 눈빛이 새파랗게 빛나고 있는 걸 확인한 김은채가 '하아…' 깊은 한숨을 내쉰 뒤 말을 받았다.

"넌 큰 실수했어."

―내가? 우리 은채, 오빠가 무슨 실수를 했다고 그러실까? 후후.

"잠자는 사자의 코털을 건드려도 유분수지, 쯔쯔."

―아아, 그 딴따라? 은채는 오빠가 누군지 까먹었어? 그 새끼가 아무리 용을 써도 이 나라에서는 내가 왕이고, 내가 법이야.

피식.

그 말에 세 사람이 동시에 실소를 흘렸다.

그래, 솔직히 틀린 말은 아니었다.

이 시대의 금력은 곧 폭력과 권력을 동시에 취할 수 있었다. 오성의 이성준하면, 당연히 그 셋을 전부 갖춘 놈이었다.

놈의 인맥은 정계는 물론 법조, 정부, 검찰이나 경찰 등등 아주 곳곳에 퍼져 있었다. 물론 그런 밝은 곳에만 있는 것도 아닐 것이다. 이번 일을 보면 놈은 낮의 이면, 밤의 세계에도 인맥을 만들어둔 게 분명했다.

'그때 나에게 된통 당하고 분명 준비를 해놨겠지.'

이성준은 그런 놈이다.

겉으로는 맹하고, 실하게 행동하지만 속은 차가운 뱀이 똬리를 틀고 있는, 딱 그런 놈이다.

―그놈 옆에 있지?

"있지."

―뭐 한대? 무릎 꿇고 빌어도 부족할 판에?

이성준은 여전히 아리송하게 얘기했다.

중요한 건 슬쩍 피해가서 저걸로는 딴지를 걸기도 힘들었다. 아니, 애초에 저 전화는 도청, 녹음 자체가 불가능할 것이다. 김은채에게 들었다. 로열패밀리들이 쓰는 전화는 특수한 기능이 있어서 감청은 물론 녹음도 안 된다고.

하지만 당장 그게 중요한 게 아니었다.

"이성준."

―후후, 상황 파악이 여전히 안 되나 보네?

"목 간수 잘하고 있어."

―…뭐?

"모가지 간수 잘하라고."

―…….

지영의 담담한 말에 이성준은 침묵했다.

하지만 잠시 뒤, 큭큭거리면서 웃기 시작했다.

―개새끼… 너나 목 간수 잘해라……. 그리고 네 주변, 전부……. 내가 죄다 갈아버릴 거니까!

"꽁꽁 숨어 살아. 혹여나 나오게 되면 최대한 얼굴을 가려. 절대 내가 널 알아보지 못하게 해."

―크크! 지랄 마! 너 이 새끼……! 내가 반드시 갈아 먹는다!

뚝!

성질을 제대로 긁어놨다.

송지원을 생각하면 절대 그래서는 안 되지만, 지영은 저런 놈들을 잘 안다. 송지원의 납치 사건은 국가 차원에서 움직일 게 분명했다. 상황에는 만약이란 게 있다. 만약이라도 꼬리가 잡히면?

이성준의 인생은 그 순간 끝난다.

몇 다리를 걸쳐 자신과는 아무런 상관도 없이 의뢰를 넣었겠지만, 그래도 걸리는 순간 끝이다. 이성준 정도라면 분명히 알 것이다. 세상에 절대적인 완전범죄라는 건 없다는 사실을. 지영은 폰으로 인터넷에 들어갔다.

검색창에 송지원의 이름을 치자 기사가 수없이 뜨기 시작했다. 기사 머리글만 확인해도 상황이 지금 어떻게 돌아가는지 알 것 같았다.

군, 경, 검, 그리고 국정원에 기무사까지.

대한민국에 존재하는 모든 정보 기관이 모조리 나섰다는 이야기가 떠 있었다. 그 외에도 국가에서 비밀리에 운영하는 정보 기관들도 있을 거고, 그들도 분명 움직이고 있을 것이다. 이성준이라면 잘 알 것이다. 만약 이쪽에서 아주 사소한 정보만 던져줘도 잘못하면 작살난다는 것을.

"애가 좀 멍청하네?"

그리고 같은 생각을 했는지 임수민이 고개를 절레절레 저으며 말했다. 그 말에 두 사람 다 동의하는지 고개를 끄덕였다. 이성준 놈은 전화를 했으면 안 됐다. 하지만 흥분했을 것이다.

송지원이라는 존재로 지영을 압박할 생각에 아주 신났을 것이다. 하지만 진짜, 그래서는 안 됐다.

애초에 이미 송지원에게 오성가의 인물이 보라매 작업에 관여했다는 얘기를 들었을 때부터 이미 이성준은 용의자 리스트에 올라가 있었다. 그런데 이번 전화로 리스트에서 범인으로 심증을 아예 굳혀 버렸다.

이는 사소하지만, 지영에게는 절대 사소한 게 아니었다.

첫 번째 목표는 송지원의 구출.

이는 절대적 우선 사항이었다.

그럼 두 번째는?

'감히 내 사람을 건드린 죄를… 치러야겠지?'

스윽.

입가가 슬그머니 말려 올라가자 그걸 본 임수민이 지영을 향해 단도직입적으로 물었다.

"죽일 거야?"

"……"

지영은 물론 대답하지 않았다.

하지만 이미 지영이 풍기고 있는 분위기 자체가 그 질문에 대답을 한 거나 마찬가지였다. 되도록 자제한다고 하고 있는데도, 이미 지영은 진득한 살의를 품고 있었다. 김은채는 그걸 알아볼 안목이 부족하지만, 임수민은 그냥 슬쩍 보는 걸로도 지영의 현재 기분을 파악했다. 임수민의 말에 김은채는 뜨악한 표정을 지었다.

"죽인다고? 이성준을?"

"……."

지영은 이번에도 대답하지 않았다.

구구절절 김은채에게 지금 설명할 기분이 아니었다. 하지만 김은채로서는 지금 이 말은 그냥 지나갈 만한 발언이 아니었다.

"야, 다른 사람도 아니고 오성의 후계자야! 그 새끼 죽이면 진짜 난리난다고!"

피식.

웃기는 소리다.

지영은 귀찮았지만 김은채의 마인드를 바꿔주기로 했다.

"그럼, 그 새끼는 내 사람을 납치해서 죽일까 살릴까 하는 건 괜찮고, 나는 안 돼?"

"……."

역시, 머리가 돌아가는 김은채는 지영의 말에 단번에 입을 다물었다. 그러곤 잠시 뒤에 '하아…' 한숨과 함께 소파에 몸을 묻었다. 그녀도 납치를 당한 전적이 있었다. 게다가 새엄마라는 인간에게 독극물로 암살당할 뻔한 적도 있었다. 21세기에는 진짜 드문 일을 두 번이나 겪은 김은채는 더 이상 아무런 말도 하지 않았다. 아니, 할 수 없었다.

솔직히 말해…….

"나도 지금 그 새끼 죽여 버리고 싶긴 하네."

그녀 본인도 지영과 같은 마음이었기 때문이다.

지잉.

드르륵.

지잉.

드르륵.

유리 테이블 위에서 울리는 폰을 보니 정순철의 이름이 떠 있었다.

"네, 강지영입니다."

―지영 씨. 지금 어디십니까?

"회사에 와 있어요."

―그러시군요. 제가 지금 그쪽으로 이동하겠습니다.

"네. 누나 행방은 찾았나요?"

―지금 지영 씨 회사로 출발해. 그래. 네? 지영 씨 뭐라고 하셨습니까?

"누나 행방 찾았냐고 물어봤어요."

―아 그게, 꼬리는 잡은 것 같습니다.

스윽.

정순철의 대답에 지영은 천천히 상체를 세웠다.

꼬리를 찾았다……. 이 말은 지금 상황에서 결코 흘려들을 수 있는 말이 아니었다.

"자세하게요."

―그, 송지원 씨를 납치한 차량이 인천 근교에서 사라졌지 않습니까?

"네, 그렇게 들었어요."

―역시 알고 있었군요.

"……."

그래, 지영만 알고 있던 정보긴 했다.

하지만 지금은 그게 중요한 게 아니니까…….

―인천으로 향하던 차량이 사라진 건 분명 근처에서 차량을 갈아탄 걸 겁니다.

"네."

―그럼 분명 대기 중이던 차량이 있을 거라고 생각했습니다.

"네."

―그래서 근처 감시 카메라를 다 확인했습니다. 차량이 사라진 쪽으로 지나갔지만 그다음 구간에는 한참 동안 나타나지 않은 차량, 그리고 송지원 씨 납치 차량이 나오지 않은 구간, 시간대에 나타난 차량, 승합차, 선팅 정도 등을 키워드로 빠르게 프로그램을 돌렸습니다. 그랬더니 네 대가 나오더군요.

역시……. 도로에 일정 거리마다 쭉 깔린 감시 카메라에 가장 먼저 접근할 수 있는 힘이 있으니 이렇게 빨리 찾아냈다.

지영은 가슴이 조금씩 뛰는 가슴을 애써 눌렀다.

아직 확실하게 찾은 건 아니었다.

좀 더 알아봐야 했다.

"…그래서요? 이후는요."

―지금 다시 추적 중입니다. 차량 두 대는 인천으로, 나머지 두 대는 다시 서울로 들어갔습니다.

"…음."

지영은 곰곰이 생각에 잠겼다.

지금, 지금 당장 해야 할 것은… 물어봐야 할 것은… 뭘까?
머리가 팽팽 돌아가다 보니 금방 떠올랐다.

"차량 번호 알려주세요."

ㅡ…지영 씨, 그건…….

"팀장님, 지금 이 상황에 저희를 믿어주십시오. 이런 말을 할
생각이면 저는 매우 실망할 겁니다."

ㅡ…….

지영의 말에 정순철은 침묵했다.

침묵한 그에게 지영은 아주 담담한 목소리로 재차 말을 이
었다.

"그리고 앞으로 제게 어떤 협조도 기대하지 마세요. 앞으로
팀장님과 팀장님의 회사와 전 각자 노선을 가는 겁니다."

ㅡ…하아.

지영의 말에 정순철은 결국 한숨을 흘렸다.

지영은 이해했다.

솔직히 말해 아마 회사 상부에서 정순철에게 지영의 개입을
막게 했을 것이다. 안 봐도 알 것 같았다. 그게 아니라면 그가
저렇게 머뭇거릴 이유가 없었다. 지영의 협박에 결국 정순철은
한숨과 함께 차 번호를 천천히 불러줬다.

두 번 확인한 지영은 임수민이 건네준 펜과 종이로 차 번호
를 적어 나갔다.

ㅡ제발, 진짜 무리한 일 하시면 안 됩니다!

"걱정 마세요. 알아봐 달라고만 할 거니까."

ー꼭! 꼭입니다!

"네, 일단 넘어오세요."

뚝.

전화를 끊은 지영은 한숨을 내쉬었다.

차량 번호. 아주 큰 단서를 잡았다.

힐끔, 시간을 봤더니 벌써 10시가 다 되어가고 있었다.

치익.

"후우……."

하얗게 올라가는 연기를 보며 지영은 다시 곰곰이 생각에 잠겼다. 두 사람은 바로 각자의 라인에 연락을 하고 있었고, 지영도 김지혜에게 차량 번호를 적어 보낸 뒤 추적 부탁 한다는 메시지를 남겼다.

띠링.

답은 곧바로 왔다.

알겠다는 메시지를 본 지영은 폰을 내려놨다.

"서울 쪽은 연락 돌려놨어."

"나는 인천 쪽. 삼촌이 만약 인천이면 항만일 가능성이 높다고 하시던데?"

지영은 두 사람의 말에 고개만 끄덕였다.

기다림의 연속이었다.

곧 온다던 정순철이 다시 회사 상부 호출을 받고 못 온다는 연락을 보내왔다. 지영은 차라리 잘됐다고 생각했다.

그가 있으면 움직이는 데 꽤나 제약이 있었다. 그러니 차라리 안 와주는 게 도와주는 거였다.

째깍째깍.

고요했다.

사무실 벽에 걸린 시계의 초침 움직이는 소리가 유일한 소음일 만큼 11시, 12시, 시간이 쑥쑥 지나갔다.

1시.

지잉.

지잉.

1시가 되자 길었던 침묵을 깨고 임수민의 핸드폰이 조용히 울기 시작했다.

다다닥.

세 사람의 시선이 일시에 임수민의 폰으로 몰려들었다. 발신번호 표시 제한. 이렇게 떠 있었지만 임수민의 입가에 그려지는 미소에 지영은 심장이 쿵쿵, 쿵쿵쿵! 조금씩 이성을 잃을 조짐을 보이는 걸 느꼈다.

스윽.

임수민은 지영의 속을 태울 작정인지 느릿하게 뻗어나간 손이 전화기를 낚아채고 전화를 받았다.

"나야."

―누님, 찾았습니다.

스피커폰으로 돌려놨는지 걸걸한 사내의 목소리가 들렸고,

지영의 입가에 호선이 그려졌다.

그 미소는 섬뜩했다.

찾았다는 소리에 본능적으로 지영을 돌아본 김은채가 흠칫 놀랐을 정도로 지영의 입가에 그려진 미소는 살벌했다.

아주 짙은… 살의(殺意).

김은채는 형광등 바로 아래 앉아 있는 지영의 주변의 공기가 마치 넘실거리는 것 같다는 착시를 봤다.

물론 실제는 아니었다.

그녀가 느낀 건 확실히 착시였다.

하지만 그렇게밖에 느낄 수 없을 정도로 예민한 김은채는 지영이 뿜어내는 농도 짙은 살의에 짓눌릴 수밖에 없었다.

"어디야?"

임수민의 목소리가 다시 들려왔고, 그제야 지영은 좀 안정을 찾았는지 기세를 좀 누그러트렸다.

─이놈들 거꾸로 타고 오히려 서울을 관통, 남양주로 넘어왔습니다. 누님, 천마산 군립공원 아십니까?

"알지."

─그 근방 폐물류 센터에 있습니다.

"지원이 확인했어?"

─네, 확인했습니다. 여자 넷, 모두 현재 의자에 포박당해 있는 상태입니다. 약을 먹였는지 전원 기절한 것 같습니다. 어떻게 할까요? 구합니까?

구하냐는 말에 임수민의 시선이 지영에게 왔고, 지영은 당연히 고개를 저었다. 임수민은 그 대답에 고개를 끄덕이곤 다시 말문을 열었다.

"내가 지금 갈 거야. 길어도 한 시간 반 정도 걸려. 잘 지켜보다가 목숨을 위협하는 경우에만 나서고, 그게 아니라면 어떤 짓을 하던 그냥 지켜만 봐."

─네, 알겠습니다, 누님. 준비는 어떻게 합니까?

"항상 쓰던 걸로 준비해 놔. 아, 두 정 준비해. 영점 미리 잡아놓고."

─네, 그럼 살펴 오십시오, 누님!

뚝.

임수민이 전화를 끊자 지영은 자리에서 일어났다. 그러곤 힐끔 김은채를 바라봤다.

"넌 어쩔 거니?"

"여기까지 있었는데, 가봐야죠."

"따라간다고?"

임수민이 고개를 갸웃하자 김은채는 지영에게 짓눌렸던 걸 전부 털어냈는지 사악하게 웃었다.

"저도 꽤 험하게 자랐거든요. 웬만한 걸로는 안 놀라요."

"흠… 나중에 딴소리하면 안 된다?"

"네, 걱정 마세요."

그렇게 대답하고 그녀는 지영을 바라봤다.

임수민이 허락해도 그녀는 지영이 허락하지 않으면 못 간다는 걸 알고 있는 것 같았다. 평소라면 지영의 의견 따위 아예 묻지도 않았을 테지만, 지금은 그녀가 눈치를 볼 정도로 특수한 상황이었다.

그리고 결정적으로 오늘의 강지영은 건드리면 안 된다는 것을 그녀는 확실하게 느끼고 있었다.

"그냥 집에 가지?"

"여기까지 들었는데?"

"험한 장면 봐서 뭐 할라고? 너 고어 즐기냐?"

"…난 지원 언니 구하는 장면이 보고 싶을 뿐이야. 그 언니! 나한테도 소중한 사람이니까!"

피식.

실소가 흘러나왔다.

"내가 어떤 인간인지 궁금한 게 아니고?"

"…아니야."

끝까지 버텨서, 지영은 인정해 주기로 했다.

그리고 어차피 지영이 뭔 일을 하는지 제대로 보지도 못할 것이다. 어둠 속에 완전 숨어서 움직일 테니 말이다.

지영은 생각했다.

'오늘은 이성적인 판단이 잘 되질 않네.'

최대한 냉정해지자고 마인드 컨트롤을 하고 있지만 확실히 지금은 흥분 상태에 들어서 있었다.

'냉정, 냉정.'

지영은 잠시 가만히 서서 눈을 감았다.

김은채, 이 여자를 데리고 가는 게 맞는 걸까?

다시 한번 생각해 봤다.

눈을 뜬 지영이 본 김은채는 반드시 따라가겠다는 의지가 철철 넘쳤다.

"날 따라간다는 게 무슨 의미인지는 알지? 그곳은 아름답지 못할 거고, 범죄가 생성될 곳이야. 고로, 너도 공범이 된다는 소리지."

"공범, 그거 듣기 좋은 단어네. 나도 꼭 이성준 그 새끼 얼굴이 박살 나는 장면을 꼭 보고 싶거든."

"그래, 대신… 나중에 징징거리지 마라."

"흥! 나 김은채야!"

그래, 너 김은채다.

그렇게 대답해 준 지영은 갑자기 열리는 사무실 문에 고개를 반사적으로 돌렸다. 모르는 사람 몇이 사무실로 들어왔다. 그들은 전부 손에 익숙한 장비를 들고 있었다. 이성은이 애지중지하는 그것, 메이크업 박스였다.

"내가 불렀어. 일단 앉아봐. 준비는 하고 가야지."

지영은 임수민의 말에 군말 없이 자리에 앉았다.

그러자 여자 한 명이 지영에게 붙어, 순식간에 지영을 다른 사람으로 만들었다. 특수 분장. 수염과 흉터 등을 연출하자 지영은 순식간에 다른 사람으로 변했다. 김은채와 임수민도 마찬가지였다.

김은채는 40대 여성의 얼굴, 임수민은 역으로 좀 더 어려진 얼굴이었다. 김은채는 자신의 변한 얼굴에 불만이 있는 것 같았지만 그걸 입 밖으로 꺼냈다간 지영이 막을 것 같아 조용히 입 다물고 있었다.

뒤이어 준비해 준 일체형 청소복으로 갈아입자, 이제는 완전히 다른 사람이 됐다. 체형까지 숨길 수는 없겠지만 어떤 영상에 잡혀도 지영이라는 걸 알아보기 힘든 얼굴과 복장이었다. 김은채도 마찬가지였고, 임수민도 당연히 마찬가지였다.

"고생했어, 이제 가봐."

"네, 언니."

담당자로 보이는 30대 중반의 여인이 임수민의 말에 꾸벅 고개를 숙이고는 사무실을 다시 나섰다.

"그럼 갈까?"

"……."

밖으로 나선 세 사람은 엘리베이터를 타고 지하로 내려갔다. 그리고 이번에도 임수민이 준비한 검정색 승합차에 올라, 지하 주차장을 빠져나왔다.

서울.

적막한 어둠.

일정 간격마다 자리 잡은 가로등.

아직은 많은 차.

지영은 그 모든 걸 하나씩 눈에 담으며 가슴을 진정시켰다. 파티는 아직 시작되지 않았다.

*　　　　　*　　　　　*

도착한 지영이 가장 먼저 확인한 건 송지원의 모습이었다.

'음……'

사지(四肢)가 의자에 단단하게 구속된 채 축 늘어져 있는 송지원의 모습은 지영의 가슴을 쭉쭉 찢어놓았다.

동시에 날이 바짝 섰다.

임수민이 준비해 놓은 야간 투시경을 착용한 지영은 천천히 주변을 돌며 탐색을 시작했다. 길쭉한 사각형 형태의 물류 창고는 천장이 매우 높았고, 그 위를 등 일곱 개가 일렬로 늘어져 창고를 밝히는 형태였다. 창문은 꽤나 많았다. 출입구는 정, 후문 딱 두 개지만 안쪽에 화장실이나 휴게실이 더 있을 것이다.

'수는… 대략 이십. 좀 더 되나?'

벽이 있어서 정확한 파악은 되질 않았다.

무장 상태는?

당장 손에 총기를 쥐고 있는 놈은 없었다. 하지만 품 안이나 허리, 발목에 총기를 걸고 있을 가능성은 컸다.

치직.

—들려?

움직이기 전 받아 착용하고 있던 무전기에서 임수민의 목소리가 들려왔다.

"응, 들려."

—공간이 너무 넓어. 와서 작전 좀 짜야겠는데?

그녀의 말에 지영은 고개를 끄덕였다.

확실히 공간이 너무 넓었다.

한 큐에 들어가서 빠르게 처리하기엔 아무리 지영이라도 무리였다. 게다가 인질, 빌어먹게도 인질이 있는 상황이었다.

"조금만 더 둘러보고 들어갈게."

치직.

—그래.

지영은 주변을 더 둘러봤다. 새까만 어둠. 오면서 확인 결과 주변에 인가도 꽤나 멀리 떨어져 있었다.

총격전을 벌이지만 않으면 이곳에서 무슨 짓을 하든, 아무것도 걸리지 않을 것이다. 그리고 아주 고무적인 사실이 있었다.

밤은 아직 길다.

현재 시간 2시 30분.

해가 뜨려면 적어도 네 시간 이상은 걸렸다. 게다가 이곳은 산속이다. 빛은 다른 곳보다 더 늦게 찾아올 것이다.

처음 장소로 돌아온 지영은 대체 어떻게 구했는지 건물 도면을 펼쳐놓고 고민 중인 임수민에게 바로 다가갔다.

"어때?"

"혼자는 무리. 같이 들어갈 인원이 필요해."

"내가 봐도 그래."

지영은 임수민을 따르는 사람들에게 시선을 던졌다. 총 넷. 셋은 삼십 대, 한 명은 사십 대였다. 지영의 시선을 받은 그들은 씩 웃었다. 마치 걱정하지 말라는 것처럼 보였다. 그들도 지영의 정체는 사실 알고 있었고, 끈이 여기저기 닿아 있는 이들이라 지영이 어느 정도인지도 아주 잘 알고 있었다.

지영은 시선을 거두고 일단 작전부터 세우기로 했다.

"시작은……."

정해져 있었다.

넓은 공간이고, 불빛은 한정되어 있었다.

첫 번째 타깃은 당연히 형광등이었다.

"스나이퍼 출신 있나요?"

"그건 나한테 맡겨."

지영이 묻기 무섭게 임수민이 대답했다. 지영은 군말 없이 고개를 끄덕였다. 그녀는 40대가 넘었지만 솔직히 그녀의 정체가 정체이니, 저격을 못한다는 건 사실 말이 되질 않았다.

"여기 전등 보이지? 일렬도 한 방에 터뜨려야 돼. 일곱 개 전부. 다행히 죽 늘어서 있으니까 어렵진 않을 거야."

"날 뭘로 보고 그런 소리를 하니? 야, 누나 코드명이 뭐야?"

임수민의 말에 사십 대, 만택이 씩 웃으면서 대답했다.

"블랙로즈 아닙니까?"

그 대답에 지영은 그냥 피식 웃고 말았다.

소설에서나 나올 것 같은 유치한 코드명이지만, 이 바닥을 좀 아는 사람들은 절대로 무시할 수 없는 코드명이었다. 아무도 실체를 본 적이 없다고 한 전설적인 코드명이다. 그리고 진짜 전설이란 말이 어울리는 게, 저 코드명은 계승된다.

즉, 당대와 후대가 존재한다는 소리였다.

그것도 아주 오래된 전승이었다.

일정 시기마다 코드명은 시대에 맞게 변하지만 지영이 알기론 저 코드명은 최소 고려시대부터 시작됐다.

'어쩌면… 당신이 초대겠지.'

같은 환생자.

가능성은 아주 충분했다.

블랙로즈의 뜻을 아는 사람들이 피식거리며 웃는데, 의외로 한쪽에 조용히 찌그러져 있던 김은채가 '우와…' 하고 탄성을 터뜨렸다. 지영은 저도 모르게 고개를 돌렸다. 누가 봐도 놀란 얼굴이어서 지영은 고개를 갸웃했다.

"알아?"

"알지……. 고모가 절대로 찍히면 안 되는 인물 중에 거의 탑 순위에 뽑아줬거든. 그냥 도시 전설인 줄 알았는데……."

"그분이라면 알 만하지."

대성가를 휘어잡은 정계의 여제(女帝). 그녀라면 충분히 알고도 남았다.

도시 전설이라…….

지영은 전 세계에 있는 도시 전설 상당수를 실제로 알고 있었다. 그중에는 자신과 연관된 것도 있었고, 지금처럼 지인과 연관된 것도 있었다.

"근데… 언니였어요?"

"그게 신기해?"

"안 신기할 리가……."

"뭘 이 정도 가지고? 네 앞에 있는 저 친구는 아이에스 광신도들이 벌벌 떠는 홍안의 사신인데."

"······."

김은채는 시선을 다시 지영에게 돌렸다.

"들어봤냐?"

"당연하지······. 너 돌아오고 뒷조사시켰을 때 가장 많이 나온 이름인데."

피식.

역시나.

"그 얘긴 다음에 하고."

지영은 다시 임수민에게 시선을 돌렸다.

"빛을 없애고, 그다음 내가 진입하면 되는데⋯ 문제는 인질들이야. 아마 총격전까지 벌어질 것 같은데 잘못하면 인질들이 크게 다쳐."

다치기만 하나? 지영의 난입으로 홍분한 놈들이 막 총을 쏴 재끼다가 엉뚱한 데로 날아간 유탄에 잘못 맞으면 최악의 경우에는 목숨까지 날아갈 것이다. 그건 모든 경우의 수 중, 지영이 가장 피하고 싶은 상황이었다.

하지만 그 걱정은 금방 해소됐다.

만택의 눈짓에 뒤에 있던 이들이 큼직한 가방에서 새까만 포를 하나 꺼냈다. 무광의 묵직한 느낌이 나는 포는 지영도 처음 보는 물건이었다. 설명은 임수민에게서 나왔다.

"안에 특수 합금이 들어가 있어. 웬만한 총격은 거뜬하게 막아줄 거야."

"넓어?"

"펼치면 열 명은 감싸고도 남지."

"흐음……."

이런 게 있었나?

"확실하게 막을 수 있어?"

"대물 저격총 아니면 못 뚫어. 걱정 마."

임수민의 말에 지영은 고개를 끄덕였다.

이들 직업이 직업인지라 저런 걸 왜 들고 다니냐는 말은 생략했다. 어쨌든 저 방탄포의 존재로 시나리오는 금방 준비가 됐다. 문제는 합이었다. 하지만 그걸 맞춰볼 시간이 없기 때문에 각자 위치로 이동했다.

사박사박.

수풀을 조심스럽게 밟아가며 벽으로 도착한 지영은 조용히 귀를 기울였다. 안은 조용했다. 으레 그렇듯 왁자지껄하기를 기대했다. 왜? 그런 놈들은 보통 기강이 제대로 잡혀 있지 않은 놈들이기 때문이다. 개중 간혹 그렇게 위장하는 놈들도 있지만 이놈들은 그놈들과 부류 자체가 틀렸다.

가까이 다가오고 나서야 지영은 느껴지는 게 있었다.

'이놈들… 프로다.'

전문가의 냄새가 아주 짙게 나고 있었다.

간혹 철그럭하는 소리는 분명 총기를 점검하는 소리로 예상이 됐다. 중구난방 자리 잡은 것 같지만 화선(火線)을 정교하게 맞춰놓은 상태였다.

지영은 잠시 생각해 봤다.

'이성준은 자신만만했지. 알았던 거야. 내가 이놈들을 찾을 수 있을 거라는 걸.'

이건 함정에 가까웠다.

비주류 홍콩 마피아.

처음 작업은 그놈들이 맞았다.

하지만 지영을 곤란하게 만들기 위해 조사를 하던 이성준에게 그 사실이 들어갔고, 전문가를 고용해 막판에 레벨이 다른 전문가들을 투입했다. 이놈들이 진짜 프로인 게 송지원과 칸나, 그리고 다른 여배우 둘에게는 손끝 하나 대지 않았다는 점이었다.

딱 의뢰만 확인하는 깔끔함.

프로페셔널이란 게 뭔지 아주 잘 보여주는 대목이었다.

어쨌든 진입하는 건 꽤나 위험했다.

하지만 그렇다고 들어가지 않을 수도 없었다.

이대로 시간을 보낸 다음 정순철에게 구조 요청을 하는 건 이미 들끓고 있는 지영의 분노를 오히려 키우는 꼴만 된다.

지영은 이번 일만큼은 절대 그냥 넘어가고 싶은 생각이 없었다. 그리고 여기서 이 일을 마무리하지 못하면 이성준 그 새끼는 계속해서 자신의 지인과 가족을 노릴 것이다. 자신을 노리는 것도 아니고 오늘처럼 주변을 계속해서 노리면 나중엔 분명히 큰 사고가 날 것이다.

지영은 잘 안다.

언제까지고 자신이 모든 사람을 지킬 수 없다는 걸.

경호원?

그들이 아무리 전문가라도 매 시간, 매 순간을 긴장하면서 경호를 할 수는 없는 노릇이었다. 그걸 가장 잘 아는 사람이 지영이다. 그렇게 한 번만 긴장이 끈을 놓고, 그 틈을 노리고 들어가는 순간 소중한 사람이 죽는다.

지영이 본 이성준은 뱀 같은 자. 그는 독니를 상대에게 박고, 죽기 전에는 뽑지 않을 인간이었다.

빌어먹게도 그런 심성을 가진 놈이 금력으로 권력, 폭력까지 갖췄다. 더 빌어먹을 건 능력까지 출중하다는 점이었다.

이런 놈은 절대로 오래 둬서는 안 되는 놈이었다.

'그러니 이번에 끝을 봐야 해.'

안 그러면 아버지 강상만이, 어머니 임미정이, 아니면 은재가, 그도 아니면 김은채에게 언제 죽음의 위협이 다가올지 모른다.

어차피 결정해 뒀던 사항이기 때문에 결심하는 데 그리 오래 걸리지 않았다. 지영은 이제 처음으로 돌아가기로 했다.

일단 무기.

군용 대검 네 자루, 소음기가 부착된 총이 세 개, 단도 열 자루.

이 정도면 안에 있는 놈들을 죄다 저승으로 보내기 딱 좋다.

치익.

―레디?

"후, 후우……."

지영은 심호흡을 몇 번 한 다음, 버튼을 두 번 눌러 신호를 보냈다.

부슝……!

신호를 보내기 무섭게 새하얀 실선을 어둠이 쭉 갈랐다.

째재재재쟁!

그 실선은 정확히 열린 문틈을 뚫고 들어가 전등을 관통했다.

"뭐야!"

일본어.

"불! 불을 켜!"

영어.

"전투 준비!"

프랑스어.

다국적이었다.

지영은 부시럭거리는 소리를 들으면서 그대로 몸을 날렸다.

파바박!

허리를 숙이고 문을 통과한 지영은 가장 가까이에 있는 놈에게 쇄도했다. 두리번거리면서 품으로 손을 집어넣은 놈의 허벅지에 대검을 그대로 꽂았다.

푹!

그극!

그리고 긁어내자.

"끄아악!"

처절한 비명을 흘렸다.

부슝! 부슝!

그다음 바로 근처에 있는 놈들의 어깨에 총탄을 먹였다. 부라부라 야간 투시경을 쓰기 시작했지만 지영은 굉장히 빨랐다.

쨍강!

교전이 시작되자 임수민의 부하 셋이 창문을 깨고 들어와 인질들에게 달려갔다.

"인질! 인질 잡아둬!"

대장으로 보이는 놈의 외치자 근처에 있던 셋이 일시에 달려갔다. 거리가 멀었다. 잘못 쐈다간 송지원이나 칸나가 맞을 수도 있는 상황이라 지영은 잠시 멈칫했다. 하지만 이쪽은 든든한 지원자가 있었다.

부슝!

부슝!

두 발의 총성.

그리고 인질에게 달려가던 두 놈이 휘청하더니 철퍼덕 바닥에 쓰러졌다. 두 발로 두 놈을 잡는 저격 실력. 다른 사람이면 좀 대단한데, 하겠지만 임수민이니 그냥 그런가 보다 했다. 아마 그녀가 못 하는 건의 없을 테니까.

타다다닥!

야시경을 쓴 놈 하나가 지영에게 달려왔다.

부슝!

퍽!

그리고 바로 고꾸라졌다.

지영은 놈이 쓰러지는 걸 보면서 벽으로 내달렸다. 몇 놈이 총을 꺼내는 게 보였기 때문이다.

휘릭!

쭉 뻗어오는 팔을 툭 쳐낸 지영은 바로 품으로 파고들었다.

푹!

겨드랑이 한 방.

푹! 푹!

그리고 옆구리에 두 방.

푹!

허벅지 옆으로 마지막 한 방.

"크악!"

비명을 지르는 놈의 목을 칼을 든 팔로 감은 지영은 옆으로 질질 끌었다. 그리고 자유로운 손으로 곧바로 사격을 가했다.

부슝! 부슝!

퍽! 깡!

한 놈은 남자에게 아주 소중한 곳 바로 위를 맞고 '억…' 소리를 내며 고꾸라졌고, 다른 한 놈은 총구를 보고 바로 몸을 굴려 피했다. 몇 놈이 당하고 나자 조직력이 좀 발휘되는 것 같았다. 하지만 그 정도로 지영에게 대적하기엔 턱도 없었다. 동체 시력은 물론, 전장을 살펴보는 시야, 이러한 종류의 전투를 수도 없이 겪은 경험과 본신에 자리한 실력까지, 솔직히 이들은 적에 대한 정보가 너무 없었다.

부슝!

새하얀 선이 크고 넓은 문을 지나 지영에게 총구를 겨누던 놈의 팔목에 제대로 박혔다.

"아악!"

새빨간 선혈이 흩뿌려졌고, 처절한 비명도 울렸지만 지영에게는 어떠한 감흥도 일으키지 못했다. 남을 해치는 자, 어차피 같은 입장이지만 원래 세상은 그런 거다. 아니, 전장에 발들인 자의 숙명이 그랬다.

죽이지 않으면, 죽는 곳.

'어차피 니들도 그런 각오쯤은 하고 이 바닥에 발 들인 거잖아?'

네 의지로 총구를 타인에게 향할 때는 타인의 총구가 너에게 향하는 것도 각오했어야지. 안 그래?

그렇게 말해주고 싶었다.

"크으……!"

부슝!

푸확!

발악하는 놈의 허벅지에 대고 그대로 당겼다. 탄이 허벅지 살을 한 움큼 훑어가며 다시금 피를 사방에 뿌려댔다. 참기 힘들었는지 비명을 지르지만 이미 겨드랑이와 옆구리, 허벅지에 들어간 칼침이 놈의 힘을 쭉쭉 뽑아내고 있었다.

피가 후드득 떨어지고 있으니 잠시 뒤면 아마 축 늘어질 것이다. 하지만 지영은 그 전까지 이놈을 놓아줄 생각이 없었다.

왜?

아주 훌륭한 보호막이었기 때문이다.

지영은 그래도 이놈들이 돌격 소총, 라이플을 들고 있지 않아 다행이라고 생각했다. 아니, 들고 있었음 아예 들어오지도 않았을 것이다.

땅! 따당!

칠성회 조직원들이 뒤집어쓰고 있는 방탄포로 총격이 쏟아졌다.

부슝!

산에서부터 하얀 실선이 다른 각도에서 어둠을 가르고 들어왔다.

퍼걱!

"악!"

실선은 정확히 방탄포에 총격을 가하는 놈의 어깨에 박혔다. 뜨거운 피가 숫구치면서 바닥을 회색빛 바닥을 붉게 물들였다.

부슝!

지영의 사격도 다른 놈의 손목을 정확히 맞혔다.

"크윽……!"

이놈들이 실수한 게 있었다.

그건 바로 강지영이라는 인간을 몰라도 너무 몰랐다는 사실이었다. 아니, 정확히는 이성준이 지영을 너무 몰랐다. 놈이 좀 더 깊게 파봤으면 아마 지영이 어떤 인간인지는 알 수 있었을 것이다.

그럼 저놈들도 이렇게 준비를 안 했을 것이다.

개인화기도 다양하게 챙겼을 거고, 부비트랩도 곳곳에 깔았을 것이다. 이놈들은 나름 프로들이다. 하지만 지영에 대한, 이성준이 설정해 준 강지영에 대한 정보 부족이 스스로를 사지로 몰아넣고 있었다.

그러나 아직 죽은 놈은 없었다.

지영은 이놈들을 쉽게 죽일 생각이 없었다.

게다가 송지원과 칸나도 있는 상황이다.

일단은 그녀들을 구하고 처단은 나중에 할 생각이었다.

휙!

깨진 유리문을 통해 육중한 체구가 날렵하게 넘어 들어왔다. 들어온 한 바퀴 몸을 굴려 일어선 다음 상체를 바짝 낮추고 바람처럼 내달렸다. 임수민을 누님으로 모시는 만택이란 사내였다.

휘릭!

자신에게 돌아오는 총구를 바로 손으로 쳐내고 지영처럼 겨드랑이 아래에 그대로 칼을 꽂았다.

푹!

그그극!

"크아아……!"

그리곤 그대로 아래로 쭉 그어버렸다.

옆구리 근처까지 가른 칼을 뽑은 그는 곧바로 옆으로 몸을 날렸다.

탕! 탕! 타앙!

소음기가 달리지 않은 총기에서 내뿜는 소리가 물류 창고 내부를 크게 울렸다.

부슝! 부슝!

임수민이 쏜 저격이 한 놈의 양 허벅지를 그대로 관통했다. 그리곤 뒤이어 지영이 권총을 쥔 어깨도 그대로 뚫어버렸다. 지영은 남은 놈을 확인했다. 벌써 반 수 이상이 나자빠져 있었다. 임수민이 형광등을 뚫어버린 지 아직 5분도 지나지 않았다. 지영은 좀 더 속전속결로 나가기로 했다.

부슝!

한 놈이 다시 허벅지를 잡고 쓰러졌다. 그러자 곧바로 사격이 날아왔지만, 훌륭한 방패의 발치와 옆으로 빗겨 나가 박힐 뿐이었다.

"아악! 쏘지 마! 쏘지 말라고!"

기겁한 지영의 인질이 급하게 소리쳤다.

지영은 다행이라고 생각했다.

이놈들에게 전우애가 있어서.

덕분에 전투가 한결 편했다.

그리고 그 보답으로 확실한 무력화를 선물했다. 만택이 움직이면서 셋, 임수민이 저격 포인트를 바꾸고 다시 셋, 그리고 지영이 넷. 도합 열을 잡는 데 걸린 시간은 총 4분 남짓이었다.

엄청난 속전속결······.

치익.

ㅡ만택아, 총기 회수 하고, 인질들 밖으로 인도해.

임수민의 무전에 만택이 '네, 누님' 다부지게 대답하곤 적의 총기를 모두 회수했다. 마치 유령처럼 움직이는 그를 보며 지영은 그가 범상치 않은 무술을 익혔음을 확신했다.

분명 바닥에 쓰러진 놈들도 분명 전장에서 구르고 구른 군인들일 것이다. 그런데도 너무나 쉽게 잡는 걸 보면 거의 99.99% 확실했다.

다시 약 3분에 걸쳐 총기 회수가 끝나고, 그다음은 방탄포를 걸은 칠성회 조직원들이 송지원과 칸나, 그리고 다른 여배우들을 들쳐 업고 바로 물류 창고를 빠져나갔다. 만택은 그동안 다시 용병들의 품을 뒤져 무기가 될 만한 것과 통신기들을 전부 회수하고, 케이블 타이로 사지를 단단히 묶었다.

그 과정에서 당연히 고통 가득한 비명을 내질렀지만 만택은 사정없이 팔다리를 모아 묶어버렸다.

그렇게 제압이 전부 끝나자 지영은 목을 감고 있던 놈을 놔줬다.

상황, 종료였다.

깔끔하게 상황이 종료되자, 만택은 납치범들을 적당한 간격으로 툭툭 던져 놨다. 질질 끌려온 놈들은 전부 피를 줄줄 흘리고 있어, 그대로 놔두면 과다 출혈로 요단강을 건널 확률이

99%였다.

하지만 지영은 이놈들에게 자비를 베풀고 싶은 생각이 그리 들지 않았다. 다른 사람도 아니고 송지원과 칸나를 납치한 놈들이었다. 이런 놈들에게 자비를?

피식.

개도 웃지 않을 소리였다.

그러나 지영에게도 제약은 있었다.

"넌… 누구냐."

턱에 털이 수북하게 난 프랑스 선수의 질문에 지영은 대답 대신 의자를 가져다 앞에 놓고 앉았다.

"지금 이 상황에 잘도 질문이 나오네?"

어이가 없었다.

지금 이 상황에 눈을 부리부리하게 뜬 것 하며, 오히려 역으로 질문을 하는 것 하며, 아무래도 지금 자신들의 상황을 제대로 이해 못 한 것 같았다. 근데 그렇게 눈치가 없어서야, 어디 험악한 전장에서 살아남겠나?

만택이 그리 밝지 않은 등을 가져다 켰고, 지영은 야간 투시경을 빼곤 머리를 털었다. 그런데 전혀 의외의 상황이 벌어졌다.

"넌… 설마."

"엇."

지영의 목소리는 귀에 건 마이크를 통해 기계음이 섞여 누군지 특정하기는 어려웠다. 하지만 대장인 프랑스 놈은 어째 지영을 알아본 것 같았다.

눈썰미가 지나치게 좋은 놈. 눈빛으로도 특정인을 알아보는 이들이 있다. 지영도 그 정도는 하고, 당연히 임수민도 그 정도는 했다. 이놈도 마찬가지였다. 아마 사전에 지영에 대한 정보를 들었을 것이다.

'사진도 당연히 봤을 거고.'

지영은 지금 중년의 사내로 변장을 했지만, 눈빛만큼은 숨기지 않았다. 아니, 숨기지 못했다. 그런데 이놈은 그런 지영의 눈빛을 보고 딱 알아봤다.

"운이 없네."

"큭……."

"왜 알아봤어. 모른 척했으면 살 수도 있었을 텐데."

"……."

옆구리, 그리고 허벅지와 어깨에서 피를 철철 흘리고 있는 놈은 지영의 말에 입을 싹 닫았다. 아주 잠깐의 교전이었다. 하지만 지영이 보여준 움직임과 단호한 손속을 통해 이미 급을 파악했다.

게다가 어둠 속에서도 시리게 빛나는 눈빛.

확실한 살의를 품은 눈빛이었다.

방심?

이번 일을 맡은 용병 팀의 팀장 프랭크는 속으로 욕지기를 내뱉었다.

'그냥 싸움 좀 하는 애송이라며!'

분명 처음에 의뢰를 받았을 땐 그렇게 들었다.

전체적인 줄거리는 이랬다.

1. 표적의 지인 납치

2. 정보 유출

3. 표적 유인 및 제압

딱 여기까지였다.

이 세 가지를 위해 프랭크가 받은 금액은 백만 달러, 한화로 약 10억하고 5천쯤이다. 처음엔 이게 웬 떡인가 했다. 여배우? 무방비 상태의 여배우라면 납치쯤이야 식은 죽 먹기였다. 그리고 도주하는 동안 적당히 떡밥을 뿌려 표적을 낚는 것도 어려운 게 아니었다. 세 번째도 마찬가지였다.

영화배우?

주먹 좀 쓴다고?

그래봐야 전장에서 갈고닦은 실력에는 절대로 비할 수 없을 거라고 생각했다. 급히 조직한 팀이지만 그래도 다들 전장에서 최소 5년 이상은 구른 놈들이라 합이 안 맞아도 쉽게 쉽게 끝낼 수 있을 거라고 생각했다.

하지만.

과신이었다.

오만이었다.

상대를 몰라도 너무 몰랐다.

프랭크는 작전이 너무 쉬워, 팀원과 합도 안 맞춘 자신의 어리석음을 뼈저리게 후회했다. 일단 전투가 시작됐을 때, 곧바로 침입자부터 잡았어야 했다. 상대는 한 명. 아주 충분히 제거할 수 있는 수였다.

그런데.

전력이 분산됐다.

시기적절하게 침입한 셋이 인질을 보호했고, 그 뒤로 넘어온 저 산만한 덩치의 날렵한 사내에게 휩쓸리면서 최초 침입자를 바로 처리하지 못했다.

게다가.

'저격수까지……'

그 저격수는 목숨을 뺏지 않는 선에서 아주 확실하게 아군을 무력화시켰다. 허벅지를 갈겨도 살을 날리지, 대동맥을 건드릴 쪽으로는 다 피해서 쐈다. 그건 곧 그만큼 자신의 저격 실력에 자신이 있다는 뜻이었다.

최악도 이런 최악이 없었다.

'범의 아가리에 대가리를 들이밀어도 유분수지……'

동양의 속담을 떠올리며 프랭크는 다시 이를 갈았다.

이번 일을 물어온 에이전트가 눈앞에 있다면 정말 찢어 죽이고 싶었다. 그는 웃으면서 그냥 치정 때문에 들어온 의뢰라고 했다.

'치정……?'

개뿔.

까드득!

저도 모르게 이가 갈렸고, 그는 곧 움찔할 수밖에 없었다. 눈앞에 사신이 빤히 바라보고 있었다. 입가에 같잖다는 미소가 걸려 있는데 그게 그렇게 소름 끼칠 수 없었다. 자신의 목줄을 쥔 사신.

프랭크는 눈알만 굴려 바닥에 쓰러져 끙끙거리고 있는 놈들을 바라봤다. 저 중에 몇은 이미 중상이었다.

만택이란 자와 눈앞에 있는 자에게 걸렸던 놈들은 특히나 심하게 당해 곧 숨이 끊어질 것처럼 숨을 몰아쉬고 있었다.

의리고 나발이고, 일단은 구해야 했다.

이 바닥도 도의라는 게 있어 보통 이런 경우에는 팀을 책임졌던 리더가 해결을 해야 한다. 그래서 돈도 가장 많이 받는다. 만약 이런 경우에 리더가 혼자만 살겠다고 지랄하고, 다 같이 풀려났을 경우가 생기면 프랭크는 앞으로 선수 생활을 접어야 했다. 아니, 일단 꽁꽁 숨어 목숨부터 챙겨야 했다.

풀려난 놈들이 몸을 회복하면 반드시 리더를 처단하러 올 것이기 때문이다. 의리는 없어도 그 정도의 암묵적 규칙은 존재하는 곳이었다.

'프랭크, 머리를 굴려라. 여기서 살아 나갈 수 있는 방법을 생각해!'

그러니 선수 생활을 접을 마음도 없고, 죽을 마음도 없는 프랭크는 사력을 다해 머리를 굴렸다.

한 번 삐끗하면 인생은 오늘로 아웃이었다.

하지만 프랭크는 모르고 있었다.

눈앞에 있는 사람이 어떤 사람인지.

그저 예상치 못했던 전투 실력을 가지고 있는 사람이 절대로 아니라는 것을 프랭크는 너무 모르고 있었다.

지영은 여전히 빤히 프랭크만 보고 있었다.

눈알을 데굴데굴 굴리는 걸 보고 있자니 어이가 없어 웃음이 나올 지경이었다. 지영은 시간을 확인했다.

해가 뜨려면 아직은 멀었지만, 들을 말이 꽤 많을 것 같아서 지영은 슬슬 시작하기로 했다.

스윽.

지영이 손을 뻗자 프랭크는 움찔했다.

"일단 대화를 시작할 준비부터 하자."

"……."

영문을 몰라 눈을 데굴거리는 놈의 머리채를 잡아당긴 지영은 남는 손을 천천히 상처로 뻗었다.

"끄으… 끄아아……!"

곧 처절한 비명이 울려 퍼지기 시작했다.

＊　　　　＊　　　　＊

30분.

프랭크가 침을 줄줄 흘리면서 자신이 알고 있는 모든 것을 부는 데까지 걸린 시간은 딱 30분이었다.

"그래서 마이클, 그자가 주선을 했다고?"

"…예스."

"흐음……."

피가 섞인 침을 줄줄 흘리는 프랭크를 지영은 여전히 빤히 바라보고 있었다. 진위 여부를 확인하는 작업이었다. 지영은 손에 피를 묻혔다. 모두가 지켜보는 가운데 프랭크의 상처를 완전히 헤집었다.

물론 죽지는 않았다.

목적은 고통으로 인한 자의식 상실이었으니까.

반복 고통으로 인한 세뇌 작업이라 할 수도 있었다.

그 작업이 끝난 후, 프랭크는 지영의 질문에 모조리 대답했다.

지영은 피가 묻지 않은 손으로 폰을 꺼내, 김지혜에게 메시지를 넣었다. 그러곤 다시 프랭크를 바라봤다.

놈은 다 불었다.

의뢰를 처음으로 받은 날부터 시작해 한국으로 들어온 날, 한국에서 지원해 준 세력, 작전 목표까지 싹싹 불었다.

그는 무의식적으로 느끼고 있었다.

얘기하지 않으면 이 공간에서 살아 나가는 것이 매우 어렵다는 사실을.

물론, 그렇게 불어도 이성준이 엮여 있다는 사실은 알아낼 수 없었다. 실제로 프랭크는 이성준이 누군지도 몰랐다.

몇 다리 정도가 아니라 아예 뱅뱅 돌린 다음 의뢰가 들어갔을 테니 뭐, 당연했다. 그리고 지영도 여기서 딱 이성준이 연관되어 있다는 증거를 얻을 수 있을 거란 기대는 하지도 않았다.

"한국 연락책은 누구지?"

"폰으로 메시지만……."

"번호는? 폰 내놔봐."

"저쪽 테이블에……."

힐끔 쳐다보니 그가 시선을 준 곳에 테이블이 있었고, 은색의 구형 폰이 덩그러니 올려 있었다.

슥.

자리에서 일어난 지영은 천천히 테이블로 걸어갔다.

움찔! 움찔!

그러자 바닥에 누워 끙끙거리던 용병들이 놀라 몸을 뒤척이다 올라오는 고통에 인상을 썼다.

폰을 열어 메시지 함을 보니 0000으로 된 번호로 메시지가 여러 개 와 있었다. 하지만 여기서도 조심했는지 특별한 내용이 담긴 건 없었다. 모든 메시지가 단조로웠다.

[힘내세요.]

[파이팅입니다.]

[출발했나요?]

[끝났어요?]

등등 내용을 유추하기 힘든 메시지들이었다. 이런 건 증거도 안 된다. 지영은 참 그 새끼 용의주도하단 생각에 피식 실소를 흘렸다.

'하지만 이미 늦었어.'

감옥에 가더라도 지영은 절대로 놈을 살려둘 생각이 없었다. 지영은 다시 자리로 돌아와 앉았다.

"자, 이제 마지막."

"으으……."

"내가 널 살려줘야 할 이유를 대봐."

지영의 말에 프랭크는 눈을 동그랗게 떴다. 그리고 사정없이 덜덜 떨기 시작했다.

"뭘 그렇게 놀라? 설마 내가 널 살려둘 거라고 생각한 거야?"

지영이 어이없다는 듯이 웃으며 묻자 프랭크는 고개를 도리도리 저었다.

"그러니까 내가 널 살려줘야 할 이유를 대."

"우리는… 당신들을 해칠 생각이 없, 없었습니다……."

피식.

"그럼? 왜 납치했는데?"

"애, 그냥 잡아서 겁만 주면 된다고……. 무릎 꿇고 비는 것만 보면 된다고……. 그것만 찍으라고……."

그래, 이성준이라면 그런 요구를 할 수도 있었다. 그놈이라면 그 정도 일에 십억씩 쓰고도 남을 놈이었다. 돈이야 쓰는 것보다 들어오는 게 훨씬 많은 놈이라, 그 정도 돈은 자신의 욕구를 채우기 위해서 대수롭지 않게 쓸 놈이었다. 하지만 지영은 그 정도가 아님을 알았다. 풍랑을 만난 배처럼 흔들리는 눈빛을 보면 답이 딱 나왔다.

"인간적으로 대해주니 다시 살고 싶은 본능이 꿈틀거리지?"

"아, 그게……."

"간사한 인간아……."

화아악……!

지영의 기질이 순식간에 뒤바뀌었다.

새까만 어둠이 덮쳐오는 것 같은 환상이 펼쳐졌다.

마치 악의 무리가 지평선의 끝에서부터 덮쳐오는 것처럼 분위기가 완전히 변했다.

"너는 사람을 해하고자 납치를 하고 유인을 했으면서, 네 자신이 겪는 고통과 죽음은 거절하는 것이냐?"

"……"

"그건 불공평하지 않으냐. 사람을 해할 때는 언제고 네 자신이 그런 상황이 올 수 있음을 각오하지도 않은 것이냐?"

"……"

"보거라, 이 상황을."

"……"

"네가 무수히 많이 저질렀던 상황이 아니냐. 다만 뚫고 있는 건 언제나 힘없는 약자였을 것이고, 너는 강자의 입장에서 한없이 잔인했을 것 아니냐."

씨익.

완전히 뒤바뀐 입장.

아마 꿈같기도 할 것이다.

하지만 지금은 꿈이 아니었다.

"사, 살려……"

후후.

"살려? 살려달라? 재미있는 말을 하는 구나. 그럼 내 하나 물어보마."

"무, 무엇이든……!"

"너는 너 자신이 죽이기로 마음먹은 인간이 너처럼 빌었을 때, 살려준 적이 있느냐?"

"그, 그건……."

"없나 보구나."

씨익.

지영의 입가에 아름답지만 시리도록 차가운 호선이 그려졌다.

"나 또한 마찬가지다."

스윽.

소리도 없이 총구가 프랭크의 이마에 겨눠졌다.

"아, 안……."

"억울하거든 다음 생엔 신조차 잡아먹는 포식자로 태어나거라."

부슝!

퍽……!

프랭크의 고개가 둔탁한 소리와 함께 뒤로 확 젖혀졌다.

Chapter81
역린(逆鱗)II

철퍼덕.

"프랭크!"

"오, 쉿!"

프랭크의 상체가 뒤로 넘어가 쓰러지기 무섭게 사방에서 욕설들이 들려왔다. 하지만 지영은 여전히 무심한 눈으로 쓰러진 시체를 바라볼 뿐이었다. 그러나 그것도 잠시였다. 곧 흥미를 잃은 눈으로 남은 자들을 돌아봤다.

옆에서 대기하고 있던 만택도 설마 지영이 직접 손을 쓸 줄은 예상하지 못했는지 좀 놀란 눈을 하고 있었다.

"너희들은 있느냐."

"삑……!"

"내가 너희를 살려둘 이유 말이다."

이들은 지영의 말을 알아듣지 못했다.

하지만 입가에 그려진 시리도록 차가운 미소에, 살인을 했음에도 아무 감흥이 없는 무심한 눈빛으로 뜻은 알아들었다.

변명.

변명은 들어주겠다.

하지만 어째 뉘앙스가 들어만 주겠다는 소리 같았다. 게다가 살려달라고 빌던 프랭크가 머리를 뚫리는 걸 보고 함부로 살려달라는 말도 못 하고 있었다.

자비 없는 손속.

방아쇠를 당기는 데 일말의 주저함이 없었다.

영화배우가 저런 손속을 가졌다는 게 말이나 되는가? 용병들은 전부 고개를 저었다. 저건 수없이 방아쇠를 당겨본 사람의 손속이었다. 사람을 죽이는 데, 자신의 적을 처단하는 데 있어 주저함을 없애는 건 솔직히 진짜 쉬운 일이 아니었다.

사람을 죽이는 것.

그 행위에는 유년기 시절부터의 교육으로 인해 자리 잡은 도덕, 윤리적 가치관이 아주 강력하게 태클을 건다. 사람을 때리는 폭력과 비슷하다고 생각하겠지만, 급이 달랐다.

사람을 죽일 마음 없이 남을 때리는 이들은 많다.

그러나.

사람을 죽일 마음으로 때리는 경우는 꽤나 드물다.

그게 바로 도덕, 윤리관의 강력한 저항에 막혀서다.

그렇기 때문에 일반인은 웬만해서는 저렇게 쉽게 방아쇠를 당길 수 없었다. 그건 거의 기본이자, 정설이라고 봐도 좋았다.

군인들이야 실전을 통해 경험을 쌓아서 나중에는 무감각하게 적을 죽이게 되지만 그건 말 그대로 군인이기 때문에 가능한 행동이었다. 그러나 지영은 영화배우다.

이들은 도무지 이해를 할 수가 없었다.

무슨 영화배우가 사람 목숨을 파리 목숨처럼 다루냐고!

다들 속으로 그렇게 절규하고 있었다.

"없나 보구나."

지영의 입에서 나온 낮은 말에 흠칫! 다들 몸을 떨었다. 이것도 안 돼, 저것도 안 돼. 현실적으로 그들이 할 수 있는 일은 매우 한정적이었다. 자신들이 가진 무엇으로도 저 인간 같지 않은 자를 설득할 수가 없었다. 그걸 모두 느끼고 있었다.

"이빨 빠진 이리의 숨을 굳이 내가 끊을 필요는 없겠지. 여흥거리도 안 될 테니."

스윽.

숨통을 옥죄던 불가사의한 기운은 씻은 듯이 사라졌다.

"컥!"

"커억… 흐윽!"

숨을 몰아쉬는 자들이 생겨났다.

그만큼 심리적인 압박이 엄청났다는 뜻이었다.

다시 되돌아온 지영은 총을 만택에게 넘겼다.

"마무리 잘 부탁할게요."

"네, 맡겨두십시오."

한참이나 어린 지영이지만 그는 깍듯하게 고개를 숙이고는 총을 품에 넣고, 폰을 꺼내 어딘가로 전화를 걸었다.

"나야, 상황 종료니까 청소 팀 보내."

뚝.

청소 팀.

어떤 청소를 하는지 굳이 물어볼 필요도 없었다.

다시 밖으로 나온 지영은 대기 중이던 칠성회 직원이 건네준 물수건과 물로 손을 꼼꼼하게 닦고 씻었다.

부스럭.

수풀을 헤치고 나온 임수민이 바로 지영에게 다가왔다.

"정리 끝?"

"끝. 지원 누나는?"

"안전한 곳으로 일단 옮겼어. 지금 바로 보러 가려고?"

"아니, 피 냄새가 짙어. 아직 해야 할 일도 있고."

"오늘 끝을 보게?"

"…그래야지."

아직 지영은 일을 마무리하지 않았다.

프랭크인가 소시지인가 하는 놈 하나 잡는 걸로 끝날 상황이 아니었다. 이놈은 머리통은커녕 아예 수족에 해당되지도 않는 놈이었다.

'이성준…… 조금만 기다려라. 오늘 네 목, 내가 날려줄 테니까.'

이미 김지혜에게 이성준의 위치를 찾아달라고 부탁을 해놨다. 로열패밀리들의 행사는 지극히 은밀하긴 하지만 대한민국에서 부뚜막이 찾지 못할 사람은 거의 없었다.

"여기."

"땡큐."

임수민이 건네준 담배를 입에 물고 불을 붙였다.

"후우……."

새하얀 연기가 모락모락 피어올랐다.

살인 뒤 피우는 담배. 유쾌한 기분은 아니었다. 하지만 그렇다고 후회 같은 건 하지 않았다. 저들은 애초에 살려둘 수가 없었다. 이미 지영을 알아보기도 했거니와, 살려두면 반드시 복수를 할 놈들이기 때문이다.

자비를 베풀었다면?

그 대가로 분명 가족이나 지인 중 누군가에게 죽음이라는 결코 아름답지 못한 보답으로 돌려받았을 것이다.

결국 이 결과는 송지원이 납치되고, 지영이 직접 나선 순간부터 예정되어 있었던 것이다. 그리고 지영도 그 결과를 이미 예측했다. 그럼에도 직접 움직였다. 내 사람의 안전을 언제고 타인에게 맡길 수는 없었기 때문이다.

그리고 결국 죽여야 할 놈은 그 새끼인데, 그 새끼를 대한민국 내에서 제제할 사람이, 세력이 과연 존재할까?

지영은 절대로 불가능하다고 봤다.

명실상부한 대한민국의 로열패밀리다.

금력, 권력, 폭력의 꼭대기에 상주한 자다.

그런 자를 끌어내리려면?

언론은 물론 경, 검, 정부로도 할 수 없었다.

그걸 지영은 아주 잘 알았다.

놈이 지가 가진 힘을 못 쓰게 만드는 방법은 딱 하나였다.

죽음.

생명 활동의 정지.

간사한 계략을 생각하고, 실행하는 뇌와 심장을 아예 정지시켜 버리는 게 지영은 자신과 자신의 주변을 지킬 수 있는 유일한 방법임을 알았다. 그리고 그를 위해서 자신의 손에 피를 묻히는 것도 마다하지 않을 생각이었다.

"이제 뭐 하게?"

"연락 올 때까지 좀 쉬지, 뭐. 그리고 고맙다."

"고맙기는. 우리 둘은… 반드시 의지해야 하는 상황인데."

하긴, 그건 또 그렇다.

반대로 임수민에게 이런 일이 생겼다면 지영도 분명히 도왔을 것이다. 아직 족쇄를 끊을 수 있는 방법은 요원하기만 하지만 그렇다고 둘이 협력을 안 할 수도 없었다. 지영이 가진 비밀, 임수민이 가진 비밀. 이 비밀을 공유할 대상도 서로밖에 없었다. 그러니 믿고 어떤 순간에도 의지해야 한다는 걸 두 사람 다 아주 잘 알고 있었다.

그리고 그런 게 없더라도 임수민은 아주 든든한 동료였다. 특히 집단을 이끌고 있다는 점에서 지영에게 매우 큰 도움이 되고 있었다.

부우웅.

저 멀리서 차량의 엔진 소리가 들렸다.

트럭이라도 올라오는지 불빛이 상당히 먼 곳에서 번쩍이는데도 소리가 여기까지 들려왔다. 10분쯤 뒤에 진짜 트럭 사이즈의 차량이 건물 앞에 멈춰 섰다. 이어 운전석에서 두 사람, 컨테이너가 열리면서 네 사람이 더 내렸다.

건장한 체구에다가, 말 그대로 청소복을 입고 있지만 풍겨지는 기세를 보면 확실히 일반 청소원들은 아니었다.

칠성회.

서울의 밤을 장악한 폭력 조직.

'참 신기하단 말이야……'

그런데 지영은 이들의 눈빛에서 느껴지는 맑은 정기를 느끼며 신기하단 생각을 지울 수가 없었다.

그녀의 동생들이 꾸벅 인사를 하고 물류 센터 안으로 사라지자 지영은 궁금한 걸 결국 물었다.

"왜 굳이 어둠이었어?"

"응?"

"아니, 눈빛만 봐도 어둠과는 너무 안 어울리잖아. 만택이란 사람도 그렇고. 아까 날도와 안으로 들어왔던 사람들도 그렇고. 정장 입고 밤거리를 활보하기에는 아까운 인재들 아닌가?"

"아아……."

치이익.

"후우……."

담배를 하나 더 꺼내 문 그녀가 길게 연기를 내뿜으며 말했다.

"밝은 곳에서는 할 수 없는 일이 있잖아. 오늘 같은 일."

"아……."

멍청한 걸 물어봤다.

"밝은 곳을 지키는 건 경찰, 검찰로도 충분해. 하지만 난 저번에도 얘기했듯이 그들이 지키지 못하는 공간을 지키고 싶었어. 그래서 모은 친구들이지."

"용케도 저 정도의 인재들을 모았네?"

"처음이야 힘들었지. 하지만 지금은 알아서 잘 모여. 서울, 나아가 한국의 밤을 지키고 있다는 것에 자부심을 느낄 수 있을 정도의 깨끗한 조직이 됐거든."

"흠……."

"그리고 방송에는 안 나오지만 우리가 서울 밤거리에서 하루 처리하는 사건만 해도 최소 백 건 이상이야. 전부 사회적 약자들에게 가해지는 범죄 위주지."

사회적 약자…….

노인, 아이, 여자, 신체에 장애가 있는 사람까지.

폭력은 결국은 강자가 약자에게 휘두르는 것.

특히 물리적인 폭력의 경우는 이 틀에서 거의 벗어나지를 않았다. 칠성회는 그런 약자들을 악독한 강자에게서 지키는 역할을 수행했다. 그것도 십수 년간씩이나. 이들은 국민들의 신임을 받고 있는 조직이었다.

"나도 처음부터 집단을 좀 만들었어야 했는데. 이번 생은 이 래저래 실수한 게 많네."

"그럴 여유가 있었어? 넌 일찍 배우로 데뷔했잖아."

"그렇기도 했지만, 하려면 못 할 것도 없었지."

"후후, 지금이라도 만들어봐. 돈이야 어차피 넘쳐나잖아?"

"돈이야… 마를 리가 없지."

지금 벌어들이는 돈도 엄청나다.

세금으로 빠져나가는 것도 꽤 많지만 그래도 지영이 가진 돈은 정말 셀 수가 없었다. 특히, 이전의 삶에서 구축해 놓은 금력은 가히 상상을 초월할 정도였다. 지영만 열 수 있는 금고와 전생에 지영의 이름으로 빌려준 그림, 보물 등은 부르는 게 값일 정도였다. 물론, 그건 임수민도 마찬가지였다.

지영은 마음을 굳혔다.

정보 조직은 있지만 무력 조직의 필요성을 느꼈고, 만들어야 겠다는 결정은 오늘 일로 아주 빠르게 결정됐다.

다시 입을 열려는데 안에서 그녀의 동생들이 줄줄 나왔다. 커다란 트렁크 가방을 양손으로 끌면서. 조용한 게 아마 약으로 재운 것 같았다. 저들은 자신들이 사용했던 약물로 이제는 영원한 잠에 빠져들게 될 것이다. 트렁크는 줄줄이 컨테이너에 실렸다. 이어서 물과 이상한 가방을 몇 개를 가지고 다시 내리더니 물류 센터로 들어갔다. 마무리 뒷정리였다. 얼마 지나지 않아 진한 라일락 향이 풍기기 시작했다.

20분쯤 지나 나온 그들은 다시 임수민에게 인사를 하고, 차를 타고 사라졌다.

마치 조폭 느와르 같았다.

'아니, 조폭 느와르가 맞네.'

다를 게 뭐가 있나.

오늘 여기서 사람이 죽었고, 저들 또한 이제 소리 소문 없이 조용히 지워질 텐데.

지영은 자신의 행위가 잔인하다고는 절대로 생각하지 않았다.

사람에게 총구를 들이밀었으면, 자신도 총구에 겨눠질 각오는 했냐고 물었던 건 그냥 공포 분위기를 조성하기 위해서 한 말이 아니었다. 지영은 이 행동으로 인해 생길 어떠한 파장도 스스로 견딜 각오를 한 상태였다.

그러니 저들도 부디 그랬기를 바랐다.

'그래야 조금이라도 덜 억울할 것 아냐.'

치익.

"후우……."

연기를 뿜어내는데 만택이 손에 뭔가를 들고 다가왔다.

"누님, 이것 좀 보셔야겠습니다."

"그게 뭔… 카메라네?"

"네, 건물 사각에 붙어 있었습니다."

"호오, 멍청이인 줄 알았는데, 나름 머리를 굴리긴 했네? 그런데 어쩌나……. 아무것도 안 보일 텐데, 후후."

적외선 모드가 가능한 감시 카메라가 아니라면 안에서 벌어진 일은 그냥 어둠 속에서 하얀 선이 번쩍번쩍하는 것밖에 보이는 게 없을 것이다.

"기종으로 보아 음성도 담기는 것 같습니다."

음성?

하지만 그래도 상관없었다.

마이크를 통해 지영의 목소리는 전부 기계음이 섞여 나갔으니까. 얼굴도 마찬가지다. 괜히 변장을 한 게 아니었다.

"영상 저장은?"

"확인 중입니다만, 아마 따로 지정된 서버에 저장되지 않을까 싶습니다."

"그래? 뭐, 그래도 괜찮아. 어차피 단서 같은 건 주지 않았으니까."

"네, 그럼 마무리 정리 하겠습니다."

"그래."

만택이 사라지고, 지영은 웅웅, 웅웅, 울리는 전화기를 꺼냈다.

"네."

─찾았습니다.

역시…….

부뚜막이라면 제아무리 로열패밀리라도 한국 하늘 아래만 있다면 반드시 찾아낼 수 있을 줄 알았다.

"후우."

지영은 일단 크게 심호흡을 했다.

조급하게 움직였다가는 모든 걸 망칠 수도 있었다.

"지금 어딥니까?"

―양평에 있는 별장입니다.

"양평이라……."

이성준은 생각보다 그리 멀지 않은 곳에 있었다. 그리고 이 거리감으로 지영은 알 수 있었다. 놈은 안에 달아놓은 감시 카메라로 이곳 현장을 느긋하게 즐길 생각이었다는 걸 말이다.

'하지만 어쩌냐, 네 뜻대로 안 돼서? 생에 마지막 유희였을 텐데.'

어차피 마음은 정해졌다.

"지금 현장에 있나요?"

―네, 이성준을 직접 확인하느라 별장 근처 산에 와 있습니다.

"그럼 계속 지켜만 봐주세요. 아마 이쪽이 틀어진 걸 알고 있을 테니 그 장소를 뜰 가능성이 큽니다."

―네.

"그리고 그쪽 경호 상태도 좀 파악해서 보내주세요."

―네.

전화를 끊은 지영은 조용히 다가와 있는 김은채에게 시선을 줬다.

"양평 별장 알아?"

"거기? 그놈이 유부녀들 불러서 질펀하게 노는 곳일걸?"

하여간 쓰레기 같은 놈이다.

간음(姦淫).

놈이 욕망을 푸는 길이었다.

하지만 예로부터 이런 놈들은 끝이 매우 좋지 않았다. 여색을 멀리해야 성공하는 건 아니지만, 여색을 탐하며 성공하기란 매우 힘들었다.

"더 볼 거야?"

"여기까지 왔는데?"

"이제부터는 좀 다를 텐데? 용병들 죽이는 거랑 오성의 후계자를 죽이는 건 차원이 다를걸?"

"그래서 더더욱 봐야하겠다는 거야. 그 미친놈이 좀 뒤지는 광경은 나도 꼭 보고 싶거든."

그렇게 말하는 김은채의 눈빛이 매우 표독하게 빛났다. 그것도 그렇지만, 지영은 그 눈빛에서 이상한 걸 캐치했다.

'살의…… 아주 명백한데?'

반드시 죽이고 싶어 하는 의지가 느껴지는 눈빛이었다.

왜?

이성준이 찝쩍거리기는 했지만 그 적의(敵意)가 이 정도인 건 좀 이해가 안 갔다. 그래서 잠시 생각하던 지영은 뭔가를 깨닫고 눈살을 찌푸렸다.

'너, 뭔 일 있었구나?'

이성준은 분명 김은채에게 뭔 짓을 했다.

그리고 그게 뭔지 지영은 알 것 같았다.

여자에게 남자가 가장 흔하게 저지르는 범죄. 하지만 가장 여자에게 상처가 많이 남는 범죄.

'성폭행. 혹은… 강간.'

그게 아니라면 이렇게 극단적인 적의와 살의는 말이 되질 않았다. 하지만 그게 가능할까?

가능하다. 심지어 매우 쉽다. 그놈이면 돈으로 쉽게 매수했을 것이다.

'잔에 수면제를 발라놓는 걸로 작업은 끝.'

그런 짠! 하고 나타나 돈을 주고, 잠든 김은채를……. 그걸로 상황 종료다.

지영은 왜 김은채가 굳이 쫓아왔는지 알 것 같았다. 심지어 그녀는 출발 전에 지영이 이성준을 죽인다고 했을 때 이성적으로 판단했다가, 곧 감성적인 판단으로 놈이 죽기를 원했다.

단순히 치근덕거렸다고 사람이 죽기를 바란다? 김은채가 아무리 정신적으로 제정신이 아니더라도 그 정도까진 아니었다. 전혀 새로운 시각으로 생각하다 보니 낌새는 꽤나 많았다. 언젠가부터 누군가와 항상 같이 술을 마신다든가 하는, 그런 낌새 말이다.

지영의 눈빛을 느낀 김은채가 인상을 찌푸리며 입을 열었다.

"왜? 왜 그런 눈으로 보냐?"

"아니, 아무것도."

지영은 바로 시선을 돌렸다.

심증뿐이지만 여기서 더 진도를 나가지 않기로 했다.

그 자체가 상처를 들쑤시는 행위가 될 수 있음을 알았기 때문이다. 사실이 아니더라도 불쾌감을 줄 수 있었다. 그러니 그냥 입 닥치고 있는 게 최선이었다.

지잉.

김지혜에게 양평의 별장 주소가 메시지로 오자 지영은 바로 임수민에게 눈치를 하고 차에 올라탔다.

차에 올라탄 지영은 시간을 확인했다.

새벽 4시가 넘어가고 있었다.

"청계산까지 얼마나 걸려?"

"달리면 금방이지. 해 뜨기 전엔 도착할 거야."

우우웅.

엔진이 돌자 운전대를 잡은 만택이 임수민을 향해 '누님, 출발하겠습니다' 하고 마치 운전병처럼 알리고 나서야 차가 출발했다. 그의 운전은 레이서처럼 능숙했다. 좁은 산길을 거침없이 내려가더니 국도를 타고 무시무시한 속도로 양평으로 향했다. 40분이 채 지나기 전에 청계산 아래 강하면에 도착하고 나서야 그는 차량 속도를 줄였다. 10분을 더 달려 근처에 도착한 지영은 차에서 내려 김지혜가 있다는 곳으로 갔다.

강가를 타고 가면서 놈이 있을 거라 추정되는 별장도 눈에 담았다. 강가를 타고 펜스도 아닌 돌담을 높게 두른 전형적인 별장이었다. 별장 뒤에는 작은 야산까지 있어 분위기는 끝내줬다. 하지만 그만큼 음산하기도 했다.

"분위기는 끝내주네."

"그러게……."

히죽.

저도 모르게 웃음이 나왔다.

별장 근처는 당연한 일이지만 민가가 없었다. 강 건너편도 고요한 걸로 보아 마찬가지 같았다. 하기야, 넓지 않은 강이라 건너편에서 카메라만 있으면 별장 건물 밖은 다 보이니 누가 자신을 지켜보는 걸 싫어하는 재벌들이 설사 민가가 있었다고 해도 그냥 뒀을 리가 없었다. 그래서 지영에게는 최적의 상황이기도 했다.

20분쯤 이동하자 김지혜가 보였다.

지금은 안 보이지만 누구와 같이 있었는지 의자가 두 개 더 있었다. 그녀는 지영이 오자마자 바로 카메라를 내밀었다. 제일 첫 장은 이성준이었다. 얼굴에 불안, 짜증, 분노가 가득한 이성준의 모습과 그런 그에게 머리채를 잡힌 채 맞고 있는 30대의 중후반 여자의 모습을 담은 사진이 줄줄 이어졌다.

"박효정이네."

박효정.

들어본 적은 있었다.

미스코리아 출신의 한때 잘나갔던 배우. 지금은 결혼해 두 아이의 엄마이기도 한 그녀가 벌거벗은 채로 이성준에게 폭행당하고 있었다.

"개새끼……."

뿌득!

사진을 보고 이를 뿌득 가는 김은채를 힐끔 본 지영은 다시 사진을 넘겼다. 이성준의 모습이 끝나고, 내, 외곽 경비로 보이는 이들의 사진이 있었다. 수는 대략 스물이 좀 넘는 것 같았다.

"여기도 스물이네."

사진으로 보면 외곽 경비 열둘에, 별장 내부에서 그를 지키는 경호가 여덟 정도로 추정됐다. 사실 적은 수는 절대로 아니었다. 전부 군 출신이라고 가정하면 최소 두 개 분대가 나오기 때문이었다.

이는 매우 위협적인 수였다.

소총으로 무장하진 않았겠지만 만약 권총이라도 휴대했다면 또 총격전이 벌어질지 몰랐다. 사진을 보며 고민하는 지영에게 임수민이 다가왔다.

"슬슬 해 뜰 시간인데, 이번엔 우리 식으로 속전속결로 가는 게 어때?"

속전속결.

나쁘지 않았다.

저 멀리 이미 어둠이 조금씩 걷히고 있는 상황이었다. 그래서 지영은 이번엔 임수민이 제시한 방법을 따르기로 했다.

"방법은?"

"수면 가스."

"수면 가스?"

"진압용 수면 가스. 조금만 흡입해도 바로 기절이지. 많이 마시면 죽을 수도 있지만 뭐, 우리 애들이 기절하면 바로 달려가서 포박하고 정화제 놔줄 거니까 상관없어."

"음… 좋아."

지영이 고개를 끄덕이자 임수민도 고개를 끄덕이곤 바로 움직였다. 만택에게 다가가 몇 가지를 지시하자 그는 바로 폰을 꺼내 3번 작전 실행, 이라 말하고는 바로 끊었다. 3번이 무슨 작전인지는 채 5분이 지나기도 전에 알 수 있었다.

푸슉…….

하얀 꼬리를 물은 로켓 같은 게 사방에서 담을 넘어 별장으로 날아들었다. 야외로 떨어진 게 여섯 개. 그 여섯 개는 정확하게 경계를 서던 이들 발치에 떨어진 다음 연기를 뿜어냈다. 그리고 나머진 별장의 1, 2층 창문을 뚫고 들어가 연기를 수면 가스를 뿜어내기 시작했다. 소란이 확 일어나다가, 싹 수그러들었다.

"경비 시스템으로 신고하거나 그러면 어떻게 해요?"

옆에 있던 김은채의 질문에 임수민은 씩 웃었다.

"추진 장치에 전파 교란 장치도 같이 달려서 소용없어. 수면 가스를 살포할 때 같이 작동해 통신을 다 마비시켰을 테니까."

"와… 저런 건 어디서 구했어요?"

"블랙마켓."

"오… 저도 알려줘요. 호신용으로 몇 개 사놓게."

"후후, 그냥 언니가 몇 개 챙겨줄게."

"셈은 정확히!"

김은채의 말에 임수민은 그냥 피식 웃으며 머리를 쓰다듬어 주곤, 만택이 건네주는 마스크를 지영과 김은채에게 돌렸다.

"슬슬 들어갈까? 오늘 마무리해야지."

"……."

지영은 천천히 고개를 끄덕인 다음, 마스크를 뒤집어썼다. 그러곤 만택을 필두로 천천히 별장으로 내려갔다.

용의 역린(逆鱗)을 건드린 죗값을 치를 시간이 다가오고 있었다.

*   *   *

이성준은 머리가 깨질 것 같은 통증에 일어났다.

"으음… 읍! 우읍!"

하지만 곧 사지가 결박된 걸 알고 저도 모르게 소리를 지르기 시작했다. 하지만 얼마나 단단하게 묶여 있는지 몸은 꿈쩍도 하지 않았다. 몸만 움직이지 않는 게 아니었다. 머리에 포를 뒤집어씌워 놓은 상태라 새까만 어둠만 보일 뿐, 아무것도 보이지 않았다.

사지의 구속.

시야의 박탈.

이 두 가지만으로도 이성준은 지금 미칠 것 같았다.

게다가 입에 뭘 넣어놔서 소리도 지를 수 없는 상태였다.

멀쩡한 사람도 이렇게 해놓으면 엄습하는 공포감에 환장하게 된다. 그런데 군대도 안 갔다 온 이성준은 어디 이런 일과 비슷한 종류의 상황에 처해본 적이 없었고, 그래서 더욱 발악을 해댔다.

"우웁! 우우웁!"

온몸을 흔들어가며 악을 써봤지만 소리는 미약하기만 했고, 몸은 아주 조금 흔들릴 뿐, 여전히 꿈쩍도 하지 않았다.

"안 그러는 게 좋아."

그때 불쑥 들려온 목소리에 이성준은 모든 행동을 멈췄다.

오싹.

소름이 끼쳤다.

창졸지간 들은 목소리지만 마치 무저갱에서 올라온 것처럼 감정이 거세된 목소리였기 때문이다. 누구지? 하고 머릿속에 의문을 품을 때쯤 그 사람의 목소리가 다시 들려왔다.

"안 그래도 겨우 숨만 통하게 해놨는데 그렇게 발악하면 공기가 부족해질 거야. 그럼 그다음은 숨을 못 쉬게 되겠지?"

다시 들려온 목소리에 이성준은 저 목소리의 주인공이 누구인지 파악했다. 자신이 그렇게 무릎 꿇리고 싶었던 놈, 아니, 죽여 버리고 싶었던 놈! 감히 딴따라 주제에 제국의 후계자인 자신에게 대든, 주제 파악도 못 하는 천민!

하지만 이성준은 냉정했다.

이 상황, 지금 칼자루는 상대가 쥐고 있다는 걸 그 짧은 시간에 본능적으로 알아차렸다.

그는 이를 까득 깨물면서도 머리를 재빨리 굴렸다.

'놈은… 어차피 날 죽이지 못해. 흐흐, 어디 천민 주제
에……'

그렇다면?

잘 구슬려서 상처 없이 풀려날 수 있게 딜을 할 때였다. 그
리고 그 상황은 자신이 굳이 나서지 않아도 상대가 먼저 시작
할 거라는 예상이 됐다. 하지만 그는 모르고 있었다. 세상 일
이 지금까지처럼 자신의 뜻대로 돌아가진 않는다는 사실을 말
이다.

게다가 오늘 일도 그랬다.

그가 계획한 것, 모조리 망가졌다. 그리고 그걸 망가뜨린 게
바로 눈앞에 폭군, 강지영 때문이었다.

하지만 여태까지의 성공으로 인해 그는 그 사실을 망각하고
있었다.

망각한 죄는 크다.

당장 여기 잡혀와 있는 것만 해도 알아차려야 하지만, 아쉽
게도 이성준은 거기까지 생각하고 있지는 못했다.

"너는 아직 대화할 준비가 안 됐네."

"우읍……!"

"지금부터 느껴봐. 네가 지시했던 납치라는 게 얼마나 사람
을 미치게 하는지."

"읍!"

"네가 그 고통을, 공포를 전부 이해하고 나면 얘기는 그때부

터 시작하자."

스윽.

"읍! 우읍!"

앞에 있던 지영이 일어나는 인기척에 이성준은 악을 써댔다. 하지만 소리는 나오지 않았고, 그럴수록 숨을 쉬기가 버거워졌다. 그제야 지영이 처음에 했던 말이 떠올라 발작을 멈췄다.

"훅, 후욱… 흐윽, 흐으윽."

겨우겨우 남아 있는 산소로 호흡을 하고 있는데, 끼이익! 하면서 철제문이 닫히는 소리가 났다. 이성준은 그 소리를 들으면서도, 뇌에 산소가 부족하게 전달된 탓도 있지만 그냥 멍했다.

지금… 무슨 일이 벌어지고 있는 거지?

딱 그의 심정이었다.

"하아."

긴 한숨을 내쉰 정순철이 간절한 표정으로 지영을 올려다봤다.

후릅.

하지만 지영은 앞에 있는 잔을 들어 가볍게 마실 뿐, 어떤 말도 하지 않았다. 이성준을 모처에 가둔 지영은 두어 시간 뒤 바로 사무실로 넘어왔다. 정순철의 팀이 호위를 하고 있는 이상 자리를 오래 비울 수는 없었기 때문이다.

그러나 아침에 사무실에 도착했을 때, 이미 정순철이 앞에서 기다리고 있었다. 지영은 아무런 말도 하지 않았다. 정순철도 지영에게 어디를 갔다 왔냐고, 뭐 하다 왔냐고 바로 묻진 않았다. 사무실에 들어오고 나서 지영이 자리에 앉고, 그도 지영의 건너편에 앉아 한참 시간이 흘렀음에도 두 사람 간에 별다른 대화는 없었다.

지영도 굳이 할 말이 없었다.

아니, 할 수 없었다.

제국의 후계자를 납치해 모처에 가둬놨다는 말을 어떻게 할 수 있겠나. 이는 엄연한 범죄였다. 그것도 작은 범죄가 아닌 사회적으로 엄청난 파장을 불러일으킬 중범죄였다. 지영도 이 건에 중대함을 잘 알고 있었다.

하지만 그렇다고 마음이 변한 건 아니었다.

지영은 몇 번이나 다짐했다.

자신과 자신의 사람에게 위해를 가하는 그 어떤 개인도, 집단도 가만두지 않겠다고.

이성준은 위험한 놈이었다.

이놈을 그냥 두면 분명 근 시일 내에 이보다 더한 짓을 저지를 게 확실했다. 자신의 욕구를 위해서라면 타인이 상처를 입는 것 따위는 안중에도 없는 아주 전형적인 소시오패스가 이성준이었다.

이런 놈을 그냥 둔다?

차라리 지금의 직위, 인기, 돈 등을 모조리 버리면 버렸지, 절대로 그냥 둘 수 없었다. 그리고 김지혜가 알아본 정보로 인해 지영은 훨씬 더 정교한 설계를 할 수 있었다.

'설마 국적이 일본일 줄 누가 알았겠어?'

대한민국의 재계 넘버원이라 할 수 있는 오성의 후계자인 이성준이 일본 국적을 가지고 있다는 사실은 극비 중에 극비였다. 그런데 그걸 부뚜막에서는 애초에 들고 있었다. 어떻게 알았냐고 물었더니 예전에 오성과 척을 졌던 정치인의 의뢰로 확보하고 있었다는 답을 줬다. 어쨌든 상황은 더 재미있게 흘러갈 예정이었다.

물론, 그걸 눈앞에 정순철과 공유하고 싶지는 않았다.

'고마운 사람이지. 고마운 사람이지만……'

이 건은 그와 함께하기에는 사안이 너무나 컸다. 만약 잘못되면 지영은 말할 것도 없고, 정순철은 그 즉시 옷을 벗어야 할 것이다.

치익.

"후우……"

밤새 너무 많이 피웠더니 목이 따끔따끔했다. 하지만 서로 아무런 말도 하지 않고 있는 지금, 담배만큼 분위기를 바꾸기 좋은 것도 없었다. 사람의 행동은 때로는 '신호'로 받아들여지니 말이다.

"밤새 대한민국에 존재하는 공식, 비공식 정보 단체가 국내를 아예 이 잡듯이 뒤지고 다녔습니다."

역시, 정순철은 신호로 인식하고 말문을 열었다. 하지만 지영은 아무런 반응 없이 조용히 그 말을 듣기만 했다.

"일단 인천에서 국제 용병 단체를 찾는 데까지는 성공했습니다."

"……."

겨우?

겨우 그 정도만 알아냈다?

지영은 내색은 안 했지만 속으로는 웃었다.

'부뚜막이 찾았고 칠성회도 찾았는데 국내 최고 정보기관이 겨우 용병이 들어온 것만 찾았다고? 뭔 말도 안 되는 소리를……'

한반도가 분단된 이후 대공 첩보부터 시작해 민주화 운동을 거쳐 국내에서 일어나는 모든 일에는 엄청나게 빠삭한 게 정순철이 몸담은 회사다. 그런 회사와 군 기관 등이 겨우 그 정도밖에 못 알아냈다는 건 솔직히 상식적으로 말이 되질 않는다.

'하지만 정말 못 찾았을 수도 있겠지. 이 경우는……'

공작.

첩보 공작이 펼쳐졌을 경우다.

꼬리를 잡다가 뭘 하나만 잘못 건드려 길을 잘못 들으면? 그냥 산으로 가버린다. 그걸 눈치챘을 때는 또 늦다. 왜? 이미 범인은 한참 먼 곳으로 다시 사라졌을 테니까. 인질을 찾는 건 그만큼 시간 싸움이라 할 수 있었다.

"중간에 누, 군, 가, 가… 놓은 덫에 걸려 다섯 시간 거리를 헤매다가 왔습니다."

"흠……."

지영은 듣는 순간 직감했다.

저 덫… 김은채 아니면, 임수민의 작품이라고. 물론 아닐 수도 있었다. 정말 이들의 무능으로 인해 못 찾을 것일 수도 있었다. 지영은 이를 내색은 하지 않았다.

"처음부터 다시 찾고 있습니다만 아직 송지원 씨 행적을 따라붙진 못했습니다."

"……."

후릅.

담배를 비벼 끈 지영은 이번엔 차로 목을 축였다. 지영은 송지원과 칸나를 구했다는 말을 할 수는 없었다, 둘은 칠성회의 안가에 있었고, 아직도 정신을 차리지 못한 상태였다. 이러한 사실을 지영이 말할 경우, 송지원 구출 작전에 지영이 개입했다는 결정적인 증거를 제시하는 꼴밖에 되지 않았다.

그래서 지영은 모든 일이 마무리될 때까지 침묵할 예정이었다.

물론 그에 따라 국내의 모든 정보기관을 발바닥에 불나도록 뛰어다녀야겠지만 지영은 거기까지는 자신이 신경 쓸 바가 아니라고 생각했다.

"아직 하루가 지나지 않았지만 지금 이 상태라면 국내를 빠져나가고도 충분한 시간입니다."

"……."

지영은 다시 말없이 고개를 끄덕였다.

지영은 연기자.

이 대목에서는 입술을 질끈 깨물고, 차갑게 식은 눈빛을 내비치는 것도 빼먹지 않았다.

움찔!

그런 지영의 눈빛에 한 차례 놀란 정순철이 잠시 뒤 한숨을 크게 내쉬었다.

"면목이… 없습니다."

"그 말 하려고 이른 아침부터 찾아왔나요?"

"네?"

"겨우."

"……."

"고작."

"……."

스윽.

지영은 상체를 앞으로 내밀었다.

정순철이 보는 지영의 눈빛은 전에 없이 차가웠다. 마치 5년 만에 한국으로 돌아왔을 때의 눈빛과 매우 흡사했다. 불길하다 못해 영혼까지 얼려 버릴 것 같을 정도로 무심했던 눈빛, 딱 그 눈빛이었다.

"그런 말이나 전하려고 저한테 나서지 말고 맡겨달라고 했던 건가요?"

"그, 그건……."

"난 팀장님을 믿고 이번 사태를 맡겼어요. 그럼 최소한 범인이 누군지 정도는 알아다 줬어야 하는 거 아닌가요?"

이미 다 알고 있다. 그래서 굳이 정순철에게 듣지 않아도 된다.

하지만 그래도 해줘야 했다.

지금 저 말을 들었을 때, 강지영은 평온해서는 안 되니까. 그건 곧 상황을 알고 있다는 게 되니까.

그래서 나온 분노다.

하지만 지금 이 분노에는 진짜도 섞여 있었다.

정말 김은채나 임수민이 중간에 더미를 심었는지는 잘 모른다. 반대로 정말 이들이 무능해서 못 찾을 것일 수도 있었다. 이 둘 중 뭐가 됐든 간에 지영은 그리 마음에 들지 않았다. 사실 이들에게 잘못이 없다고 하더라도, 그냥 마음에 들지 않았다. 지영은 그런 마음이 생긴 지금, 말을 아껴야 된다는 생각이 들었다.

그래서 지영은 그냥 눈을 감고 침묵했다.

하지만 잠시 뒤 침묵을 뚫고 정순철의 목소리가 들려왔다.

"오늘 아침, VVIP께서 특별 담화문을 발표하실 겁니다. 범죄와의 전쟁을 다시 선포하실 겁니다."

"…지금 이 타이밍에요?"

"네, 군과 경, 검찰까지 나서 모든 밀입국 루트를 막고, 조직들을 족칠 생각입니다. 그리고 자수도 동시에 받겠다, 이렇게 발표할 겁니다."

"그게 납치범들을 자극할 수 있다는 생각은 안 해보셨습니까?"

"했습니다, 당연히."

피식.

그런데도 하시겠다?

지영은 다른 속셈이 있음을 알았다.

"발표를 하고 나면 언론에서 매우 부정적인 기사들을 내보 낼 겁니다. 지금 지영 씨가 했던 말대로 괜히 납치범들을 자극 하는 거 아니냐. 그러다 진짜 일 나면 책임질 거냐, 등등의 내 용으로 기사가 나갈 것이고, 2시간 정도 뒤에 그 말은 철회될 겁니다."

"…납치범들을 대담하게 만들겠다는 뜻이네요?"

"네. 그렇게 하면 반드시 자만한 납치범들이 밖으로 나올 것 이라 생각합니다."

"……."

글쎄…….

나올 수 있을까?

이미 지금쯤…….

그들의 생은 끝났을 텐데 말이다.

지영은 이러한 사실을 알지만 당연히 대답은 안 했다.

"사실 너무 모 아니면 도 같은 작전이지만……."

"당장 할 수 있는 게 너무 없는 상황이다, 뭐, 이런 건가요?"

"사실… 그렇습니다."

피식.

저도 모르게 웃음이 나왔다.

대체 누가 이런 생각을 했을까?

"누구 생각입니까?"

"VVIP가 직접 생각하셨습니다."

"그분이요……?"

"네."

"그렇게 하면 임기 중 평판에 결코 좋은 영향은 못 미칠 텐데요?"

"그걸 신경 쓰실 분이 아닙니다. 자국민의 안전을 위해서라면 오욕을 뒤집어써도 상관없다고 하시는 분입니다."

"흠……."

"해볼 수 있는 방법은 수단과 방법을 가리지 말고 전부 해보라고 지침이 내려왔습니다. 설사 욕을 먹는 짓을 해도 자신이 먹을 테니, 절대 걱정하지 말라는 당부와 함께 말입니다."

아…….

지영은 이제야 정순철이 왜 지금 이런 말을 하는지 눈치챘다.

'우리가 이렇게 생각하고 있으니 알려달라, 이거구나.'

생각해 보니까 아마 지금 오성가는 난리가 났을 것이다. 물론 겉으로는 아무런 일도 없이 조용하겠지만 수뇌부는 이성준의 납치로 폭탄을 터뜨린 것처럼 변했을 것이다. 그런 그들이 나서지 않는 이유? 간단하다.

송지원과 칸나의 납치를 의뢰한 게 이성준이기 때문이다.

그러니 겉으로 나설 수가 없었다. 우리 후계가 납치를 시키긴 했는데 뭐가 좀 틀어졌다. 그런데 후계가 역으로 납치당한 것 같다.

그러니 돌려달라.

없던 일로 하고 좀 도와달라.

이렇게 절대 말 못 하고 있는 실정이었다.

그런 상황을 회사는 알아차렸다.

대기업의 동향쯤이야 당연히 파악하고 있는 회사이니, 이쯤에서 외부인의 개입을 알아차렸을 것이다.

'생각해 보면 아침부터 찾아온 이유도 아마 그거였을 건데. 밤을 새서 머리가 좀 둔해졌나 보네. 쯔.'

지영은 속으로 한숨을 내쉬었다.

육체적, 정신적 피로가 상당히 쌓였음을 지영은 알았다. 이런 경우는 다른 거 없다. 그냥 자는 게 최고였다. 하지만 아직 더 해야 할 일이 남아 있었다. 은재도 봐야 했고, 간밤에 찍힌 부재중 20통의 주인공인 임미정과 강상만에게 간밤에 뭘 했는지 해명도 해야 했다. 생각해 보니 할 게 너무 많았다.

빤⋯⋯.

그런 지영을 정순철이 빤히 바라봤지만, 지영은 조금도 내색하지 않았다. 잠시 뒤, 전화를 받은 정순철은 자리에서 일어났다.

"조금만, 조금만 시간을 주십시오⋯⋯."

"⋯⋯."

그 말만 남기고 정순철이 떠나고, 지영은 폰을 꺼냈다.

뚜루루, 뚜루루.

뚝.

—응…….

건너편에서 들려오는 은재의 목소리는 너무 힘이 없었다.

"병원이야?"

—응……. 내 남자는?

"사무실. 목소리가 왜 그래?"

—…….

은재는 대답이 없었다.

다만 미약한 울음소리만 들려왔다. 지영은 고민해야 했다. 본래는 송지원을 구했다는 얘기를 할 생각이 없었다. 이 사실을 모르는 사람이 많은 게 현재는 더 도움이 되기 때문이다. 하지만 은재가 너무 힘들어하는 게 마음에 걸렸다. 최소 일주일은 이렇게 갈 예정인데, 그 일주일을 은재가 잘 견딜지도 의문이었다.

하지만 지영은 결국 얘기하는 걸 선택했다.

일주일?

그 일주일은 은재에게 지옥 같은 시간이 될 것이다. 지영은 결국 이 이야기를 세 사람에게만큼은 얘기를 해야겠다고 생각했다.

"하아… 은재야, 대답하지 말고 듣기만 해. 혹시 지금 주변에 누구 있어?"

—흑… 아니……. 병실에 나 혼자 있어.

"그래, 놀라지 말고. 지원 누나, 지금 무사해."

—······.

놀랐는지 단숨에 울음이 멎는 게 느껴졌다.

지영은 다시 한번 확답을 주기로 했다.

"지원 누나, 내가 구해서 안전한 곳에 모셨어. 그러니 걱정 말고, 평소처럼 행동해 줘."

—······.

대답이 들려오진 않았지만, 지영은 걱정하지 않았다.

똑똑한 은재니까.

이제부터는 지영이 굳이 말하지 않아도 알아서 행동해 줄 것이다.

"이따 저녁에 갈게."

—···응.

대답이 조금 늦긴 했지만 확실히 밝아진 목소리였다. 그 목소리에 지영도 마음이 놓였다. 이후 조금 더 통화를 나눈 지영은 전화를 끊고, 이번엔 임미정과 강상만에게 전화를 걸었다.

"후우."

두 분과 전화 통화를 끝낸 지영은 폰을 내려놓고 길게 한숨을 내쉬었다. 두 분은 화를 내셨다. 그 옛날 이정숙 사건 때 이후 지영은 그렇게 화를 내는 두 분을 처음 봤다. 그래서 아무런 말도 못 하고 납작 엎드려 얘기만 듣고, 해명은 해명대로 하나도 못 하고 전화를 끊어야 했다. 하지만 그런 모든 게 자신을 걱정해 나왔다는 걸 잘 아는 지영은 조금도 서운하지 않왔다.

"후우……."

대신 매우 피곤했다.

어떻게 된 게 작전을 뛰는 것보다 전화통화 몇 군데 돌리는 게 훨씬 지쳤다. 소파에 몸을 깊숙이 묻고 한참을 쉬던 지영은 다시 울리는 전화에 정신을 차렸다. 발신 번호를 보니 임수민, 지영은 바로 전화를 받았다.

"응."

─지원이랑 칸나 깨어났어.

"깨어났어? 상태는?"

스윽.

송지원과 칸나가 깨어났다는 말에 지영은 바로 상체를 세웠다.

─아직 약 기운이 남아서 비몽사몽이긴 한데, 시간이 지나면 괜찮아질 거야. 그리고 다행히 몸에 손은 안 댔어.

"후우……."

최악의 상황 그 아래 단계를 염려했지만 다행히 그런 일은 벌어지지 않은 것 같았다. 지영의 한숨을 들은 임수민이 똑같이 한숨을 내쉰 뒤 물어왔다.

─올래?

"음… 아니, 지금 지켜보는 눈이 꽤 있어서 움직이긴 힘들 것 같아."

─그래. 그럼 내가 지원이랑 칸나한테는 잘 얘기해 둘게. 이

따 정신 차리면 전화도 하게 해주고.

"부탁한다. 그리고 고맙고."

─고맙기는, 어차피 서로 도와야 할 처지에. 그리고 알지? 납치라면 나도 아주 치를 떠는 거. 그러니 너무 고마워할 필요 없어. 끊는다.

전화를 끊은 지영은 얼굴을 비볐다가, 샤워실로 가 찬 물을 가득 맞고 다시 밖으로 나왔다.

사무실은 횅했다.

지영이 아침에 출근하지 말라고 해서 아무도 출근하지 않은 상태였다. 텅 빈 사무실을 보자니 뭔가 허전했지만 지영은 지금은 이것도 나쁘지 않다고 생각했다. 시계를 보니 아침 10시가 슬슬 넘어가고 있었다.

지영은 슬슬 시장기를 느꼈다.

평소 시켜먹던 배달 음식집에 음식을 시키고, 다시 소파에 앉아 티브이를 켰다. 티브이는 여전히 시끄러웠다. 그러다 잠시 뒤, 정순철이 말했던 것처럼 푸른 집 긴급 담화문 화면으로 넘어갔다.

발표하는 사람으로는 이재성 대통령이 직접 나와 있었다. 눈을 부리부리하게 뜬 그는 안 그래도 강직한 얼굴과 합쳐져 매우 무서운 분위기를 풍기고 있었다. 하지만 저 또한 의도적인 얼굴임을 지영은 알았다.

'할 수 있는 방법을 다 하겠다라……'

그리고 그를 위해서 스스로 오물을 뒤집어쓸 작정까지 한 그인 걸 알기 때문에 그런지, 지영은 조금은 미안한 마음이 생겼다.

—대한민국 대통령, 이재성입니다.

평소와는 다른 매우 딱딱한 인사로 발표가 시작됐다. 이어 그는 길게 호흡을 마신 뒤, 단호한 어조로 정순철이 말했던 것처럼 범죄와의 전쟁을 선포하겠노라 선언했다. 또한 이번 송지원 납치 사건에 연관된 조직들은 자진 출두 시, 최대한 사정을 봐주겠노라 발표하고는 인사와 함께 바로 퇴장했다.

평소에는 기자들의 질문을 받았던 그였지만, 오늘은 뒤도 돌아보지 않고 바로 밖으로 나갔다. 당연히 웅성거림을 넘어 마구잡이로 기자들이 질문을 던졌지만, 담화문 발표는 그걸로 끝이었다. 화면이 다시 넘어와 정상 채널로 옮겨갔다.

지영은 가만히 화면만 응시했다.

이재성 대통령의 국민을 생각하는 마음은 지금 저 담화문 발표로 충분히 알았다. 천 번에 이르는 환생을 거친 지영조차 저런 지도자를 본 적은 손에 꼽았다. 아니, 본인이 아니었으면 거의 없었다고 해도 과언이 아니었다.

저게 퍼포먼스도, 쇼도 아닌 진실 된 마음에서 나온 행동이라 솔직히 놀랍기까지 했다. 할 수 있는 모든 방법, 겉으로는 자신이 욕을 먹고 그 아래로 지령을 내려 '수단'과 '방법'을 가리지 말라고 지시하는 대통령이 또 어디 있겠나.

그렇기 때문에 감사했다.

그렇기 때문에 미안했다.

하지만 지영은 뜻을 굽힐 생각이 조금도 없었다.

'힘이 없어서 만악의 근원을 놓아준다고······?'

설사 모든 국민이 지영을 지탄한다고 해도, 모든 국민이 지영을 버린다 해도, 지영은 자신의 사람을 지키기 위해서라면 무슨 짓이든 할 각오가 되어 있었다. 애초에 그 정도 각오가 없었으면 직접 움직이지도 않았을 것이다.

'이성준······.'

지영은 이번 사태를 불러온 놈을 떠올렸다.

같잖게도 놈은 납치를 당한 그 순간에도 지영과 딜을 할 생각을 하고 있었다. 그런 생각을 할 수 있는 이유는 놈은 지영이 자신을 죽일 수 없을 거라는 확신이 있었기 때문이다.

'못 죽인다고? 후후······.'

지영은 아예 죽음보다 더한 고통을, 공포를 놈의 심령에 심어줄 생각이었다. 그 과정에 놈이 폐인이 되어도 신경 쓰지 않을 생각이었다.

똑같은 수준이 아닌 그에 몇 배에 달하는 복수를 지영은 계획하고 있었다.

"저기요! 배달 왔는데요!"

배달원치곤 조금 나이가 많아 보이는 목소리에 지영은 상념에서 깼고, 지갑을 들고 천천히 문으로 걸어갔다. 유리문 밖으로 모자를 푹 눌러쓴 배달원이 철가방을 들고 서 있는 게 보였다.

멈칫.

'흠……'

고개를 푹 숙인 배달원.

그 아래 검은색 마스크.

신장은 대략 180 전후, 운동을 했는지 아주 단단해 보이는 몸에 얼굴은 조금도 보이지 않았다.

지영은 직감적으로 알 수 있었다.

'배달원이 아니네?'

저렇게 몸 좋고, 수상한 분위기를 풀풀 풍기는 배달원이 존재할 리가 없었다. 지영은 고민했다. 문을 열지, 말지. 입고 있는 검은 재킷은 품이 넓어 안에 뭐가 들었는지 확인이 불가능했다.

'만약 총이라도 들고 있으면?'

방탄유리도 아닌 현관문이니, 상황은 진짜 더럽게 꼬인다.

"후, 후우……."

결심이 섰다.

지영은 위험을 감수하더라도 문을 열어 직접 제압하기로 했다. 그러자 멈춰 있던 걸음이 다시 떼어졌고, 어느 정도 가까워지자 고개를 든 배달원이 굵직한 목소리로 말문을 열었다.

"카드 계산 하실 건가요."

지영은 조금 기다렸다가, 문의 고리를 열면서 대답했다.

"네."

지영이 대답하자 한쪽 손이 바로 품으로 천천히 들어갔다. 그걸 보자마자 지영은 문을 확 밀었다.

화악!

퍽!

"윽……."

열린 문이 팔꿈치를 때려 품으로 손이 더 이상 들어가지 못하게 만들었고, 지영은 바로 열린 문틈으로 몸을 비집어 넣으며 나갔다.

빡!

턱에 한 방.

그러나 이번엔 신음조차 흘러나오지 않았다. 게다가 소리는 났지만 정타도 아니었다. 그 짧은 틈에 턱을 비틀어 정타를 피해 버렸다. 딱 그것만 봐도 이자는 배달원이 아니었다.

휘릭!

팔꿈치가 말려 지영의 관자놀이를 노리고 들어왔다.

탁!

그걸 손등으로 올려 치자, 이번엔 무릎이 명치를 노리고 날아들었다. 굉장히 빠른 콤비네이션. 게다가 일격 일격이 전부 치명적이었다. 막은 손이 조금 밀릴 정도로 힘도 엄청났다. 콱! 팔꿈치를 막았던 팔을 그대로 내려 무릎을 막으니, 몸이 조금이나마 붕 떠올랐다. 엄청난 각력이었다.

휘릭!

자유로워진 다른 손이 아래에서 위로, 숏 어퍼로 올라왔다. 지영은 그걸 턱을 비트는 걸로 피해냈다.

팟!

하지만 완벽히 피하진 못했는지 턱 끝을 흉터 가득한 주먹이 스치고 지나갔다. 그런데도 턱이 얼얼했다.

'이 새끼……'

제대로 된 놈이었다.

이번 생에 처음 만나보는 굉장한 실력자였다. 지영은 방심을 바로 버렸다. 한 방 잘못 맞는 순간 그대로 의식이 날아갈 가능성이 컸다.

빡!

정강이에 조인트가 제대로 들어왔다.

인상이 와락 일그러질 정도로 아팠다. 굽에 쇠를 넣었는지 느낌도 굉장히 둔탁했다. 그리고 동시에 짜증이 와락 올라왔다.

퍽!

송곳처럼 말아 쥔 지영의 주먹이 놈의 옆구리에 그대로 쑤셔 박혔다. 제대로 박혔다. 신음은 없었지만 지영은 놈의 몸이 반사적으로 움찔하는 걸 느꼈다. 호흡이 일순간 확 막혔을 것이다.

퍽!

지영은 같은 자리에 한 방을 더 먹였다.

"큽……"

그러자 신음이 흘러나왔다.

하지만 놈도 가만있지 않았다.

빡!

놈이 손바닥으로 지영의 턱을 말아 쳤고, 지영의 고개도 휙 돌아갔다. 툭! 소리가 날 정도로 거세게 돌았고, 턱에 제대로 맞아 의식이 순간 흔들렸을 정도였다. 현기증이 핑 도는 느낌, 딱 그 느낌과 흡사했다.

아작!

하지만 지영은 바로 혀를 씹었다.

쉭!

빠각!

이번엔 반대로 지영이 옆구리를 치던 손으로 그대로 몸을 비틀어 턱을 후려 갈겼다.

"크으……."

맞는 순간 이를 악물었지만 워낙에 지영의 손에 담긴 힘이 거셌고, 턱이 치켜 올라가면서 울대가 그대로 보였다. 놈은 황급히 목을 보호하기 위해 턱을 당겼지만, 지영의 다음 공격은 울대가 아니었다.

팍!

안쪽으로 발을 걸자 놈의 중심이 흔들렸고, 그대로 목깃을 순간적으로 잡아챘다. 그러자 휘청거리는 정도가 아니라 상체가 아예 쭉 끌려 나왔고, 지영은 목깃을 잡은 팔을 그대로 쭉 넣어 목을 휘감았다.

동시에 상체를 띄워 마치 말에 올라타는 것처럼 빙글 돌렸다.

"끄으……!"

정확하게 목을 잡을 지영은 팔뚝 전체에 힘을 준 다음 뒤로 잡아당겼다. 경동맥이 제대로 잡혔다. 놈의 힘이 아무리 좋아도 이 상태에서 할 수 있는 건 없었다. 휙! 하지만 지영은 좀더 확실하게, 혹시 품에서 흉기를 꺼낼지도 몰라 몸을 띄워 발로 팔을 꽉 압박한 다음 그대로 뒤로 넘어졌다.

"흡······!"

호흡을 딱 멈추고 기다리기를 수 초, 쿵! 상당한 충격이 등에서 느껴졌다.

퍽! 퍽! 빠각!

떨어진 직후 팔꿈치와 주먹으로 지영의 허벅지를 내려쳤지만 지영의 눈빛은 이미 새파랗게 빛나고 있었다. 게다가 압박이 제대로 들어가 있어 힘도 제대로 전달되지 않는 상태였다.

"소용없어······."

지영은 씩 웃었다.

스멀스멀 그가 기어 나왔다.

"크으······."

"각오는 하고 왔으니까 후회는 없지?"

지영은 착 깔린 목소리로 귀에 대고 그렇게 소곤거리자, 놈은 움찔움찔 놀라는 기색을 보였다. 이제야 제대로 된 반응에 지영은 웃는 낯으로 목을 감고 있는 팔에 더 힘을 줬다.

꽈악!

일주일에 최소 5일 이상을 단련시킨 몸이다. 왜 그 힘든 단련을 유지해 왔냐고? 바로 지금 이런 순간을 대비하기 위해서였다. 한계까지 단련된 몸은 지영의 의지대로 아주 훌륭하게 상대의 숨통을 조이고 있었다.

"크륵……."

슬슬 뇌에 공기가 통하지 않아 이상이 생길 시간이었다.

거품 무는 소리가 들렸지만 지영은 여전히 아랑곳하지 않고 목을 감은 팔에 힘을 유지했다.

픽! 픽, 픽…….

허벅지를 때리는 겨우겨우 때리는 손에서도 힘이 빠져나가고 있었다. 그리고 이윽고 움직임이 멎으며 축 늘어졌다. 하지만 지영은 방심하지 않았다. 만약 페이크라면? 겨우 잡은 승기를 그냥 수평으로 되돌려 버리고 만다.

지영은 죽지 않을 정도로 조이고 있다가, 확신이 들고 나서야 풀고 일어났다.

"……."

자리에서 일어난 지영은 축 늘어진 '킬러'를 바라보다가 머리채를 잡아당겨 세웠다. 분노가, 살의가, 무럭무럭 솟아올랐다.

누가 보냈는지는 중요하지 않았다.

안 그래도 더러운 기분에 이런 짓거리를 했다는 사실만이 지영을 지배해 가기 시작했다. 하지만 최대한 냉정을 유지했다.

끈적끈적하면서도, 반대로 빙하보다 차디찬 살의를 내뿜는 폭군을 겨우겨우 넣은 지영은 킬러의 목을 잡았다.

"죽이지는 않아. 죽이지는 않는데……."

앞으로 이 짓거리는 못 하게 해줄게…….

지영은 손을 뻗어 목과 턱을 잡았다.

그때 의식을 차렸는지 부스스한 표정을 눈을 뜬 킬러가 지영을 보고 흠칫! 놀라가는 게 보였다.

"안……."

안 된다고?

"돼."

휙!

우드득!

털썩.

목이 돌아간 채 쓰러진 킬러를 보던 지영은 그제야 천천히 상체를 완전히 세웠다.

"후우……."

아주 짧은 공방이었다.

하지만 온몸에서 땀이 비 오듯 흐르기 시작했다. 동시에 조금 회복되었던 정신력과 체력이 다시 바닥을 찍었다.

"씨발……."

절로 욕도 나왔다.

설마 이렇게 대놓고 자신을 노릴 줄은 예상도 못 했다. 뻐근한 통증이 올라오는 걸 애써 무시한 지영은 다시 상체를 숙여 킬러의 품을 뒤졌다. 아니나 다를까, 안쪽에서 소음기가 장착된 권총 한 자루가 나왔다.

장탄수 25발의 글록이었다.

지영은 총에서 탄을 빼낸 뒤 안도의 한숨을 내쉬었다. 그 짧은 틈에 문을 확 열어 팔꿈치를 쳐내지 않았다면 꼼짝없이 미간에 총구가 겨눠졌을 것이다. 이놈의 목적이 지영의 죽음인지, 납치인지, 아니면 다른 목적이 있는지 모르지만 이 정도 되는 실력자라면 지영은 허튼짓을 절대 못 했을 것이다.

그걸 상기하자 다시 분노가 치밀었다.

하지만 지영은 애써, 정말 애써 그 분노를 다시 찍어 눌렀다.

여기서 분노가 더 오르면 푸들푸들 떨고 있는 킬러의 목줄을 끊어버릴 것 같았다. 지금은 이놈을 죽여서는 안 되는 상황이었다.

누가 보냈는지, 목적이 뭔지, 그걸 반드시 캐내야 했다.

고문을 하든, 약을 놓든 해서 말이다.

총과 나이프 세 개를 회수한 지영은 놈을 속박하기 위해 끈을 찾으러 가는 중에 멈칫했다. 그러곤 고개를 갸웃했다.

잠깐⋯⋯.

'내가 배달 음식을 시켰는지 어떻게 알았지?'

이미 놈은 알고 있었다.

그러니 배달 철가방을 들고 온 거다.

지영이 음식을 시켰으니 자연스럽게 문을 열게 하려고.

지영은 천천히 몸을 돌렸다.

'도청⋯⋯.'

알고 있었으니 문제는 어떻게 알고 있었느냐인데, 그 답은 역시 도청밖에 없었다. 지영은 일단 서랍에서 케이블 타이를 찾아 놈의 팔다리를 단단히 구속했다. 그러곤 천천히 사무실을 돌았다.

사무실 CCTV가 해킹당했을 일은 없었다.

이 사무실은 그쪽 업계에서는 넘버원인 대성 쪽 업체를 이용 중이니까.

'그럼 그 외의 기기인데······.'

감청도 아닐 거라고 봤다.

이미 지영의 사무실 건물과 주변은 정순철의 회사 쪽에서 전부 검증을 끝냈으니까. 그러니 도청이 분명한데, 딱히 의심 가는 게 없었다.

장비를 가져와서 돌리면 되지만 지금은 그러지 않기로 했다. 자신의 행동이 빤히 보이는 중일 수도 있단······.

"잠깐, 행동?"

도청기만 붙였을까?

아니, 잠시만······.

지영은 사무실 직원들이 쓰던 책상으로 시선을 돌렸다.

반짝반짝.

오선정이 쓰는 작업용 노트북 카메라가 붉은빛을 내고 있었다. 항상 철저하게 사무실을 점검하고 퇴근하는 꼼꼼한 그녀가 노트북을 켜놓고 갔다? 지영은 그럴 일은 없을 거라고 봤다. 노트북은 닫혀 있는 상태니 영상은 보이지 않을 것이다.

하지만.

'카메라 기능을 통한 해킹. 도청······.'

화상 채팅 기능을 연 다음, 음성만 따로 잡아낸 게 아닌가 싶었다. 이렇게 되면 분명 정순철과의 대화도 다 들었을 것이다. 하지만 지금 당장 그게 중요한 건 아니고, 지영은 도청이 된 이유가 노트북일 거라고 봤다.

하지만 바로 손을 대지는 않았다. 컴퓨터를 어느 정도 만질 줄은 알지만 전문가가 작정하고 해킹한 걸 찾아낼 실력까지는 아니었다.

지영은 화장실로 폰을 꺼내 정순철에게 전화를 걸었다.

뚜루루, 뚜루루.

—네, 지영 씨.

"저예요."

—네, 무슨 일이십니까?

이전과는 다른 사무적인 목소리였다. 아마 아침의 일로 지영에게 조금 서운한 게 분명했다. 하지만 지영은 그걸 받아줄 생각이 없었다. 서운? 이쪽은 좀 전에 목숨을 걸고 싸웠다. 한 끗 차이가 생과 사를 가르는 그런 싸움을 벌였는데, 겨우… 서운? 지영은 그리 성인군자가 아니었다.

"좀 전에 킬러가 저를 찾아왔습니다. 싸움이 있었고, 지금 제압해 놓은 상태입니다."

—네? 지금 뭐라고 하셨습니까? 킬러요?

"네, 근데 별로 관심이 없으신 것 같네요. 이자는 제 선에서 처리하겠습니다."

—자, 잠깐! 잠깐만요, 지영 씨!

"뭔가요?"

—지, 진짜 킬러가 찾아왔습니까?

피식.

"그럼 내가 이런 상황에 당신이랑 농담 따먹기 하자고 이런 말을 하는 것 같나요?"

—……

호칭이 변했다.

이는 이제 거리를 두겠다는 뜻이었다.

호칭의 변화를 그도 느꼈는지 침묵했고, 지영은 바로 전화를 끊었다. 이제 정순철 팀장과는 끝이다. 더불어 회사고 나발이고 협조는 죄다 끝낼 생각이었다. 문 앞으로 다시 가니 킬러는 침을 줄줄 흘리며 부르르 떨고 있었다. 지영은 그런 놈의 발을 질질 끌고 사무실 안으로 들어왔다. CCTV도 전부 끄고, 노트북도 전원을 종료시켰다. 지영은 킬러를 세워 의자에 앉힌 다음 단단히 고정했다.

돌려 버린 목이 덜렁거리는 감이 있었지만 그래도 적당히 시선을 맞출 정도는 됐다. 그다음 다시 문을 잠그고 안쪽에서 셔터까지 내린 다음 돌아와, 놈의 앞에 앉았다.

놈의 눈은 거의 풀려 있었다. 신경 손상이 많이 와 침이 줄줄 바닥으로 흐르고 있지만, 지영은 알 수 있었다. 풀린 것 같은 저 눈, 저 눈빛 속에 깃든 감정을.

야수 같은 놈이었다.

이런 놈은 마지막에 마지막, 정말 최후의 순간까지 절대 포기하지 않는 놈이었다. 지영은 목을 돌려 버리길 정말 잘했다고 생각했다. 어설프게 제압했으면 100% 다시 지영을 죽이려 달려들었을 것이다.

"지금부터 질문을 할 거야."

"크으……."

"질문에 성실히 대답해 준다면 매우 큰 보상을 주지. 네 목숨, 살려주마."

"……."

"혹여, 내가 알려진 사람이라고 살인에 부담을 가질 거라는 생각을 하고 있다면 지금 당장 버려. 어차피 너는 호적도 없을 킬러……. 사고사 정도면 무난하겠지. 그리고 너도 나에 대해 대충 조사는 해봤을 거 아냐? 딱 보니 군 출신인 것 같던데."

동양계 군인.

외모만으로는 중국계인지, 일본계인지, 그도 아니면 한국계인지 확실치는 않았다.

"어쨌든 이제 얘기를 시작해 볼까? 부디 잘 선택해. 살아서… 이곳에서 나가고 싶으면."

덜컹덜컹!

쾅쾅!

"지영 씨! 지영 씨, 안에 계십니까!"

"문 좀 열어주십시오!"

센스도 참 없다.

하지만 지영은 전혀 아랑곳하지 않았다. 어차피 정순철이 근처에 있던 회사원들을 보낼 거라는 건 충분히 예상하고 있었다. 그래서 문도 닫고, 셔터도 내려 버린 것이다. 앞에 유리문은 그냥 일반 유리문이지만, 셔터는 꽤나 단단해서 열려면 고생 꽤나 해야 할 것이다.

"자, 누가 보냈지?"

"……."

끔뻑이기만 하는 눈동자.

지영은 아차, 하는 표정을 짓고는 씩 웃었다.

"말 못 하지, 지금? 그럼 예스, 노로 가자. 맞으면 눈을 두 번 깜빡이고, 아니면 한 번 깜빡이고. 오케이?"

"……."

깜빡, 깜빡.

그 움직임에 지영은 피식 실소를 흘렸다.

"그래도 살고는 싶은가 보네. 남은 무수히 해친 개새끼 주제에. 자, 질문. 오성에서 보냈나?"

"……."

깜빡, 깜빡.

인간은 살고 싶어지면 무슨 짓이든 한다. 지금 눈앞에 이자가 그랬다. 이미 현 상황이 지영이 놓아주지 않는 이상 살 수 있는 확률이 거의 없었다. 그러니 지영의 질문에 이리 순순히 답하고 있었다.

생존 본능.

인간의 욕구 중 가장 강력한 욕구의 발현이었다.

"좋아, 오성……. 그럼 누가 보냈지? 이성준?"

"……."

깜빡.

이번엔 아니라는 뜻이었다.

지영은 웃음기를 지웠다. 이성준이 아닐 거라는 건 사실 예상하고 있었다. 그 자식은 이미 지영에게 잡혀 있으니 그러고 싶어도 그럴 수 없는 상황이기 때문이었다. 그렇다면 오성가의 다른 사람이 나섰다는 뜻이었다. 그것도 킬러를 고용할 수 있을 정도의 위치에 있는 자면서, 이성준과 지영의 관계를 전부 알고 있는 자란 뜻도 됐다.

이는 썩 유쾌한 일은 아니었다.

"목적은? 내 목숨?"

"……."

깜빡.

호오… 목숨이 아니다?

"그럼 납치?"

"……."

깜빡, 깜빡.

피식.

납치……. 또 납치다.

지긋지긋한 단어였다.

이번 생에는 어째 떼려야 뗄 수가 없는 단어 같았다. 짜증이 왈칵 올라왔지만 지영은 여전히 침착한 낯을 유지했다.

"납치해서 뭘 알아내시려고? 니들이 날 납치할 이유가 있었나?"

"두……."

"호오……."

아주 작은 한 단어였지만 그 단어로 지영은 오성가에서 왜 킬러를 보냈는지 알 수 있었다.

두, 둘이란 말을 하고 싶었을 거고, 그다음 단어는 아마 도련님이란 단어였을 것이다. 즉, 새벽에 사라진 둘째 도련님, 이성준을 찾으러 왔다는 소리였다. 그곳에 있던 경호원들은 전부 칠성회에서 구류 중이니 거기서 정보가 새어 나갔을 리는 없었다.

'오성쯤이면 따로 채널이 있겠지.'

지영이 직접적으로 납치에 개입했다는 것까지는 못 밝혀냈어도, 최소한 이성준이 지영을 치려고 송지원과 칸나를 납치했다는 것쯤은 알고 있을 것이다. 로열패밀리라도 비서실, 혹은 감찰실의 감시를 피할 수는 없을 테니까.

당연히 비상이 걸렸고, 이들은 후계가 잘못되기 전에 극단적인 선택을 했다.

'인질 대 인질……. 교환인가?'

그럴 가능성이 매우 높았다.

아마, 이번 일에 칠성회가 개입한 것도 눈치는 채고 있을 것이다. 칠성회의 대모가 임수민이라는 것까지는 몰라도, 충분히 CCTV를 통해 어느 정도 윤곽은 잡았을 것이다. 칠성회가 개입됐다는 걸 안 순간, 그들로서는 선택지가 없어졌다. 범죄에 대해서는 일말의 자비도 베풀지 않는 다크 히어로에 가까운 칠성회니, 협상이고 나발이고 뭘 하기 전에 지영을 납치할 선택을 했다. 이는 당연한 선택이기도 했다.

"맞불이라 이건가……."

하지만 너무 급했다.

지영이 어떤 인간인지 알았으면 절대로 이자 혼자 보내지 않았을 것이다. 결과적으로 급하게 내던진 패는 최악의 결과를 불러왔을 뿐이었다.

쾅쾅!

"지영 씨! 저 정순철입니다! 지영 씨! 문 좀 열어주십시오!"

근처에 있던 건지, 아니면 오던 중이었는지 전화를 끊고 20분이 채 지나지 않았는데 정순철이 도착했다.

문을 힐끔 한번 바라본 지영은 다시 킬러에게 시선을 맞추고 씩 웃었다.

"내가 저 문을 열면 넌 살 수 있어."

"……."

"그러니 넌 내가 저 문을 열게 해야 돼. 여기서 문제, 네가 어떻게 해야 내가 저 문을 열까?"

"……."

"목숨이 소중하면 그걸 건질 만한 대가를 내게 내놔봐."

"……."

"시간은 오 분. 네 생사가 결정될 시간이다."

드르륵.

지영은 의자를 돌린 다음 테이블에서 은색 케이스와 지포 라이터를 들고 다시 돌아왔다.

치익.

"후우……."

하얀 연기.

아마 킬러에게는 이 담배 연기가 악마가 뿜어내는 입김처럼 보일 것이다.

"사 분."

"……."

담배가 반쯤 타들어갔다.

"삼 분."

치이익…….

2분, 1분.

시간은 속절없이 흘러갔다.

마침내 다 태운 담배를 종이컵에 비벼 끈 지영은 천천히 자리에서 일어났다. 그러곤 목도 제대로 가누지 못해 겨우 눈동자만 돌려 자신을 쳐다보고 있는 킬러를 향해 천천히 웃어줬다. 진득한 웃음이었다.

지영도, 그도 서로 잘 아는 웃음.

살의 가득한 그런 웃음.

저벅저벅.

이윽고 지영이 다가가기 시작하자, 킬러가 체념한 눈빛으로 천천히 겨우 입술을 움직였다.

"즈… 거를… 내노……."

씨익.

지영은 그 말에 가던 걸음을 멈추고 씩 웃었다.

"현명한 선택이야."

목숨보다 소중한 건 세상에 없으니까.

나직하게 나온 뒷말은 그에게도, 그리고 스스로에게도 던진 말이었다.

"찾았어? 내용은?"

―제대로야. 이 정도면 오성을 무너뜨릴 순 없어도 한동안 납작 엎드리게 할 순 있을 것 같은데?

"그래? 알았어. 그거 보관 잘 부탁해."

―맡겨둬.

뚝.

전화를 끊은 지영은 여전히 침을 줄줄 흘리고, 이제는 눈이 거의 돌아가기 직전인 놈을 바라봤다.

놈이 거래 내용과 금액을 받은 정보가 담긴 USB의 위치를 불고, 30분이 지났다. 지영은 바로 임수민에게 연락해 그 위치를 말했고, 지금 내용을 확인했다. 아마 이놈에게 30분이란 시간은 30시간보다 길게 느껴졌을 것이다.

선수일수록 자신의 몸 상태를 더 잘 아니, 더 이상 치료받는 걸 지체했다간 평생 불구로 살아야 한다는 것 정도도 알고 있었다. 그래서 오히려 빨리 찾아주기를 바랐을 것이다. 그리고 지금 놈의 입가는 미세하게 말려 올라가 있었다. 살 수 있단 희망이 있어서였다. 지영은 다시 그놈 앞에 앉았다.

"머리 굴리면 목을 아예 돌려 버릴라 그랬는데, 현명한 선택이었어."

"바……."

"빨리 풀어달라고?"

"……."

대답은 하지 못했지만 놈의 눈에 간절함을 지영은 발견했다. 지영은 오래 끌지 않기로 했다. 더 대화를 나누다가는 정말 목숨이 날아갈지도 모를 정도였기 때문이다.

"다시 몸을 회복하면 제발 평범하게 살아. 내가 당신 지켜볼 거야. 만약 선수로 다시 나오면… 그땐 반만 안 돌려."

"……."

"내 말 명심해. 난 두말 안 하니까."

스윽.

대답도 듣지 않고 자리에서 일어난 지영은 바로 문으로 갔다. 그러곤 셔터를 올렸다. 그러자 지친 표정으로 밖에 서 있는 회사원들과 정순철 팀장이 보였다.

"……."

"……."

지영은 잠시 그들을 바라보다가 문을 열었다.

끼이익.

문이 열리자 회사원들이 바로 움직였고, 지영은 말없이 옆으로 비켜섰다. 지영을 스쳐 안으로 들어간 요원들은 곧바로 킬러에게 다가가 그의 신병을 확보, 밖으로 끌고 나갔다. 그때까지 지영은 아무런 말도 하지 않았다.

사실 할 말도 없었고, 말을 섞고 싶지도 않았다.

"지영 씨, 정말 죄송합니다."

다 내려가고 나자 정순철이 고개를 숙이며 사과를 해왔다. 하지만 지영은 이 사과를 받고 싶지 않았다.

"……."

그래서 그냥 말없이 다시 안으로 들어왔다.

소파에 앉자 긴장감이 풀리면서 통증이 쫙 몰려들었다. 특히 조인트를 맞은 정강이, 목을 졸라 뒤로 넘어졌을 때 시멘트 바닥에 부딪친 등에서 지끈거리는 통증이 느껴졌다. 마치 열병처럼 그곳에서만 불이 나는 것 같았다.

턱도 아팠다.

저릿하면서도 뻐근한 게 최소 근육이 상한 것 같았다.

통증이 올라오자 짜증이 다시 올라왔다.

이런 상황을 잊을 만하면 겪어야 하는 자신의 신세에 욕이 나올 지경이었다. 하루 24시간이 지나기도 전에 한 일, 당한 일을 생각하면 결코 자신의 직업이 배우라고 부르기 너무 힘들 지경이었다.

이러고 싶지 않았다.

"나도 이러고 싶지 않다고……."

그런데 어떡하나.

자꾸 이런 상황이 벌어지고 있는 것을.

마치 일이 자신을 중심으로 몰려들고 있는 것 같은 기분마저 들 정도였다. 아무리 평범하게 살고 싶어도 그날을 기점으로 범인은 평생 한 번 당하기도 힘든 일들이 잠잠해질 때만 되면 몰려들었다.

암살, 테러, 언론 테러, 납치, 폭력까지 온갖 일이 지영을 향해 달려들었다.

"후우… 정말, 정말 죄송합니다."

"아니요, 죄송하지만 오늘은 좀 혼자 있고 싶습니다."

"…네, 알겠습니다."

정순철은 말없이 자리에서 일어나 밖으로 나갔다. 그가 나가자 지영은 문을 다시 걸어 잠그고 돌아왔다. 소파에 앉아 지영은 멍하니 천장을 바라봤다. 눈을 어지럽히는 기하학 문양들을 보다 보니 자신의 삶과 닮아 있다고 생각이 들었다. 동시에 이런 생각도 들었다.

'나는 지금… 잘하고 있는 걸까?'

맞는 길을 걷고 있는 걸까?

슬프게도 이번엔 그런 생각이 들었다.

하지만 곧 헛생각하지 말라는 것처럼 테이블 위에 올려놨던 폰이 울어댔다.

지잉, 지잉.

힐끔 번호를 보니 임수민이었다.

"응."

—지영아…….

벌떡.

송지원의 목소리였다.

"누나?"

—응…….

"몸은요? 괜찮아요? 어디 아픈 데는 없어요?"

—지영아… 흑!

"……."

너무 놀랐는지 지영의 목소리에 바로 눈물을 터뜨리고 마는 송지원이었다. 지영은 그녀의 울음에 입술을 꾹 깨물었다.

좀 전에 자신이 했던 생각을 반성했다.

잘한 일이었다.

만약 지영이 나서지 않았다면?

'누나가 이렇게 안도의 울음을 터뜨리지도 못했겠지…….'

최악의 경우는 정해져 있으니 말이다.

그러니 극단적인 선택에, 똑같이 극단적인 선택을 한 건 정말 잘한 일이란 생각이 들었다.

—흑, 흐으윽. 흐아앙……!

결국 송지원은 크게 울음을 터뜨렸다.

불안했을 것이다.

무서웠을 것이다.

공포와 두려움에 덜덜 떨었을 것이다.

납치라는 게 그런 것이다.

말초적인 공포까지 자극하여 그 사람의 정신을 아예 파괴시키는…….

이겨내는 것? 정말 너무나 힘들다.

김은채가 그랬다.

어렸을 적, 정말 몇 시간 안 되는 납치로 인해 그녀의 인성은 완전히 변해 버렸다. 독기를 가득 머금고, 악에 받치게 만들었다. 그리고 그건 지금이 되어서도 거의 낫지 않았다. 그저 감추고 있을 뿐이었다.

지영이야 그런 일이 없긴 했다.

하지만 지영은 일반인과는 너무나 달랐다.

납치로 인해 정신이 파괴되기엔 살아온 세월이 너무나 많았다.

"후우……."

절로 한숨이 나왔다.

지켜준다고, 기다리라고 해놓고 결국은 지키지 못했으니까. 결국은 너무나 무서운 일을 경험하게 했으니까.

"미안해요, 누나. 지켜준다고 해놓고서. 못 지켰어요."

―흐윽, 아니야. 아니야……! 미안, 정말… 너 그런 말 하지 마……. 고마워, 흑흑……. 정말 고마워.

울먹이면서도 그녀는 다시 고맙다는 말을 연달아서 지영에게 건넸다. 지영은 대답하지 않았다. 이후로도 그녀의 울음은 계속됐고, 지영은 그냥 말없이 전화기를 들고 있었다. 그녀가 울음을 그칠 때까지 계속, 지영은 그 자세로 그녀의 울음을 들어줬다. 그러면서도 계속 생각하는 한 가지…….

그녀가 무사해서 다행이었다.

*　　　　*　　　　*

한참을 울고 그녀가 전화를 끊었고, 10분쯤 뒤에 다시 임수민에게 전화가 왔다.

─지원이 다시 잠들었어.

"그래. 칸나는?"

─아직 자는 중. 중간에 잠시 깼는데 생각보다 많이 의젓하던데? 구해졌구나. 이 한마디만 남기고 다시 스르륵 기절.

"다행이네. 내용은 다 확인해 봤어?"

─지금 확인 중이야. 일단 몇 가지는 사실로 판명됐고.

"후우……."

목줄까지는 아니지만 이 정도면 옆구리에 칼을 들이밀고 있는 상황이 됐다. 지금으로서는 전혀 나쁘지 않은 상황이었다. 하지만 반대로 완전히 좋다고 말하기도 힘들었다.

왜? 오성가에서 이성준의 납치 범인으로 이미 지영을 찍었기 때문이다. 면밀히 살펴보아도 아마 지영이 범인이라는 증거는 이성준이 아니면 찾기 힘들 것이다. 지영이나 임수민의 일 처리가 그리 허술하지 않았기 때문이다.

하지만 상대는 오성가.

이들은 심증도 확증으로 만들 저력을 가지고 있었다.

이 말은 곧 지영이 범인이 아니어도 진심으로 나서면 지영을 범인으로 만들 수 있다는 뜻이었다.

이로써 상황이 아주 대차게 꼬였다.

지영만 좋은 상황에서 양쪽도 좋고, 양쪽 다 나쁜 상황으로 전개되기 시작됐다.

─그놈 어쩔 거야? 선수까지 보낸 걸 보면 아무래도 오성은 널 찍은 것 같은데.

"내 생각도 그래. 후, 이렇게 되면……."

─답은 하나밖에 없지.

"……."

그래, 답은 정말 하나밖에 없었다.

뭐냐고?

죽은 자는 말이 없다.

이 유명한 말이 답이었다.

하지만 이것도 좀 쉽지 않은 게, 이성준을 정말 죽여 버리면 오성가는 무조건 지영을 무너뜨리려 덤벼들 것이다. 그동안 오성가가 강제 흡수하거나 무너뜨린 기업들만 봐도 답이 딱 보였다.

개인 대 기업, 아니, 제국 간의 싸움이 된다.

물론 지영의 편이 없는 건 아니었다. 하지만 제국이라 칭할 수 있는 오성에 비해서는 미미할 뿐이었다.

지영은 골치가 아파졌다. 이런 복잡함이 정말 싫었다. 그러나 무시할 수도 없는 상황. 올라오는 짜증을 누린 지영은 큰 한숨과 함께 말문을 열었다.

"놈은?"

─고래고래 악을 쓰다가 이제는 비루먹은 개새끼처럼 덜덜 떨고 있지.

"그래, 일단 예정대로 진행하자."

─알았어. 혹시 무슨 일 있으면 연락하고.

"응."

뚝.

전화를 끊은 지영은 폰을 내려놓고 얼굴을 비볐다. 역시 세상사 쉽게 가는 법이 없었다. 그래서 몸과 마음을 매우 지치게 만들고 있었다. 지영은 좀 쉬고 싶었다. 하지만 지잉! 지잉! 또다시 폰이 울어댔다.

발신 번호 표시 제한.

지영은 전화를 받을까 말까 하다가 받기로 했다.

"네, 강지영입니다."

─지영 씨, 저 이재성입니다.

"어… 아. 네, 대통령님."

지영은 드물게 말을 버벅거렸다.

전혀 예상치 못한 사람이었다.

이재성 대통령.

VVIP라고 부르기도 하고, 스페셜 원이라고 부리기도 하고, 대통령이라고 부르기도 하고, 푸른 집 주인이라고 부르기도 하고, 그냥 취향껏 부르지만 어쨌든 현 대한민국 대통령이었다.

―몸은 괜찮으십니까?

"……."

대통령의 존칭.

솔직히 어색했다.

하지만 이재성 대통령이라 이해가 갔다.

"네, 괜찮습니다."

―미안합니다. 좀 전에 보고받았습니다. 이게 다 부덕한 제 탓입니다.

대통령의 사과에 지영은 신기한 기분이 들었다. 물론 전생에서 몇 번 군주의 사과를 받은 적이 있긴 했다. 하지만 친우였을 때 빼고는 전부 마지못해 하는 사과들뿐이었다. 세계가 나이를 먹으면 먹을수록 더더욱 그 빈도는 낮아졌다. 그리고 지금은 거의 없었다.

최고 권력자.

혹은.

최고 결정권자.

이재성 대통령이 가장 싫어하는 말이지만 그는 부정해도 최고 권력자였다. 그런 사람에게 진심이 담긴 사과를 받으니 기분이 오묘했다. 지영이 아무런 말을 안 하자 그가 다시 입을 열었다.

―이번 일로 지영 씨가 많이 상심하신 것도 잘 압니다. 하지만 그들에게 한 번만 더 기회를 줄 순 없겠습니까?

"아닙니다, 대통령님. 제가 뭐라고 그들에게 기회를 주는 걸 결정하겠습니까."

─정 팀장은 그렇게 생각 안 하는 것 같습니다, 하하.

"팀장님에게는 항상 고마워하고 있습니다."

─그렇습니까, 근데 그 정 팀장이 지금 매우 자책하고 있습니다. 회사에서도 징계를 내릴 것 같더군요.

"……"

징계라…….

좀 전의 일이 징계를 받을 사안일까?

아니라고 할 수는 없었다.

아니, 경계 부주의로 징계를 먹어도 할 말이 없었다. 그들이 안도의 한숨을 쉴 수 있는 건 지영이 그를 제압했기 때문이다. 만약 지영이 다치거나 했으면? 결과는 진짜 최악으로 치달았을 것이다. 옷 벗는 정도로는 끝나지 않는, 그런 결과 말이다. 그리고 지영은 왜 이재성 대통령이 이런 말을 하는지도 깨달았다. 기회를 달라는 건 사실 핑계일 뿐이고, 오늘 일로 회사원들과 거리감을 두지 말았으면 하는 부탁을 돌려 말한 것뿐이었다. 지영은 속으로 한숨을 내쉬었다.

이렇게까지 하는데 고집을 부릴 수도 없었기 때문이다.

"알겠습니다, 대통령님."

─고맙습니다. 고마워요.

대답하기 무섭게 바로 고맙다는 이재성 대통령에게 지영은 하마터면 혀를 찰 뻔했다. 생각해 보니 이 사람, 대한민국 정점에 있는 정치가이기도 했다. 말로는 어지간해서 이겨내기 어려웠다.

—그리고 지원 양, 강한나 양 일은 제가 장담합니다. 반드시 무사히 구출해 내겠습니다.

"…네, 부탁드립니다."

—모든 일이 마무리되면 제가 초대 한번 하겠습니다. 그때 식사나 같이합시다, 하하.

"네."

이어 조금 더 전화 통화를 하다 끊은 지영은 '후우…' 한숨을 내쉬었다. 하지만 여전히 쉴 틈이 없었다.

지잉, 지잉!

다시금 발신 번호 표시 제한으로 전화가 오고 있었다.

또 모르는 번호.

지영은 가만히 폰을 바라봤다.

이재성 대통령과 달리 이번엔 뭔가 기분이 이상했다. 지영은 손을 뻗어 폰을 쥐었다.

악의(惡意).

기묘하다.

아직 전화를 받지도 않았는데 이런 느낌이 들다니…….

그사이에도 폰은 지잉, 지잉 잘도 울어댔다. 지영은 버튼을 눌러 그 울음을 없앴다.

"네, 강지영입니다."

—강지영 씨?

"네, 누구시죠?"

―저는 오성그룹 비서실 실장 장훈입니다.

"……."

오성그룹 비서실.

게다가 실장…….

거물이 뜨셨다.

비서실이면 회장 직속이다.

실장이면 실세 중에 실세라고 봐도 좋았다.

"무슨 일이십니까?"

―좀 만났으면 합니다.

"저랑요?"

―네.

피식.

의도가 빤히 보였다.

그런데 만나자고?

지영은 군이 그럴 필요를 느끼지 못했다.

"글쎄요. 제가 그쪽을 군이 만나야 할 필요가 있나 싶습니다
만."

―서로에게 유익한 만남이 될 거라 자신합니다.

서로에게 유익하기는 개뿔…….

지영은 이자가 왜 자신을 만나자고 하는지 이미 알고 있었
다. 킬러를 보낸 놈들이다. 어쩌면 직접적으로 보낸 놈일 수도
있었다. 그런 놈이 이제 와 만나자고?

'순서가 바뀌어도 너무 바뀌지 않았냐?'

피식.

이번엔 대놓고 조소가 흘러나왔다.

"죄송합니다만, 저는 그렇게 생각되지 않는군요."

—강지영 씨?

"네."

—만나시는 게 좋을 겁니다.

얼씨구…….

하기야, 급하기도 하겠다.

다른 사람도 아니고 후계가 현재 납치 상태이고, 급하게 보낸 선수도 이미 박살이 난 마당이니 저쪽에서 할 수 있는 액션은 사실 그리 많지도 않았다. 그리고 그 몇 개 안 되는 액션 중에 가장 확실한 방법은 바로 지영을 만나 직접 협상을 하는 것뿐이었다. 그러니 이렇게 대놓고 협박도 서슴지 않았다.

직접 찾아오지 않는 이유?

이미 지영의 주변으로 빡칠 만큼 빡친 회사원들이 쫙 포진되어 있었다. 그러니 지영이 거절하면 절대로 안으로 들어올 수 없었다.

"협박하는 겁니까?"

—네.

"당당하시네요."

—다급하다고 봐주시면 좋겠습니다.

그렇게 말은 했지만 목소리에 그다지 다급함은 없었다. 어쩐지 이자는 지영이 자신을 만날 거란 확신을 하고 있는 것 같았다.

'그러니 이렇게 협⋯⋯.'

잠깐.

지영의 눈이 차갑게 가라앉았다.

빌어도 모자랄 판에 협박까지 하고 있었다. 그렇다는 건?

'믿는 뭔가가 있다는 말이겠지. 그리고 그건⋯⋯.'

가족.

지인.

무조건 둘 중 하나라는 예상이 들었다. 지영은 천천히 문으로 걸어갔다. 소리가 나지 않게 조심히. 그러곤 문을 톡톡 노크했다. 그러자 밖에서 대기 중이던 회사원 둘이 바로 지영을 바라봤다.

딸각.

문을 열고 입가에 손가락을 댔다.

"다급하신 것치곤 목소리에 여유가 있는데요?"

─아닙니다. 허락하시면 제가 지금 바로 출발하겠습니다.

"아니요. 지금은 그쪽에서 여러모로 신경 써주신 덕분에 제가 매우 피곤한 상태입니다. 만나도 아마 정상적인 대화는 힘들 것 같네요."

그렇게 답하며 지영은 빠르게 종이에 가족, 지인, 확인, 세 단어를 써넣었다. 그러곤 폰을 내려 힐끔 시선을 준 다음에 다시 종이에 '오성 비서실장 장훈'이라고 썼다. 그것만으로도 충분했다.

회사원 한 명이 고개를 끄덕이곤 소리 없이 밖으로 나갔고, 다른 한 명은 천천히 사무실을 확인하기 시작했다.

─그럼 언제가 괜찮겠습니까?

"손님이 찾아와 식사도 못 했으니 세 시쯤 보시죠. 장소는 제 사무실로 하겠습니다."

─네, 알겠습니다. 그때 찾아뵙겠습니다.

"네."

뚝.

전화를 끊은 지영은 '후우…' 한숨을 내쉬었다. 아주 조금도 쉴 틈을 주지 않고 몰아쳐 오는 일들이 체력과 정신력을 사과를 파먹는 쥐새끼처럼 갉아먹고 있었다. 저릿저릿! 뒷골까지 울리기 시작하자 지영의 얼굴에 짜증이 서리기 시작했다.

털썩.

소파에 앉은 지영은 뒷목을 문지르며 말했다.

"정 팀장님 좀 불러주실래요?"

"네."

회사원은 나가며 정순철에게 연락을 하고는 다시 문 앞에 대기했다. 10분도 안 되어 정순철이 들어왔다. 이미 사전에 얘기를 전달받았는지 그의 얼굴은 꽤 굳어 있었다.

"괜찮으십니까?"

"네, 일단 앉으세요."

"네."

"혹시 오성의 장훈 비서실장이라고 아세요?"

"네, 오성그룹 미래전략실, 회장 직속 비서실 통괄 실장으로 알고 있습니다."

생각보다 훨씬 더 거물이었다.

게다가 회사보다 보통 다 있는 전략실 실장이란 것 자체가 이미 그가 그룹의 대세라는 것을 증명하고 있었다. 또한 이 대세라는 것은 회장의 총애를 받고 있다는 뜻도 되니, 지금 그의 움직임은 오성그룹 회장의 지시라고 봐도 무방했다.

지영은 일단 좀 전의 통화에 대해 얘기했다.

정순철은 지영의 이야기를 잠자코 들었다. 그리고 다 끝나자 크게 한숨을 내쉬었다.

"그 사람이 그렇게까지 했다는 건 아마… 오성그룹 회장의 전폭적인 지원이 있기 때문일 겁니다."

"그렇겠죠. 그게 아니라면 대놓고 협박은 못 했겠죠. 그보다 제가 부탁한 건요?"

"지금 바로 연락 돌렸습니다. 회사에 얘기해서 추가 인원들도 출발한 상태입니다."

"……"

지영은 말없이 고개를 끄덕였다.

그래도 전처럼 걱정 말라는 소리는 하지 않은 게 마음에 들었다.

"바로 안전 확인해 주세요."

"네, 그렇게 하겠습니다."

이번에도 걱정 마십시오란 말은 하지 않았다.

지영은 이러한 변화가 스스로에게 주는 경고 같다는 생각이 들었다. 사실상 지영에게 일어났던 일에 대해 미리 알고 대처한 적은 정말 손에 꼽았다. 아니, 없었다. 계속된 임무 실패. 아마 자책감이 엄청 들었을 것이다. 그러나 지영은 아무런 말도 하지 않았다. 반성하라는 의미는 아니고, 그냥 해줄 말이 없었다.

대신 다른 주제로 다시 말문을 열었다.

"장훈, 이 사람은 어떤 사람입니까?"

"이십 년 전부터 비서실에서 활동한 오성그룹 회장의 최측근입니다. 행동 대장이자 군사라고 할 수도 있겠네요."

"성향은요?"

"충성심이 엄청납니다. 자신을 알아주는 주군을 위해 목숨을 바치는 전형적인 간부 스타일로 지시한 건 물불을 안 가리고 달려들어 해결합니다."

"후우……"

지영은 그 대답에 한숨을 내쉬었다.

가장 피곤한 스타일이었다.

머리라도 나쁘면 어떻게든 협상을 해보겠지만, 이미 장훈 그자의 머릿속엔 무슨 수를 써서라도 이성준을 구해내겠다는 일념밖에는 없을 것이다. 이러한 맹목적인 목표 의식은 진짜 뭔 짓이든 저지르기 때문에 극히 위험했다.

"정말 그와 만날 생각입니까?"

"네."

"위험합니다."

"왜 제가 위험할까요?"

"……."

정순철은 지영의 말에 입을 다물었다. 반박하려면 이유를 대야 하는데, 그러려면 또 지영이 이성준을 납치한 게 아니냐는 말을 해야 했다. 이 부분은 위에서도 극히 조심스럽게 접근하라는 말이 있었다. 그래서 정순철은 바로 답하지 못하고 어물거렸다. 지영도 그의 머뭇거림에서 눈치를 챘지만, 더 이상 말을 꺼내진 않았다.

지잉, 지잉.

정순철은 주머니에서 폰을 꺼내 메시지를 확인했다.

"아버님, 어머님과 동생분, 그리고 은재 양까지 전부 무사하답니다. 그리고 주변 경계를 최고 단계로 올렸습니다."

"고마워요. 하지만 분명 주변에 잠재적 위험이 있을 겁니다."

"네, 그 부분도 확실히 주지시키겠습니다. 이따 장훈 그자는 혼자 만나실 생각입니까?"

"정 팀장님이 있으면 그가 말을 제대로 할 수 있을까요?"

"음… 그렇군요. 하지만 그래도 위험하니 직원이라고 속이고 한 명을 같이 착석시키면 어떻겠습니까."

"누굴요?"

"그때 왜, 그 친구 기억하십니까?"

"그 친구요?"

그렇게 말하면 어떻게 알아듣냐? 이렇게 대답해 주고 싶었지만 지영은 그냥 고개만 모로 꺾는 걸로 모르겠다고 행동으로 답했다.

"성수정, 그 친구 말입니다."

"성수정……."

아, 기억났다.

작년 여름 정순철의 지원으로 워크숍 겸 휴가를 떠났을 때 만났던, 옛 자신이 창단한 단체의 제자. 제대로 배웠는지 아주 훌륭한 근접 전투를 보여줬었다. 하지만 그 친구는…….

"어머니 담당 아닌가요?"

"네, 하지만 잠깐 동안 시간을 빼는 건 괜찮을 것 같습니다. 안 그래도 어머님에게 가장 많은 회사원들이 달려갔으니까요."

"음……."

강상만이야 검찰총장이고, 이전에 테러 건도 있어서 이미 경찰 특공대의 비호를 받고 있었다. 그래서 상대적으로 회사원들이 적게 갔고, 반대로 임미정에게는 엄청 많은 인원들이 몰려갔다.

하지만 지영이 보기에 성수정은 에이스였다. 아마 그곳에서 가장 실력이 좋을 거라고 판단됐다.

'어머니나 은재를 노릴 가능이 높아.'

만약에 자신이었어도 그랬을 것이다.

은재가 납치당했고, 맞불을 놓을 작정이라면 중요하면서도 가장 약한 이를 고를 것이다. 이건 기본 중에 기본에 속했다. 그래서 지영은 고개를 저었다.

"그냥 어머니 곁에 두세요."

"음… 알겠습니다."

"일단 시간 될 때까지 좀 쉴 테니 그동안 잘 부탁드릴게요."

"네."

그가 일어나서 나가고, 지영은 다시 버릇처럼 주머니를 뒤졌다.

치익.

"후우……."

목이 따가웠다.

가시가 걸린 것처럼 따끔따끔한 통증이 느껴졌지만 지영의 정신은 오히려 날카롭게 세워지고 있었다. 지영은 이러한 감각을 아주 잘 안다. 사건 사고가 터지기 직전의 감각이다.

피식.

"좋게 넘어가긴 글렀다는 거지……?"

장훈.

그는 아마도 일신의 무력 또한 갖춘 자일 것이다. 지영은 정말 최악의 경우 그가 자신을 직접 제압할 생각도 가지고 있을 것이라 생각했다. 그게 아니라면 아직 시간도 넉넉히 남았는데, 이런 본능적인 경고가 찾아왔을 리가 없었다.

지영은 일단 쉬어야겠다고 생각했다.

생각도 좋지만 이따 그를 만나려면 지금 최대한 휴식을 취해야 했다. 지영은 소파에 가로로 누워 눈을 감았다.

눕자마자 정신력도, 육체도 이제 쉰다! 하고 환호를 지르더니 지영을 곧바로 수마의 품에 강제로 안겨 버렸다. 그렇게 잠든 지영이 다시 깬 건 정확히 약속 시간 한 시간 전이었다. 눈을 뜬 지영은 일단 몸 상태를 체크했다.

정강이는 일단 아팠다. 제대로 뼈에 맞았는지 퉁퉁 부어 걸을 때마다 통증을 유발했다. 등도 마찬가지였다. 욱신욱신 쑤시는 정도를 대차게 넘어선 상태였다. 하지만 지영은 그런 몸을 이끌고 강제로 스트레칭을 했다.

몸을 당기고 펼 때마다 근육이 비명을 질렀지만 지영은 아랑곳하지 않고 몸을 풀었다. 물론 인상은 잔뜩 찌푸린 채였다.

지잉.

[출발하겠습니다. 삼십 분 정도 걸릴 예정입니다.]

장훈에게서 연락이 왔다.

지영은 답장은 굳이 보내지 않았다.

그리고 30분…….

본사는 꽤 거리가 멀다. 그런데도 30분이라는 건 근처에서 대기하고 있었다는 뜻이었다.

폰을 내려놓고 몸을 더 풀고 있는데 문이 열리더니 오랜만에 보는 익숙한 여성이 들어섰다. 지영은 그녀를 보고 고개를 갸웃했다.

"왜 왔어요? 어머니는 어쩌고?"

지영이 성수정에게 묻자 그녀는 한숨을 작게 내쉬고는 대답했다.

"어머니께서 보냈습니다. 안 가면 앞으로 절대 협조하지 않겠다고 협박하시는 바람에… 어쩔 수 없었습니다."

"…그럼 저한테 연락을 하셨어야죠."

"그것도 염두에 두셨는지, 절대로 그러지 말라고 했습니다."

"아… 돌겠네."

임미정이라면 충분히 그러고도 남았다.

하지만 그렇다고 이렇게 말도 안 하고 오면…….

"어머니 쪽에는 몇 명이나 있어요?"

"현재 비상이 떨어져 내, 외곽으로 서른이고, 근접 경호로 세 명입니다."

도합 서른 셋……. 그 많은 사람들이 임미정을 지켜준다고 하니 좀 안심은 됐다. 하지만 그래도 여전히 걱정은 남았다. 그래서 더 말을 할까 하다가, 그냥 뒀다. 벌써 벌어진 일이다. 다시 보낸다고 해도 이미 한참 늦은 상황이었다.

"하아……."

지영이 한숨을 내쉬자 그녀는 그제야 움직여 사무실을 둘러봤다. 공간 배치를 눈에 담고 있었다. 그리고 창문 커튼을 슬쩍 열어 건너편 건물과의 거리와 각까지 확인하고 나서야 멈췄다.

지잉, 지잉.

"네."

─장훈이 도착했습니다. 지금 올릴까요?

"오 분만 있다가 올려주세요."

─네, 알겠습니다.

전화를 끊은 지영은 옷을 갈아입었다.

예의? 그런 건 조금도 신경 쓰지 않았고, 활동성만 강조된 운동복이었다. 그사이 5분이 지났고, 장훈이 정순철 팀장과 함께 사무실로 들어왔다.

첫인상?

굉장히 무난했다.

길 가다 쉽게 만날 수 있는 샐러리맨 같았다. 너무나 평범해서 정말 특정이라고는 눈을 씻고 찾아봐도 없었다. 장훈은 지영을 발견하곤 곧바로 걸어왔다. 하지만 여기서 지영은 눈을 살짝 빛냈다.

'호오… 이것 봐라?'

정순철은 깨닫지 못한 것 같지만 저 걸음걸이, 굉장히 낯이 익었다. 분명 어디선가 보았던 아주 독특한 걸음걸이다.

'주로 좌수 검객이 쓰는……'

왼쪽 발목과 무릎, 골반이 미묘하게 틀어진 것도 지영은 알아차렸다. 힘을 배가시키려면 어쩔 수 없이 회전이 필요하다. 그래서 반복 회전으로 인해 육체는 결국 거기에 적응하려고 틀어진다.

장훈이 딱 그랬다.

지영은 긴장의 끈을 놓지 않기로 했다.

"반갑습니다. 장훈입니다."

"강지영입니다. 앉으시죠."

"네."

두 사람이 자리에 앉자 성수정은 차를 타다 주고는 대화가 들리지 않을 정도의 거리로 이동했고, 정순철은 문밖으로 아예 나갔다.

두 사람이 밖으로 나가자 장훈은 지영을 가만히 바라봤다. 지영도 그 시선을 피하지 않았다. 기 싸움이 아닌 탐색전. 협상을 시작하기 전에 자주 벌어지는 일이었다. 이 탐색전은 오래갔다.

10분.

시계의 초침이 10분을 훌쩍 건너뛰고 나서야 장훈이 식어가는 차를 한 모금 마시고 말문을 열었다.

"거두절미하고 말씀드리겠습니다."

"네, 하세요."

"둘째 도련님을 돌려주십시오."

얼씨구……

증거도 없으면서 심증만으로 찔러보고 있었다. 아니, 심증 정도가 아닌 아마 확신일 것이다. 지영도 식은 차를 한 모금 마시고는 대답을 했다.

"글쎄요. 무슨 말인지 모르겠습니다만."

"둘째 도련님을 무사히 풀어주시면 앞으로 지영 씨와 관련된, 관련될 모든 일에서 손을 떼겠습니다."

"둘째 도련님이면… 이성준 오성 미디어의 사장 말인가요?"

"맞습니다."

"그런 높으신 분을 왜 제게 와서 찾는지 모르겠습니다. 뜬금없이 찾아와서는 더 뜬금없는 말을 하시네요."

"……."

착 가라앉았다.

안경을 쓴 그의 눈빛은 정말 한없이 가라앉아 갔다. 그 눈빛은 사냥을 앞둔 맹수의 눈빛 같았다. 하지만 곧 눈을 몇 번 깜빡이는 걸로 씻은 듯이 사라졌다. 지영은 속으로 웃었다. 저건 의도적인 행동이었다. 굳이 일부로 보여줘서 지영의 행동을 보려는. 하지만 지영은 여전히 모르겠단 표정이었다.

저 정도로 티를 낸다면 그동안 살아온 지난 세월이 너무나 아까웠다. 후릅, 장훈은 차를 한 모금 더 마셨다.

딸가닥.

잔이 받침에 내려서는 소리가 유난히도 크게 들렸다. 지영은 잔을 봤다가 다시 장훈을 올려봤다.

"저는 오면서 회장님께 엄명을 받았습니다."

"오성의 회장님에게요?"

"네, 무슨 수를 써서라도 둘째 도련님과 같이 돌아오라는 엄명이었습니다. 그러지 못할 거면… 돌아오지 말라는 말도 함께 들었습니다."

"아… 그런데요?"

지영은 여전히 모르겠다는 눈빛으로 눈을 끔뻑거렸다. 그 모습은 조금 모자라 보이기까지 했다. 하지만 사실 그도 알고, 지영도 알고 있었다. 이 모습에 장훈이 속을 리 없다는 것과 이 모습이 진짜 강지영의 모습일 리 없다는 사실을 말이다.

"그러니 서로 좋게 갔으면 좋겠습니다."

피식.

서로 좋게라······.

"서로 좋게 어떻게요?"

"둘째 도련님만 돌려주시면 모든 게 서로에게 좋습니다."

"······."

하여간······.

말을 들어주면 이렇게 꼭 개소리를 하는 것들이 있다. 지영의 입가에 냉소적인 기운이 사르르 올라왔다. 어차피 오성이 자신을 딱 찍은 마당이다. 지영은 더 이상 이런 가면을 쓰고 있는 건 무의미하다고 생각했다.

스윽.

눈빛이 변하자 자세도 변했다.

"둘째 도련님··· 이성준. 나한테 있다고 확신해?"

"···그렇습니다."

변한 지영의 기세 때문인지 잠시 멈칫했던 장훈이 굳은 얼굴로 대답했다. 그러자 지영의 입가에 있던 미소가 좀 더 짙어졌다.

"그런데 뭐가 그렇게 당당해?"

"···네?"

"뭐가 그렇게 당당하냐고. 무릎 꿇고 빌어도 시원찮을 판에."

"······."

굳어 있던 장훈의 얼굴에 노기가 서렸다.

그래, 이해한다.

어디 배우 나부랭이에게 이런 말을 들어봤겠나. 제국이라 불리는 오성의 실세 중에 실세인 자신이 말이다. 비서실장 장훈의 앞에만 서면 세상 다 가진 것처럼 떵떵거리던 모두가 자세를 바꾸고 깨갱한다. 예외가 있다면 자신과 같이 제국의 중추에 선 사람들뿐이었다. 그런데 이제 스물이 갓 넘은 새파랗게 젊은 놈이 반말을 찍찍 한다. 그것뿐인가? 대놓고 조소를 흘리고 있었다.

하지만 장훈은 섣부르게 말과 행동을 할 수가 없었다. 그냥 세상 물정 모르는 애송이면 이미 뒤집었겠지만 그의 본능이 계속 말리고 있었다. 특히 눈빛은 가히 압도적이었다. 새파랗게 빛나고 있다는 표현이 정말 어울릴 정도로 살벌했다.

"말이 지나치십니다."

피식.

그래서 적당히 대꾸를 했는데 그 순간 바로 조소가 다시 흘러나왔다.

"그럼 니들은 안 지나쳤어?"

"그건……."

"톡 까놓고 얘기하자며? 니들이 원하는 건 결과만이냐? 왜 순서를 안 지켜? 어?"

지영의 말투가 굉장히 날카로워졌다.

치익.

"후우……."

하얗게 올라가는 연기까지 더해지니 마치 느와르 영화의 한 장면 같은 분위기가 형성됐다.

"알고 있지? 이성준이 사람을 시켜 송지원과 칸나를 납치한 거."

"……"

장훈은 지영의 말에 바로 대답할 수 없었다.

그도 오늘 아침에야 보고받은 사실이었다.

요즘 만나는 아이의 집에서 자던 그는 새벽이 막 지나기도 전에 울어댄 전화를 받고 기겁해야 했다.

이성준 사장이 납치를 당했고, 그 이유가 어젯밤 대한민국을 발칵 뒤집어놓은 배우 송지원, 강한나, 그리고 보라매 소속 신인 여배우 둘의 납치와 연관이 있다는 사실을 말이다. 이성준 사장의 비서에게 그 사실을 전달받은 그는 하늘이 노래지는 경험을 아주 오랜만에 했다.

전화를 끊고 나서는?

제국의 황제에게 호출이 왔다. 그리고 그의 집무실에 도착해 자초지종을 설명하고, 상황을 알아보고 있던 와중에 또 대형 사고가 터졌다.

멍청한 이성준의 비서가 지영에게 선수를 보낸 것이다. 어떻게든 자신의 선에서 해결하겠다고 끊기 전에 매달리던 걸 바빠서 말리지 못한 게 화근이었다.

그는 방법이 없었다. 제국의 황제는 거짓말과 비밀을 매우 싫어했기 때문에 최대한 긁어모아 모조리 보고했다. 그러한 사실을 다 들은 그는 딱 한마디 말만을 남기고 장훈을 내보냈다.

"데려와. 못 데리고 올 거면 너도 오지 마."

그렇게 제국 황제의 집무실에서 나온 장훈은 앞이 깜깜했다. 그는 바로 비서실에 연락을 해 강지영에 대한 모든 것을 한 시간 내에 모조리 알아내라고 했고, 도착해서 지영의 정보를 확인하고는 허탈한 웃음을 흘려야 했다.

배우?

'지랄······.'

회사에 어렵사리 심은 정보원에 의하면 어중간한 회사원들은 1, 2분이면 제압이 가능할 정도로 대단한 격투 실력을 보유했다고 한다. 그런데 그게 끝이 아니었다. 중동에 있는 건설에서 예전에 보내왔던 정보를 본 그는 기겁했다.

그의 일화는 유명하다.

IS.

이슬람 무장 단체의 하부 조직에 납치되었던 그는 약 1년 만에 탈출에 성공했다. 그리고 4년 뒤인 5년 만에 이탈리아 대사관을 통해 한국으로 귀환했다. 그의 귀환에 전 세계가 놀랐고, 환호했다. 알려진 건 없지만 영화로도 찍어도 될 만한 스토리다. 하지만 그것만 있는 게 아니었다.

문제는 4년의 공백이다.

이 4년 동안 그는 대체 어디에 있었고, 무엇을 했나?

회사에 박아둔 정보원에 위하면 그는 폰도 없고 지리도 몰라 떠돌았다고 했다. 그러다 어찌어찌 난민선을 타고 이탈리아로 넘어갔다고 했다.

하지만 중동에 있는 건설 쪽 정보원에게서 넘어온 정보는 달랐다.

붉은 눈의 사신.

게다가 원래 강지영의 팬이기도 해서 흥미를 느낀 정보원이 좀 더 깊게 파봤는데, 4년간 납치에 연관되었던 이들이 하나둘씩 소리 소문 없이 사라졌다는 걸 알아냈다. 에이전트는 물론, 납치되었던 조직이 옮겨간 본부도 하룻밤 사이 아예 궤멸해 버렸다. 그러한 일을 벌인 자가 붉은 눈의 사신일 거라는 얘기였는데……

눈앞의 강지영의 한쪽 눈동자도 붉었다.

초기에는 좀 더 붉었지만 치료를 하면서 이제는 좀 옅어지긴 했다. 하지만 그래도 여전히 붉은 기는 남아 있었다.

장훈은 '에이, 설마 배우가 어떻게?' 라는 생각은 애초에 버렸다. 그는 세상에는 우연은 없다고 믿는 사람이었다.

그는 일단 지영을 만나봐야겠다고 생각했다. 그래서 협박까지 해가며 어찌어찌 약속은 잡았다.

그리고 지영을 만난 순간, 사실 직감했다.

어쩌면……

'죽었을지도……'

지금 보이는 저 눈빛은 사람을 죽여본 자였다.

처음에는 숨기고 있었지만 지금 대놓고 풀어놓은 기세를 보면 자신이 진검을 든다 해도 장담할 수 없는 강자였다.

줄.

줄을 잘 타야 했다.

본능이 보내온 경고를 그는 충실히 받아들였다.

그러니 지금은…….

"그 일을 정말 매우 유감스럽게 생각합니다."

사과할 때였다.

"유감?"

"둘째 도련님도 선을 넘지는 않을 생각이셨습니다."

"선? 이미 넘었는데?"

"아닙니다. 그러지 않았을 겁니다."

피식.

다시금 조소가 흘러나왔다.

담담한 표정의 장훈을 보는 지영은 슬슬 짜증이 올라왔다. 지영의 입가에서 미소가 싹 사라졌다.

"홍콩 마피아를 사서 납치를 했어. 당신이라면 이게 무슨 뜻인지 잘 알 건데?"

"그건……."

"대답 잘해. 지금 이 순간부터 당신의 대답 여하에 따라 내가 어떤 선택을 내릴지 결정해 볼 참이니까."

"……."

장훈은 지영의 말에 상체를 폈다.

그런 협박에 굴하지 않겠다는 뜻이었다.

그러면서도 장훈은 속으로 깊은 한숨을 내쉬었다.

사실 이렇게 될 걸 알고 있었다.

'이미 둘째 도련님을 데리고 있는 순간부터 칼자루는 저쪽이 쥔 거야……'

게다가 눈앞의 강지영은 결코 살인에 거부감이 있는 인간이 아니었다.

배우 생활에 대한 애착?

그런 인간이 직접 움직여 사람을 납치할까? 그것도 제국의 후계자 중 하나를? 지영이 장훈을 알아본 것처럼 장훈도 강지영이란 인간이 어떤 인간인지 어느 정도는 알아차렸다.

'자신의 것을 지키기 위해서라면 무슨 짓이든 하는……'

그러니 죽일 게 아니라면 절대로 건드려서는 안 되는… 아주 위험한 인간. 심지어 회사의 비호까지 받고 있었다. 어렵사리 알아낸 회사의 에이스와 차기 실세 중 하나인 정 팀장이 여기에 있는 게 모든 걸 설명하고 있었다.

장훈은 모든 걸 처음부터 다시 생각해야겠다고 생각했다. 기존에 생각하고 있던 판은 아예 뒤집고, 새 판을 올려야 했다.

물론 '최후의 최후'에 쓸 카드는 본인에게도 있었다. 하지만 그 카드를 쓰는 걸 지시했다가는……

'나는 그 순간 끝나겠지.'

돈은 얻겠지만, 그 순간 자신의 앞날은 새까만 먹구름이 끼게 될 것이다.

돈? 이미 넘치게 있었다. 그가 원하는 것은 권력. 그걸 얻기 위해 제국의 황제에게 충성을 바쳤다. 그가 원하는 것을 어떻게 해서든 구해 바쳤다.

그렇게 20년을 일해 심복이 되었다.

장훈은 아직 그의 신임을 잃고 싶지 않았다.

'끝까지 가본다……'

그렇게 결정하기까지 고민은 그리 길지 않았다.

결심을 마친 장훈은 천천히 입을 열었다.

"제가, 뭘 드리면 되겠습니까?"

그 말에 지영의 입가에 짙은 미소가 천천히 떠올랐다.

무엇을 원하냐는 질문이 나왔다는 것 자체가 이미 이 협상을 다시 시작하게 됐다는 증거였다. 하지만 지영은 급하지 않았다. 송지원과 칸나는 구했으며, 이성준은 자신이 데리고 있다. 칼자루는 자신이 쥐고 있지, 저들이 쥐고 있는 게 아니었다.

하지만 그러면서도 지영은 긴장했다. 이자는 상황에 따라 어떻게 자신이 나가야 하는지 아주 잘 아는 자였다. 이런 자는 목적을 이루기 위해 자존심마저 쉽게 내던질 수 있는 인간이다. 그러니 그럴수록 더 악착같이 덤빈다.

"뭘 줄 수 있지?"

"원하는 걸 말해주시면 가능한 전부 들어드리겠습니다."

"내가 그걸 어떻게 믿고? 당신 말에 신용이 없잖아."

"저… 오성그룹 비서실장 장훈입니다. 이미 회장님께 전권을 받고 왔으니 제가 수락하면 그 일은 전부 받아들여질 겁니다."

"호오……."

지영은 웃었다.

그냥 씨익 미소 지었을 뿐인데, 장훈은 온몸에 소름이 돋는 것 같았다. 정말 웃음, 웃음 한 번이었다. 그런데도 등줄기가 싸한 게 마치 맹수를 앞에 두고 있는 것 같았다.

'이런 기분은 정말…….'

옛날에 수행차 중국에 갔다가 밀림에서 마주쳤던 맹수도 이 정도로 싸늘하고 차가운 소름을 그에게 선사하진 못했다. 장훈은 자신의 직감에 감사했다. 배우라고 깔보고 막나갔다면? 아마 여기서 자신의 커리어는 끝장남과 동시에…….

'빌어먹을…….'

뒤는 솔직히 더 이상 생각하고 싶지도 않았다.

생각해라.

'생각해, 장훈……. 이자가 끌릴 만한 것을 내놔.'

하지만 그놈에 직감은 다시 웬만한 걸로는 지영이 끄덕도 안 할 거라는 걸 은밀히 알려주고 떠났다. 더불어 장훈은 상황을 이렇게까지 만든 이성준, 그리고 그놈의 비서를 생각하며 이를 갈았다.

'지금 시대가 어느 시댄데……!'

미쳐가지고, 테러를 일으켰다.

그것도 최악인 공공장소에서 공개적으로 납치를 했다.

조용히 했어도 될 일을 지영을 자극하고 싶어서, 지영이 납작 엎드리는 걸 보고 싶어서 아주 대놓고 터뜨렸다. 덕분에 민의(民意)가 모이고 있었다. 안 그래도 작년에 있었던 검찰청 테러 사건으로 인해 테러에 대해 극도로 인식이 안 좋은 상태에서 벌어진 납치 사건이라 국가 자체가 나선 상태였다.

다시 생각해 봐도 절로 이가 갈릴 만큼 멍청한 짓이었다.

이성준은 나름 머리가 좋았다.

좋은 쪽으로도, 나쁜 쪽으로도 머리를 잘 굴릴 줄 알았다. 그래서 차기 후계자 대결에서도 가장 앞 쪽에 서서 달리는 중이었다. 하지만 이번 한 번으로 완벽하게 무너졌다. 아마 무사히 구출된다고 해도 최하가 축출일 것이라 생각했다. 오성의 회장은 피붙이라고 용서하는 법이 없으니 말이다.

장훈은 생각했다.

그건 나중 일이고, 당장은 이성준을 회장의 앞에 던져놓는게 중요했다. 그것도, 가능하면 산 채로 말이다.

아니, 가능하면이 아니라 무조건이다.

그래서 장훈은 자신이 할 수 있는, 던질 수 있는, 회장도 용인해 줄 최선의 카드를 꺼내 들었다.

"후우……."

크게 심호흡을 한 그는 단호한 어조로 그 카드를 지영에게 내보였다.

"중동에 있는 오성 원전 건설 공사로 보내겠습니다."

"……."

"그게 제가, 그리고 오성이 할 수 있는 최선입니다."

"흠······."

중동이라······.

나쁘지 않은 곳이다.

황량?

장소에 따라 다르지만 심한 곳은 황량이란 단어로도 절대 커버가 불가능한 곳이었다. 특히 몇몇 곳은 낮엔 타는 듯이 덥고, 밤엔 뼈까지 어는 것처럼 추운 곳도 있었다. 그런 곳이 바로 '사막'이란 곳이다.

그런 곳을 지영은 복수를 위해 이번 생에서만 몇 년을 굴렀다.

'과연 이성준이 그곳에서 버틸 수 있을까?'

맨 정신에 보내준다고 해도 놈은 절대로 그곳에서 버티지 못할 것이다. 지영은 그걸 장담할 수 있었다. 그러니 저 말만 확실히 지켜준다면 이성준을 내어주고도 남을 조건이다. 하지만 앞서 얘기했듯 신뢰의 문제다.

어차피 이 일은 서로 꺼낼 수 없다.

왜?

둘 다 파멸이기 때문이다.

강지영이란 배우에게도 엄청난 이미지 타격이 갈 것이고······. 아니, 구속이다. 그럼 오성은? 온 세상의 비난이란 비난은 죄다 있는 대로 끌어모아 처먹을 것이다. 기업 자체가 무너지지 않겠지만 아마 검경의 표적이 되어 갈기갈기 찢겨 나갈

게 분명했다. 그럼 대한민국 3대 기업 중, 일좌의 자리는 대성이나 중원에게 무조건 내줘야 하는 상황이 나올 것이다. 이러한 것들을 지영도 알고, 장훈도 알고 있었다.

하지만 그래도 그게 믿음을 만들어내진 못했다.

"내가 어떻게 믿지? 당신이 그를 데려가기 위해 거짓말을 하는 걸 수도 있는데 말이야."

"그건 어쩔 수 없는 부분 아닙니까?"

피식.

그렇기야 하다.

이 부분은 서로가 서로에게 신뢰를 주기에는 사실상 불가능했다. 하지만 그래도 저 말만을 믿고 그를 풀어줄 순 없었다.

"내가 고민할 부분도 아니지. 자꾸 잊는 것 같은데, 이 자리에서 당신과 나, 동등한 조건으로 앉아 있는 게 아니라는 걸 잊지 말았으면 좋겠어."

"……."

지영의 말에 그는 입을 꾹 다물었다.

확실히 그 부분은 지영이 고민할 부분은 아니었다. 이성준을 꼭 돌려받아야 하는 장훈이 고민해야 할 문제였다.

그리고 사실, 조금만 생각해 보면 이성준을 중동으로 보낸다는 믿음을 지영에게 줄 수도 있다. 방법도 솔직히 간단하다.

'이성준을 이곳에 있을 수 없게 만들어 버리면 되지.'

더 간단하게 말하면 큰 사건 사고를 하나 거하게 터뜨려 버리면 된다는 소리였다. 그럼 도피하듯 중동으로 이성준을 보내야 할 이유가 오성의 입장에서는 생기게 된다. 왜, 연예인이 사고 치면 군대에 가는 것처럼 말이다.

하지만 이 방법을 취할 시, 진짜 제대로 해야 했다. 애매하게 하면 치료니, 조사니 뭐니 하면서 오히려 그를 국내에 잡아두게 될 것이다. 그러니 추문과 관계된 것들로 그를 완벽하게 천하의 개새끼로 만들어야 했다.

절대 한국에서는 얼굴 들고 다닐 수 없을 정도로 말이다. 그리고 그건 오성이라면 아주 쉽게 할 수 있을 것이다.

이러한 방법을 지영은 알고 있지만 먼저 말을 꺼내지 않았다. 어차피 장훈도 그 정도는 생각할 수 있을 테니 굳이 말해줄 필요가 없었다.

입술을 잘게 깨문 장훈의 생각은 길게 이어졌다. 하지만 지영은 재촉하지 않았다. 시간도 내 편인 상태였으니 굳이 그럴 필요가 없었다.

"담배 한 대 피워도 되겠습니까?"

"마음대로."

"……."

지영의 대답에 고개만 끄덕인 그는 품에서 금색 케이스를 꺼냈다. 고급스러운 디자인이었다. 게다가 케이스 자체를 아예 순금으로 만든 게 분명해 보였다.

치익.

"후우……."

담배를 피우며 그는 눈가를 문질렀다.

다분히 의도적인 행동이라 그 모습에 지영은 다시 실소를 흘렸다. 그러곤 같이 담배를 입에 물었다.

치익.

"후우……"

새하얀 연기라 순수해 보이지만 몸에는 반대로 최악인 연기가 모락모락 두 사람을 중심으로 피어올랐다. 이 장면을 누군가가 영상에 담았다면, 그림 하나가 나오고도 남았을 무거운 침묵이 감돌았다.

거의 동시에 담배를 비벼 껐을 때 장훈이 침묵을 깼다.

"언론을 이용하겠습니다."

"……"

역시, 그걸 생각 못 할 정도로 수준이 낮은 자는 아니었다. 지영은 내색하지 않았지만 속으로 씩 미소를 지었다. 그러곤 마치 몰랐던 것처럼 되물었다.

"언론으로 어떻게 하겠다는 거지?"

"…알고 있지 않습니까?"

"글쎄?"

"…후우, 이성준 사장의 추문과 함께 몇 가지 내용을 사진, 영상과 함께 터뜨리겠습니다. 대신 수사기관이 개입해 국외로 빠져나가지 못하게 되는 건 그쪽도 원하지 않으니, 적당하게 얼굴 못 들고 다닐 정도로 조절해서 터뜨리겠습니다."

"흠… 나쁘지 않네. 그럼 언제 터뜨릴 거지?"

지영은 슬쩍 떠봤다.

"지금 바로… 하겠습니다."

"좋은 선택이야."

만약 이성준을 돌려받고 나서 하네 마네 했으면 지영은 장훈을 그냥 돌려보냈을 거다. 이렇게까지 해야 하는 이유가 서로에게 신뢰가 없어서인데, 그걸 슬쩍 무시하면 결국 협상은 다시 초기로 돌아가게 된다.

"대신! 저도 이 자리에서 일어났던 모든 일에 대한 공중이 필요합니다."

"공증? 서로 목줄을 쥐자는 건가?"

"네."

피식.

"혹시 내가 배우라는 직업에 미련을 가지고 있다 생각하면 그건 매우 오산이야."

"알고 있습니다. 그랬다면 직접 움직이지도 않았을 테니까."

"맞아. 배우라는 직업은 내 지난날의 책임 때문이지, 목을 매달아야 하는 직업은 아니니까."

"당신이… 사 년간 한국에 오지 않은 책임 말입니까?"

"……."

순간 훅! 들어온 잽.

지영은 침묵했지만 당황하진 않았다.

다만, 기분은 매우 나빠지고 있었다. 덩달아 지영의 눈빛 또한 차갑게 가라앉아 갔다. 협상을 하면서 거둬들였던 기세가 다시금 세상 밖으로 기어 나오고 있었다. 왜 굳이? 지영은 궁금했다.

그건 알아도 모른 척하면 될 사실이다. 아니, 아예 모른 척해야 하는 사실이다.

물론 지영이 그 기간 동안 그곳에서 남긴 증거라고는 붉은 눈의 사신이라는 '인물 정보'밖에 없었다.

그 정도만으로 음모론 이상으로 지영을 엮을 수는 없을 것이다.

하지만 아까도 말했듯이, 기분이 나빴다.

"내 뒤야 워낙에 많은 인간들이 파고 다니는 걸 잘 아니 뭐, 파고 또 파도 상관은 없는데… 그걸 앞에서 떠들진 마라."

"……."

한참 어린 지영의 말에 장훈의 얼굴이 굳어졌다.

"내가 니들 뒷조사하고 다녔다고 앞에서 떠들어주면 넌 기분 좋겠어?"

"흠……."

"내가 작정하고 당신이랑 당신이 모시는 사람 한번 파줘? 왜, 내가 못 할 것 같아?"

"큼큼, 실언했습니다."

장훈은 사과를 하면서 깨달았다.

아… 이 젖비린내도 안 가신 어린 나이지만, 이놈은 자신이 상대할 급이 아니라는 걸. 게다가 지금 이 판은 불리해도 너무나 불리했다.

상대는 이미 모든 걸 놓을 작정으로 움직였고, 이쪽은 뒤늦게 거의 상황 종료 직전에 움직였다.

협상이고 나발이고 여기서 이미 완벽하게 기울어 버렸다.

'빌어먹을 새끼……'

선수! 빌어 처먹을 선수와 마피아만 고용하지 않았어도 이렇게 되진 않았을 것이다.

품에서 폰을 꺼낸 장훈은 지영을 한번 봤다가, 전화를 걸었다. 그는 그리고 바로 스피커폰으로 돌린 다음 폰을 테이블 위에 올려놨다.

확실하게 하겠다는 뜻이었다.

"나야."

―네, 실장님.

"이성준 사장님 관련해서 자료 얼마나 있어?"

―이 사장님요? 좋은 쪽으로요, 아님 안 좋은 쪽으로요?

"후자."

―꽤 많아요. 것보다… 음, 드디어 터지나 보네요. 누구 공작인가요? 여왕님? 아니면 황태자? 그도 아니면 막내 공주님입니까?

"쉿."

―아, 죄송합니다. 자료는 어떻게 할까요?

"수사기관이 끼어들지 못할 선에서 뿌려. 언론, 인터넷 커뮤니티에 전부."

―넵! 바로 진행하겠습니다!

"시작되면 바로 보고하고."

—여부가 있겠습니까!

"그래, 수고."

뚝.

대화 내용을 들어보니, 그가 후계자 전쟁에서 축출당하는 그림을 그린 것 같았다. 뭐, 눈앞에서 사라만 진다면 나쁘진 않았다.

"이 정도면 만족하셨습니까?"

"어느 정도는."

"그럼……."

"결과가 나오면 그때 풀어준다."

"……."

끝까지, 진짜 끝까지 쉽지 않은 지영 때문에 장훈은 정말 속으로 이를 갈았다. 하지만 어떻게 할 방도가 없어 그는 결국 한숨을 내쉰 후, 속으로 삭혀야만 했다.

1시간. 그의 폰으로 다시 연락이 왔고 지영은 노트북을 가져다 상황을 확인했다. 지영은 10분이 넘도록 확인을 했고, 이윽고 고개를 끄덕였다.

이성준 추문은 아주 제대로 터졌다.

오성과 대성은 물론 중원가 쪽 미디어 그룹에서 흘러 나간 속보로 인해 커뮤니티는 활활 불타고 있었다, 특히 그의 성벽이 고스란히 드러난 1분짜리 영상 세 개가 가진 여파는 어마어마했다.

이걸로 이성준은 이제 확실하게 아웃이다.

세간을 떠들썩하게 만들었고, 아직도 불태우고 있는 송지원 납치 사건은 이렇게 마무리를 향해 달려갔다.

Chapter82
다시 배우로

가뜩이나 시끄러운 대한민국에 다시 한번 터진 대기업 후계자의 더러운 성생활 추문은 인터넷을 아주 화끈하게 폭발시켰다. 게다가 이번 추문은 적나라하게 나온 이성준의 얼굴 사진과 영상까지 나오면서 거대한 섹스 스캔들로 번질 조짐까지 보이기 시작했다. 아니, 이미 그렇게 번지고 있었다.

　영상과 사진에 나오는 여성들에게도 시선이 모였다.

　이성준 정도라면 매춘부를 부르지는 않았을 거라는 판단은 당연히 나왔고, 업계에 흐르는 지라시에 의하면 이성준이 건드린 모든 여자가 나이 많은 유부녀라는 얘기가 있었지만 사진과 영상에는 전부 모자이크 처리가 되어 있어 확인은 불가능했다.

한국에 존재하는 모든 커뮤니티 게시판에서 여성의 정체를 파려고 혈안이 되어 있었지만, 워낙에 정교하게 모자이크를 걸어버린 지라 끝끝내 정체는 밝혀지지 않았다. 그렇게 며칠이 지나자 이성준이 퀭하게 죽은 얼굴로 카메라 앞에 섰고, 모든 것을 인정하고 자숙한다는 인터뷰를 했다.

그리고 즉각 오성에서는 그를 중동 지역 건설 쪽으로 발령을 내버렸다.

이 발 빠른 조치에 눈치 빠른 사람들은 이번 섹스 스캔들에게 뭐가 있구나, 깨달았지만 오성은 이후 완전한 침묵 체제에 들어갔다.

다시 며칠 뒤, 이성준은 거의 쫓겨나다시피 중동으로 떠나버렸다. 동시에 송지원도 무사히 구출됐다는 뉴스가 뜨면서 납치와 섹스 스캔들은 그렇게 다시금 수면 아래로 가라앉아 갔다.

지영은 이때쯤 송지원을 찾아갔다.

칠성회 안가이자, 별장에서 휴식을 취하고 있던 그녀는 안정을 많이 되찾은 모습이었다. 그녀는 은재와 함께 찾아가자마자 지영을 안고 엉엉 울었다. 그다음은 당연히 은재를 안고 또 오열했다.

두 사람의 해후는 오래갔다.

지영은 그녀가 좀 진정을 하고 나서야 얘기를 시작할 수 있었다.

"몸은 좀 어때요?"

"흑… 살쪘어."

"…몸 어떠냐고 물어봤지 살쪘냐고 물은 거 아닌데요?"

"잘 먹고 잘 쉬어서 살쪘다고! 괜찮다는 소리지!"

발갛게 부어오른 볼과 눈으로 그렇게 소리치는 송지원을 보고 지영은 안도의 한숨을 흘렸다.

다행이다. 진짜 다행이었다.

혹시 트라우마라도 남으면 어쩌나 정말 걱정 많이 했다. 하지만 그녀는 완전히는 아니어도 예전의 모습을 많이 되찾은 뒤였다.

"칸나는?"

눈물을 완전히 그친 송지원의 물음에 지영은 그녀의 앞에 앉으며 대답했다.

"지금 고향에서 잘 쉬고 있대요."

"그래? 근데 왜 연락을 안 하지?"

"저도 그녀가 먼저 연락해서 알았어요. 조만간 누나한테도 할 거예요."

"그래……. 다행이다. 그래도 칸나 되게 의젓하던데."

"들었어요."

다시 생각이 났다.

그녀는 자신이 납치됐다는 사실 자체가, 아니, 자신이 노려졌었다는 것 자체가 너무나 무서웠다.

반나절이 조금 넘는 시간을 그녀는 정말 지옥에 떨어진 심정으로 보내야 했다. 뱀처럼 차가운 눈빛을 가졌던 그들, 정말 너무나 무서웠다. 그들은 자신이 잠에서 깨어나면 약으로 다시 잠재웠다. 먹기 싫었다. 하지만 안 먹을 수가 없었다. 거부할 때마다 무감정한 눈빛에 들어서는 짜증이 그렇게 무서울 수가 없었다. 그래서 벌벌 떨면서 약을 먹었고, 계속 잠들었다. 잠든 척도 해봤다. 하지만 귀신같이 자신이 깬 것을 알아채고 다가와 약을 먹였다.

그게 한 네 번쯤 됐다.

그러다 눈을 떴을 때는 이곳이었다.

덜컹거리는 느낌을 잠결에 느끼긴 했는데, 눈을 뜨니 칙칙한 창고가 아닌, 자신이 좋아하는 화이트 톤의 벽지가 붙어 있는 방이었다.

게다가 딱딱했던 의자도 아니고, 폭신한 침대였다. 이불도 아주 보들보들해서 덮고 있는지도 몰랐다.

그렇게 정신을 차린 그녀는 기분 좋은 느낌을 만끽하기도 전에 흠칫 놀라며 일어났다. 공간이 변했다는 것을 깨달은 것이다.

급히 고개를 돌려보니 좀 떨어진 곳에 침대가 하나 더 있었고, 칸나가 새근새근 잠들어 있었다.

칸나의 얼굴을 보며 그녀는 깨달았다.

자신이 구해졌다는 사실을.

게다가 더 정신을 차리고 보니 팔에 링거도 꽂혀 있었다.

구해졌다.

살았다.

안도의 한숨과 함께 눈물이 왈칵 터졌다.

동시에 무섭기도 했다.

병원은 아닌 것 같은 이곳… 대체 어딜까?

문밖으로 나갈 엄두는 내지도 못했다. 그저 이불을 덮고, 다시 숨죽여 울었다.

1시간쯤 뒤에 칸나가 깨어났고, 똑같은 상황이 한 번 더 일어났었다가, 그녀가 문을 열고 등장했다.

임수민이었다.

가벼운 차림으로 등장한 그녀는 놀란 두 사람을 안아 다독여 줬다. 또 한참을 울었다. 다시 진정된 두 사람에게 임수민은 전문 의사를 불러 철저하게 검사를 진행했다. 그리고 바로 정신과 의사까지 불러 멘탈 케어까지 진행했다.

중간에 자신을 구해준 사람이 지영이라는 걸 알았을 때는 정말 놀랐다. 그리고 너무 고맙고, 보고 싶었다. 목소리를 듣고 한참 울었다.

지영을 당장 보고 싶었지만 할 일이 아직 남았다는 말에 또 미안해서, 또 너무 고마워서 울었다.

아주 원 없이 울었다.

티브이도 꺼놓은 채로, 폰도 확인하지 않은 채로 가족에게만 연락을 하고 며칠을 아무것도 하지 않으며 보냈다. 몸을 추스른 칸나가 고향에 간다고 해서 좀 외롭긴 했지만 임수민이 반대로 옆에 계속 붙어 있어줘서 참을 만했다.

그리고 오늘, 지영이 은재와 함께 찾아왔다.

송지원은 지영을 보게 되면 묻고 싶은 것이 엄청 많았다. 그리고 온전한 사실을 그녀는 들을 필요가 있다고 생각했다. 반드시 다 듣겠노라고 독하게 마음을 먹은 송지원은 두 사람을 번갈아 보다가, 지영에게 시선을 딱 고정시키고는 말문을 열었다.

"이번 일, 누구 짓이었어?"

"이성준요."

"그 인간이 왜?"

"저 때문에… 그래요. 제가 몇 번이나 물을 먹였거든요. 그래서 누나를 납치 지시 했고, 제가 빌기를 바랐던 것 같아요."

"……."

까득!

여자가 한을 품으면 오뉴월에도 서리가 내린다고 했다. 부러지는 건 아닐지 걱정이 될 정도로 이를 간 송지원이 다시 물었다.

"그럼 그놈은 어떻게 됐어?"

"쫓았어요, 외국으로."

"외국으로? 자세히! 너! 나한텐 다 말해줘. 난 이 일에 직접적으로 연관이 있는 당사자니까! 안 말해주면 나 진짜 너 원망할 거야!"

"음……."

잠시 고민하던 지영은 고개를 끄덕였다.

그녀의 말이 맞았다.

자신도 직접적인 관계자가 맞지만, 반대로 송지원도 같은 포지션에 있었다.

다만, 불행하게도 이용당하는 포지션이기 때문에 더 억울한 것도 많았다.

진실.

그러니 지영은 송지원도 진실을 알아야 한다고 생각했다. 그리고 사실 그럴 마음으로 그녀를 찾아온 것이기도 했다.

"제가 가끔 부탁을 하는 이들이 있어요. 정보를 주로 다루는 이들인데……. 그들한테 처음 누나에 대한 정보를 들었어요."

"……."

"그다음 바로 누나한테 연락을 했고, 바로 누나가 있는 곳으로 달려갔어요. 여기까진 누나도 알고 있는 내용이죠?"

"응."

"도착했을 땐… 놈들이 대낮에 누나를 납치하기로 마음먹고 실행했어요."

"거기까지도 알아."

"후우."

지영은 차로 목을 축인 다음 다시 말을 이었다.

"그다음부터 누나를 찾아달라고 여러 곳에 의뢰를 했어요. 일단 제 매니저인 김지혜 씨가 전에 몸담고 있던 곳, 거긴 정보를 다루는 곳이에요. 저랑은 이래저래 서로 원하는 게 있어 협력하는 관계고요. 두 번째는 누나도 아는 곳, 회사예요."

"거기… 국가 정보원? 거기 맞지?"

"네, 제가 돌아온 이후부터 거기서 절 감시 보호 해주고 있어요."

"아… 더 있어?"

"네, 누나도 잘 아는 사람."

"어… 혹시 수민 언니?"

"맞아요. 그 누님 정체는 누나가 따로 들으시고, 어쨌든 새벽쯤에 수민 누님이 누나 위치를 찾아냈어요. 그리고 저는 분장 후… 이동, 누나를 구해냈어요. 그 개새끼들 틈에서."

"……."

지영의 욕에 은재가 움찔했다.

하지만 곧 손을 뻗어 지영의 손을 맞잡았다.

송지원도 송지원지만, 지영도 엄청 걱정했고 분노했다. 그래서 직접 움직이기까지 했었다. 그랬기 때문에 지금 그 감정이 고스란히 흘러나오고 있었다.

"누나와 칸나, 그리고 다른 분들을 다 여기로 보내고, 이성준을 잡으러 갔어요."

"아… 직접?"

"네."

송지원은 놀랐다.

진심으로 놀랐다.

설마 지영이 이성준을 잡으러 간 줄은 몰랐다. 그것도 직접 움직여서 말이다. 송지원의 놀란 눈에 지영은 잠시 그녀를 보다가 한숨을 내쉬었다. 두 사람은 오랜 시간 함께했지만 사실 그녀는 지영이 작정하고 숨기는 생각은 거의 캐치하질 못했다. 강지영이 워낙에 속마음을 숨기는 데 이골이 난 인간이기 때문이었다.

"놀랐어요?"

"응… 그래서? 어떻게 됐는데?"

"끌고 왔어요."

"너… 어떻게 하려고 했어?"

"……"

지영은 대답 전에 은재를 본능적으로 바라봤다. 은재는 지영의 시선에 마주 올려봤다가, 지영의 눈빛에 깃든 감정을 보곤 입술을 잘게 깨물고 고개를 끄덕였다.

마음의 준비가 끝났다는 뜻이고, 이왕 솔직하게 얘기하는 거, 사실대로 다 털어봐도 된다는 뜻이었다. 그리고 그와 동시에 어떤 대답이 나와도 내 마음은 변치 않을 거라는 걸 대변하고 있기도 했다.

지영은 그런 은재의 대답을 정확하게 받았다. 그리곤 다시 시선을 송지원에게 건넸다.

"죽이려고 했어요."

"……"

"누나를 납치하라고 시킨 그 새끼, 어쩌면 정말 누나를 죽게 했을지도 모르는 그 새끼, 세상에서 지워 버리려고 했어요."

이미 끝난 일이지만 은은한 분노가 담긴 채, 담담하게 어조로 나온 지영의 대답을 들은 그녀는 의외로 평온한 얼굴이었다.

하지만 조금 뒤, 애처로운 얼굴이 됐다.

"나 때문에… 그런 생각까지 했구나."

반대로 그녀도 미안했다.

그녀는 지영이 돌아오기 전, 무슨 일을 했는지는 잘 모른다. 하지만 그가 겪은 과정은 결코 일반인으로서는 견디기 힘든, 어쩌면 자신의 납치보다 훨씬 더 극악한 지옥이었을 것이라 생각했다.

당연히 탈출은 쉽지 않았을 거고, 그 과정에서 분명 현실적이지 않은 일도 벌어졌을 것이다. 어쩌면 이 아이에게 살인이란 이미 경험했던 거였을 수도 있다는 생각쯤은 이미 예전부터 하고 있었다.

하지만 그런 아이가 자신이 납치되자, 그 주모자를 직접 죽이겠다는 생각을 품었다는 것 자체는 너무나 가슴이 아팠다. 동시에 너무나 미안했다. 또한 전부 솔직하게 얘기해 주는 지영이 너무나 고마웠다.

"그래도 다행이다. 지영이 네가 손에 피를 안 묻혀서."

"내가 누나한테 미안하죠. 괜히 저 때문에 이런 일에 휘말리고."

"음음, 아냐."

그녀는 고개를 도리도리 저었다.

"너무 잘난 동생을 옆에 뒀으니 이 정도 고난쯤은 감수해야지."

흐… 하고 바보같이 웃는 송지원을 보며 지영은 그냥 한숨을 폭 내쉬었다.

지영이었다면? 저렇게 웃을 수 있었을까? 아니, 못 했을 것 같았다. 그래서 더 미안했다. 정말 친누나처럼 자신을 생각해 주는, 그런 사람.

지영은 어쩌면 특별한 건 자신이 아니라, 자신의 주변 사람들이 아닌가 싶었다.

'부모님도 그렇고, 지연이도 그렇고, 송지원이나 은재, 그리고 나와 같은 임수민까지.'

족쇄를 끊는 건 지상 과제이지만, 이런 사람들과 함께하는 삶이 이어진다면? 지영은 그건 나쁘지 않겠다는 생각이 들었다.

하지만 그건 아니라는 걸까?

짝! 손뼉을 친 송지원이 아이 같은 미소와 함께 외쳤다.

"이제 끝! 더 이상 듣고 싶은 건 없음!"

"그래요. 그럼 전 잠깐 수민 누님 보고 올 테니까 둘이 얘기 나누고 있어요."

자리에서 일어난 지영은 은재를 향해 웃어주고는 밖으로 나갔다.

나오자 임수민이 벽에 기대어 기다리고 있었다. 지영이 나오자 그녀는 턱짓으로 따라오라는 신호를 보냈고, 그 신호에 지영은 임수민의 뒤를 따라 옥상으로 올라갔다.

옥상으로 올라온 그녀는 바로 본론을 꺼냈다.

"이성준이 그놈, 어째 비행기 안 탄 것 같아."

"……."

피식.

역시나…….

마음 한편으로 예상했던 오성의 수작질에 지영은 저도 모르게 실소를 흘렸다.

『천 번의 환생 끝에』 12권에 계속…